# A MULHER FAMINTA

# A mulher faminta

*Tiago Germano*

MOINHOS

*Edição:*
Camila Araujo & Nathan Matos

*Assistente Editorial:*
Sérgio Ricardo

*Revisão:*
LiteraturaBr Editorial

*Diagramação e Projeto Gráfico:*
LiteraturaBr Editorial

*Capa:*
Sérgio Ricardo

*Imagem de capa:*
Body, human, fingers and wrist, de Andrei Lazarev

*Nesta edição, respeitou-se o Novo Acordo Ortográfico da Língua Portuguesa.*

---

G373m
Germano, Tiago
A mulher faminta / Tiago Germano.
Belo Horizonte : Moinhos, 2018.
228 p. ; 15,5cm x 22,5cm.
ISBN: 978-85-45557-31-9

1. Literatura brasileira. 2. Romance. I. Título.

2018-1004

CDD 869.89923
CDU 821.134.3(81)-31

---

Elaborado por Vagner Rodolfo da Silva - CRB-8/9410

Índice para catálogo sistemático:
1. Literatura brasileira : Romance 869.89923
2. Literatura brasileira : Romance 821.134.3(81)-31

*Para Débora, minha fome.*

*Dead meat, don't you know you're dead meat?*
Sean Lennon

*Não há experiência amorosa que não envolva uma dimensão de pesadelo. O amor é o sinistro por excelência: o menor contratempo, a trivialidade mais acidental pode transformar o idílio mais sólido em pesadelo.*
Alan Pauls

# 1.

# Tem alguém morto neste apartamento

Tenta fechar os olhos, mas o barulho do interfone não o deixa dormir. No colchão em que cabem três dele, camadas de lençol amarrotado modelam um corpo. Tem a nítida impressão de que ela ainda está ali. Da janela, uma luz difusa se reflete na parede do quarto. As mãos procuram o celular. Confere o mostrador do relógio. Três e meia da madrugada e o interfone que não para de tocar. Desliza para o lado e coloca os pés no lugar mais seguro que encontra. Um cânion aberto por pilhas de livros e papéis assume o espaço que os poucos móveis não conseguem preencher. Desvia cambaleante de cada um dos obstáculos. Uma pilha tomba e uma cascata de páginas forma um pequeno estuário no chão. Projeta os membros de um lado para o outro do corredor. Desloca-se mais com as mãos tateando as paredes que com os pés tropeçando nas caixas. O som do interfone ecoa metálico pelo apartamento. É quase possível senti-lo vibrar na superfície das paredes. A porta do quarto de hóspedes está aberta e trancá-la é a primeira coisa que faz antes de continuar a seguir o eco até a cozinha. Liga a luz e uma rajada incandescente atravessa a retina. Procura o aparelho entre a pia de louças acumuladas, uma coluna parcialmente submersa de porcelana barata, um iceberg que vai dos pratos maiores para os pires menores, os talheres por cima, os copos encaixados uns dentro dos outros, as panelas de alumínio num caos perfeitamente organizado.

— O senhor sabe que eu só faço minha obrigação — diz a voz roufenha do porteiro, do outro lado da linha.

No sexto andar do prédio, o vazio é tal que o silêncio consegue se sobrepor às desculpas pela hora.

— A vizinha de baixo tá perguntando se o senhor não deixou alguma coisa estragar na geladeira ou no forno.

A geladeira está vazia, e é preciso esfregar muitas vezes os olhos antes de verificar as quatro bocas do fogão apagadas, a válvula do gás fechada há sei lá quanto tempo e nem um traço de lixo na área de serviço, não fosse o pequeno lodaçal que demarca o trajeto de chorume das sacolas recém-recolhidas. Na pia, as roupas sujas permanecem mergulhadas em uma solução de sabão em pó e água sanitária. As janelas continuam fechadas.

— O senhor sabe como é gente velha. Já é a terceira vez que ela me pede pra ligar perguntando.

Larga o aparelho no suporte. Vai até a sala e tenta sentir o cheiro. O notebook hiberna na mesa de jantar. Confere o dia da semana na tela. Na avenida, ouve um carro frear e acelerar subitamente. As rodas parecem se desconjuntar na lombada, os pneus cantando à medida que o carro se afasta.

Solta as trancas da porta corrediça e só então percebe o reflexo da TV ligada no mudo. Abre a porta de vidro que dá para a varanda e o vento começa a uivar invadindo a sala. Não se lembra de ter posto o DVD no aparelho. Não se lembra de ter abandonado o filme no meio.

Tira a camisa suada e deita no sofá. Há uma sensação de alívio em colocá-la sobre o rosto, o suor do corpo ainda quente encharcando a malha. Aumenta o volume no controle remoto. Pela gola aberta da camisa, acompanha a cena que se repete na tela. É noite e um grupo de criaturas cerca uma caminhonete ardendo em chamas. Dentro da cabine, um corpo carbonizado desprende uma espessa nuvem de fumaça. Faces desfiguradas aglomeram-se no para-brisa. As criaturas arrombam a cabine e desmembram o cadáver, roubando restos de carne humana com as mãos. O vermelho das tripas salta no colorido digital. Um homem devora um pedaço de pele lacerada, uma tira que parece do tamanho exato da epiderme que lhe falta no pescoço. Começa, enfim, a se lembrar. Tudo, de fato, aconteceu no quarto ao lado. Sabe agora exatamente de onde vem o cheiro. Tem alguém morto neste apartamento.

Quando eu conheci Mayra, ela era só mais uma dessas meninas com o rosto estragado de espinhas, uma aba de navegação piscando constantemente na tela do meu computador. Lembro ainda da primeira foto que vi. Dos óculos de armações grossas num tempo em que tudo o que era velho passou a ser chamado de "vintage" e agradar garotas como ela, que não tinham problema algum de visão, que corriam atrás das gavetas dos avós ou do primeiro amigo com mais de três graus de miopia para pegar emprestado a cegueira deles e parecer mais charmosas nas fotos.

O engraçado é que os óculos de Mayra sequer tinham lentes. O que também não era um problema para quem, como ela, entendia um pouco de Photoshop e passava horas na frente do computador aliviando o rosto cheio de pipocas vermelhas. Lógico que naquela época eu era ingênuo a ponto de nem desconfiar de toda aquela produção. O cabelo preso num coque deixando estrategicamente escapar alguns fios. O vestidinho de alcinha azul e o colar com um coraçãozinho de pedra na ponta. Tudo aquilo carregava uma mensagem com destino certo, e era exatamente o tipo de coisa que te chamava a atenção se você era um cara com pouco mais de vinte anos que se entupia de antidepressivo para suportar a vida.

Mayra entrava no chat como *Polythene Pam*. Era a primeira canção dos Beatles destinada a fracassar nos meus ouvidos. Justo eu, que era tão fã dos Beatles que me proibia de ouvir qualquer porcaria dos Stones. Para mim, música era um jogo de pedra papel tesoura em que os Beatles anulavam qualquer banda, e deve ter sido esse o ponto de partida de nossas conversas que se estenderam na internet por dias, semanas, meses, até me levarem a comprar uma passagem de tarifa cheia e voar cinco horas para conhecer alguém de quem só tinha ouvido a voz duas vezes pelo telefone.

Eu morava em São Paulo, ainda. Tinha saudades do meu sotaque nordestino, que forjava tanto a ponto de não conseguir mais recuperar o som aberto do érre. Tudo para não parecer tão provinciano naquele novo lugar. Tudo em nome de um cosmopolitismo babaca, que não me impediu de voltar para a Paraíba duro e derrotado, sem ter do que me orgulhar além de uma linha no currículo que me fez ocupar a primeira vaga que surgiu no jornal.

Olhasse novamente para aquela foto agora, veria talvez mais os defeitos meus que os dela. Enxergaria as olheiras fundas de Mayra, dois murros certeiros aplicados com uma combinação fatal de melanina, vasodilatadores e base de maquiagem, e lá estariam desenhadas também as minhas próprias olheiras, mais fundas ainda, de algumas noites insones alternadas por longos períodos de hibernação. Notaria o ar blasé dela, ensaiado tantas vezes na frente do espelho, e lá estaria também a minha insegurança, perambulando pela avenida Paulista com um casaco muito frio e demodê para o padrão que se usava na época. Perceberia pendurada a etiqueta de troca do vestidinho moderno e descolado, duas coisas que eu queria ser quando cismei em me enfiar nas boates da rua Augusta e enfrentar o medo de não passar do que, no fundo, eu era: outro imigrante de classe média que se achava muito diferente do porteiro do prédio que chegou ali antes dele.

Um clique em outra aba, uma queda de energia na porra do prédio, e quase dez anos da minha vida teriam mudado por completo. Penso nisso hoje sem muita certeza, porque aqueles eram anos em que nós dois tínhamos os mesmos interesses e talvez fosse tudo do mesmo jeito no final das contas: Mayra surgiria em outra época com um outro rosto, numa nova versão, completamente reformulada, e essa aí colaria de novo. A verdade é que me apaixonaria por qualquer uma das personagens de Mayra. Porque nisso nós dois nos igualávamos: nós sabíamos compor um personagem.

Conferindo de novo as fotos guardadas nas caixas, a única verdadeira que eu encontro é essa em que o rosto de nenhum de nós dois pode ser visto e é quase impossível distinguir o que está acontecendo se você não presta bem atenção nos detalhes ou se não estava lá na hora em que o flash de alguém disparou de surpresa. A camisa cor de pele que eu insistia em trazer na bagagem nas férias e a luz do bar no mesmo tom, dando a ilusão de que eu estava com as costas nuas, os cabelos um pouco mais fartos e revoltos, escondendo a minha cara e a dela. Devia estar com a língua enfiada na boca de Mayra, numa das raras vezes em que ela se distraía de ficar à toa conversando sobre o papo torto de moda, aquela conversa fiada que só convencia meia dúzia de garotas que suportava a presença dela. Mayra não conseguia se manter de pé num mesmo lugar por mais de quinze minutos. "Eu sou assim meio hiperativa", ela dizia, e o grupinho de garotas desmioladas caía na gargalhada, em sinal de aprovação.

Para mim, rancor é pouco. Rancor, ressentimento, despeito, são só para os dias mais calmos. Rancor por esse monte de rostos que eu vejo se intrometer nas fotos e que agora tenho que fazer um esforço imenso para me lembrar de quem são, de onde vieram, o que faziam, quais eram as ambições, os sonhos, os anseios além de capotar no fim da noite, no sofá dos pais, com o cérebro encharcado de cachaça depois de saracotear falando as bobagens que até hoje ecoam feito refrões de uma banda ruim na minha cabeça. Feito as duas conversas ao telefone que tive com Mayra e que deviam ser mesmo sobre música, porque música era o tipo de conversa que agradava Mayra sobretudo se o assunto era glam rock. (E eu não engolia o glam rock e aquele bando de palhaços com guitarras no lugar de cornetas.)

No primeiro Halloween que passamos juntos, ela testou a maquiagem tosca de todos os integrantes do Kiss no rosto. No segundo, pintou o raio ridículo do Bowie que insistia em entortar na base do nariz. No terceiro, decidiu estrear como DJ numa dessas festas à fantasia que ela mesma organizava. Tornava-se oficialmente DJ Mayra. "Dá um charme ao nome, né, essas consoantes a mais?", e meia dúzia garotas desmioladas, futuras DJs como Mayra, sacudiam as bolsas clutches para aplaudi-la nas picapes.

Música era o tipo de diversão barata a que todos tínhamos acesso e o tipo de assunto que animava as discussões um pouco mais acaloradas da gente. O mais perto de "arte" ou de "estética" que conseguíamos alcançar, palavras que usávamos indistintamente sem fazer a mínima ideia do verdadeiro significado desde então. Não é à toa que os Beatles, fatalmente, se estragariam.

A última canção foi *Free as a bird*. Mayra estava livre para adornar a parede do seu quarto com o adesivo que comprou numa lojinha hype com um funcionário meio metido a nerd no balcão. Em cima da cama, ostentava agora o verso da música em letrinhas estilizadas, tripudiando de mim, que deixava que o pássaro se soltasse da gaiola e mudasse para sempre a vida que um dia conhecemos.

Tento me lembrar novamente do quarto dela pelas fotos mais recentes do Facebook. Procuro por algum vestígio da ilustração de Shiko que gastei uma nota para emoldurar e dar a ela de aniversário. No quadro, uma mulher de vários braços — a versão moderna e ocidental de alguma divindade indiana — segura com uma mão uma xícara de café, com a outra a manivela de uma caixinha de música, e com a outra percorre suavemente a linha do umbigo até a calcinha e da calcinha até o púbis. Aquilo compunha um retrato preciso de Mayra, era a caricatura perfeita e poetizada de sua rotina exceto pelo detalhe da mão na calcinha, já que a mão de Mayra estava sempre mais ocupada atualizando o seu perfil em alguma nova rede social.

Baixo a tampa do notebook e a luz diminui com o som ainda no último volume. O som de alguma porcaria dos Stones que agora eu ouço para homenagear Mayra, cavalo selvagem que me escapou pelas mãos. O som enche não mais aquele quarto de onde fui banido, mas o quarto onde a trancafiei, em que lágrimas devem ser choradas e sua memória viverá um pouco mais para depois também morrer, junto comigo. O quarto onde permaneço insone, olhando letárgico para as paredes nuas. O quarto onde por muito tempo não haverá espaço para mais ninguém além de nós dois.

Manhã. Oito e meia. Está atrasado de novo. Não tem tempo de pensar se é prudente se jogar no chuveiro para uma ducha gelada — não fria nem morna —, gelada porque a resistência do chuveiro não suportou a última vez em que se aventurou no banho, tentando ressuscitar o corpo que se negava a reagir. Não tem tempo de pensar na roupa com que vai ao trabalho. Aparar a barba, se perfumar, nada disso é possível às oito e meia da manhã, quando engole um comprimido, veste o primeiro jeans que cai do guarda-roupa e a primeira camisa que encontra pendurada no varal com aquelas manchas de pizza nas axilas.

A poeira se acumula no teto e no capô do carro. Há marcas de dedos e avisos de lave-me, por favor. A chuva fina é que vai se encarregar da lavagem do automóvel, estancando no meio de um engarrafamento. Sente um espasmo na coxa direita e quase bate no carro da frente. Engata o ponto morto e gira novamente a chave. A perna é um bloco mole de gelatina. O carro da frente se afasta e o de trás começa a buzinar. Demora a ocupar o espaço vazio que os carros da faixa ao lado cobiçam, com a sinaleira ligada. O motor finalmente responde. Apalpa a coxa e se dá conta de que o tremor persistente não é um espasmo, mas o celular que vibra. O aparelho se acomoda no fundo do bolso onde a mão se recusa a entrar, vedada pelos quilos a mais que se concentram nos culotes, debaixo do cinto de segurança. Desprende o cinto e se inclina ocupando parcialmente o banco do carona, afundando a mão no bolso. Tira o celular enquanto o carro da frente avança e o vizinho ocupa o espaço vazio. Ignora o buzinaço e verifica a mensagem.

*ONDE DIABOS VC SE METEU???*

É o editor. Digita a palavra *ENGARRAFAMENTO* e deixa o celular no painel. Demora mais meia hora para chegar à redação do jornal. Atravessa a catraca da portaria e vê um grupo de estudantes que está lá para conhecer a empresa de comunicação. Lembra-se de si mesmo na época da faculdade, metido em uma fila idêntica de estudantes, ansioso para entrar nos bastidores da empresa.

— Os focas estão aqui — anuncia a recepcionista pelo telefone, enquanto ele se atrapalha na catraca.

A apresentadora do telejornal, há décadas ancorada na bancada, recebe o grupo de estudantes com o mesmo bom-dia que lhe deu há alguns anos e que ensaia diariamente na frente das câmeras. A maquiagem excessiva é para impedir que as rugas profundas apareçam nas novas telas de alta definição. Ele entra junto com o grupo que é conduzido pelo corredor estreito da empresa. Pelas janelas de acrílico das divisórias de eucatex, os estudantes veem as mesas de edição e equipamentos que até então só conheciam pelos livros. Lembra da primeira impressão ao se deparar com teleprompters, cromaquis, microfones com capas felpudas que parecem poodles suspensos desabando sobre as cabeças da equipe.

A redação do jornal impresso onde trabalha fica relegada a uma pequena sala de esquina, com dezenas de computadores de CPUs bojudos, alguns instalados à moda antiga, embaixo dos monitores para que fiquem na linha exata de visão dos repórteres. O ar de assepsia contrasta com a impressão desconfortável de se estar dentro de um enorme estábulo, limpo e funcional. Pede licença ao grupo de estudantes e entra na redação. Ninguém se atreve a acompanhá-lo, a cruzar o que alguns chamam de "faixa de Gaza" para pedir o autógrafo dos repórteres do jornal impresso como fazem agora com a apresentadora, a única para quem os estudantes não olham como se fosse um animal de zoológico, apesar de sua aparência de lêmure. A maioria dos estudantes, na verdade, está ansiosa para que a visita guiada termine e possam passear no alto da torre de transmissão. De lá, depois de uma viagem pelo que dizem ser o mais espaçoso elevador da cidade, há uma vista privilegiada do Centro, com a Lagoa emergindo do chão como a cratera transbordante de um formigueiro e os carros zanzando ao redor feito formigas operárias, vagando por entre as folhas amarelas dos ipês.

O editor espera que a porta se feche para falar com ele. É um homem de meia-idade que calça sapatênis, tem os cabelos precocemente grisalhos e conserva uma barriga saliente, perfeitamente arredondada. O editor vai reclamar do atraso com um desaforo e, depois de uma pausa dramática, arrematar com uma piada da qual vai achar graça sozinho, olhando em volta meio suplicante, em busca de uma plateia. A pauta do dia estará impressa em uma folha colocada embaixo do teclado do seu computador. Alguém terá trocado a sua cadeira por outra com defeito, que não gira nem tem o ajuste da altura ou do apoio das costas. Ficará debruçado sobre a tela, esperando a ampulheta do Windows parar de girar e ouvindo os comentários do editor, que estará concluindo o ritual matutino de ler a edição do jornal concorrente e zombar da qualidade dos textos. A equipe estará reduzida no turno matinal com quase todos os repórteres fora da redação, apurando suas matérias. Ele não sairá dali por toda a manhã. Fará todo o seu trabalho por internet e telefone. Redigirá obituários. Atualizará o horóscopo. A sinopse das novelas. A seção do que estava sendo publicado no jornal há exatos cinquenta anos. É essa a sua função. Toda a parte do jornal que ninguém lê. Ao final do dia, revisará os obituários, salpicados de sangue e de caneta vermelha.

— Mórbidos demais — dirá o editor.

Reformulará os textos, enviará por e-mail, imprimirá uma nova versão para si e voltará para o apartamento, onde passará o resto do dia no notebook, remexendo os arquivos, ou vendo o mesmo filme num looping pela televisão.

Pensa que essa será a rotina de hoje, mas hoje será um dia diferente.

Pensa que essa será a rotina de hoje, mas hoje conhecerá Lorna.

Lorna é apenas uma recém-chegada na profissão, uma repórter em teste que foi remanejada de um estágio da produção da TV depois de se formar. Pode ser que ele a tenha visto antes pelos corredores, com os sapatos de duende que ela calça e as camisas de tecido compridas, de mangas dobradas até a metade do antebraço. Pode ser até que tenham se cruzado, ela com o seu sorriso tímido, de dentes bastante separados que lembram as torres de marfim de um jogo de xadrez. Pode ser até que tenham trocado uma palavra ou outra, o bom-dia chegando ao ouvido como um golpe sutil em um bloco inquebrável de concreto. Ele, no entanto, não se lembra de nada disso quando a vê chegar, uma completa estranha, entrando na redação pouco depois dele e sentando numa cadeira ao lado da impressora.

Lorna regula a cadeira de acordo com a sua altura, com a linha perfeitamente reta de suas costas. Gira em semicírculo para alcançar a bolsa carteiro do outro lado da mesa e provoca um indefectível rangido que o faz perceber, de onde ele está, do outro lado da sala, que aquela é a sua cadeira. A cadeira que hoje, nesse dia tão diferente, foi trocada como todos os dias por outra parecida, que nem gira nem tem a regulagem da altura e das costas.

Ele ordena uma impressão aleatória, do primeiro texto que encontra salvo no Word, e vai buscar a folha na impressora. Lorna está ao computador, consultando o arquivo de matérias sobre um motim que, no espaço de quinze dias, derrubará em escala dominó três diretores da penitenciária estadual.

— Posso ajudar? — Lorna pergunta, quando o vê encarando a tela do computador, sem nada dizer.

— A cadeira.

— Hein? — Lorna fecha a aba do navegador e se vira.

— Você está na minha cadeira.

Lorna olha para o editor que se aproxima.

— Acho que esse trabalho tá te afetando demais — diz o editor, cortando a conversa e pedindo o texto que a impressora, resfolegando, acaba de cuspir.

Ele entrega o texto.

O editor lê o primeiro parágrafo.

— Mas essa pauta é de ontem.

Ele fica calado.

— Para de bancar o psicopata e começa logo a trabalhar, que hoje você chegou atrasado de novo.

Lorna se levanta da cadeira.

— Eu posso destrocar... — ela faz uma breve pausa segurando o encosto. Ele tenta puxar a cadeira, mas Lorna a retém — ... com uma condição.

Ele está paralisado. Não sabe como reagir àquilo.

— Você tem que trocar um sábado comigo na escala do plantão.

Ele pondera.

Lorna se dirige ao editor.

— Teria algum problema? Se a gente trocasse?

O editor amassa o papel impresso e faz uma bolinha.

— O problema é de vocês — atira a bolinha na lixeira de Lorna. — Eu só quero alguém aqui, sem falta, no sábado.

Lorna olha para ele. Ele avalia o estado da cadeira.

— E aí? É pegar ou largar.

Destrocam, então, as cadeiras, arrastando-as pela redação como carrinhos de supermercado.

No sábado seguinte, o plantão será longo, tedioso e sonolento. Na redação, a equipe estará reduzida ao editor, um fotógrafo, o motorista e o repórter — no caso, ele. A ronda policial será feita ao telefone, com plantonistas tão indispostos quanto o repórter, que responderão às perguntas em um tom monocórdico, dificultando um trabalho que ele não tem por que insistir em continuar. Deixará o apurado na mesa do editor: algumas linhas sobre um homem que morrerá atingido por seis tiros enquanto come salgadinho com Tampico na porta de uma escola. Alguns parágrafos sobre uma mãe solteira que perde os dois filhos em um incêndio depois de deixar as crianças trancadas em casa, dormindo, para varar a noite em um bar. Uma matéria sobre uma idosa que morreu deixando mais de cinquenta cães abandonados no quintal de sua casa.

— Não se param as máquinas de um jornal por causa dessas bobagens — dirá o editor, e ligará para a gráfica liberando a edição.

Ele irá intercalar as horas seguintes dentro da empresa com passeios pelos corredores vazios. Beberá o café feito na cafeteira industrial da copa. Porque será sábado, não haverá ninguém para operar a máquina e o café que descerá da torneira será frio e cheio de borra.

Engasgará. Terá o resto do dia para cochilar na frente do computador até voltar ao apartamento.

Pensa que assim será o sábado seguinte, mas porque conheceu Lorna, e porque Lorna ganhou a oportunidade de protelar por mais quinze dias o terror de acordar cedo num fim de semana, o sábado seguinte será um sábado diferente para ambos.

Na noite do sábado seguinte, Lorna e ele combinam de sair juntos. Encontram-se em uma pizzaria que acaba de abrir na avenida beira-mar. Vista por fora, de uma ampla vitrine, a pizzaria tem um jeito de lanchonete americana, com poltronas vermelhas exageradamente acolchoadas, onde os clientes se afundam e quase dão de nuca com os clientes da mesa de trás. Por dentro, a iluminação parece a de uma boate.

— Odeio essa neutralidade — é o primeiro comentário que ele faz assim que os garçons se afastam.

— Como? — Lorna pergunta, se mexendo na poltrona acolchoada que faz um barulho esquisito, tentando evitar que sua própria nuca esbarre na de uma mulher sentada atrás dela.

— Olha em volta. Isso aqui não tem cara de pizzaria.

Lorna dá uma rápida olhada para as paredes e para os quadros que mostram fatias de pizza brilhando, como se fossem de plástico.

— Não vejo problema nenhum — ela diz, abrindo o cardápio.

— Esqueça os quadros. Esqueça o cardápio. É o tipo de restaurante que podia oferecer qualquer coisa. Hambúrgueres, por exemplo.

Lorna dá de ombros.

— Esse é o problema das coisas aqui. Sempre partem do pressuposto de que não vão dar certo. De que só vão existir enquanto forem novidade, pra logo depois se transformarem em outra coisa. Uma hamburgueria, uma lan house, sei lá. Os donos já facilitam logo o trabalho do próximo comprador.

Lorna não está muito interessada no assunto.

Pedem uma pizza calabresa e duas Cocas. Enquanto esperam, conversam sobre o passado de Lorna. Ele quer saber por que, no Google, o nome dela dá para os primeiros textos que escreve no jornal e para as matérias sobre uma coletiva de arte de que participou expondo, aos dezesseis anos. Oculta o dado de que pesquisou o nome dela no buscador, obviamente. Diz que descobriu a história por acaso, fazendo o seu trabalho de garimpo nas notícias que o jornal publicou no passado.

— Antes de entrar no jornalismo eu queria ser artista — diz Lorna, brincando com um descanso de copo com o logotipo já borrado da pizzaria. — Aquela foi a primeira e última vez que expus, e, até hoje, eu ando à procura do quadro que me compraram.

— Era bom? — ele pergunta.

— Não — ela responde, secamente. — É justamente por isso que até hoje eu procuro.

Lorna conta que, na adolescência, economizou um bom dinheiro vendendo cartões de fabricação própria no colégio para pagar os materiais de pintura. Interrompe a história quando a pizza chega e o garçom se aproxima, um rapaz em treinamento, como diz no adesivo preso à gravata. É magro e tem um bigode ralo e azul. O rapaz serve as bebidas, mas esquece de servir a pizza. Deixa a bandeja intacta no centro da mesa.

— E por que você nunca mais expôs? — ele toma a espátula e corta um pedaço.

— Na verdade, eu parei de pintar — Lorna oferece o prato para que ele a sirva. — Eu era só uma criança e quando a gente fica adulta passa a não acreditar mais nas coisas que acreditava antigamente, né? Ser artista... de onde vinha aquele sonho? Às vezes, eu acho que nem era um talento. Eu só gostava de desenhar. Lá no interior, a coisa que mais se aproximava do tipo de arte que eu queria fazer eram aqueles muros de escola em que os personagens da Disney aparecem misturados com os da Turma da Mônica, sabe? Aqueles com Mickeys assustadores e Cebolinhas com bochechas tão malfeitas que parecem papeira, entende como é?

Lorna coloca uma calabresa na boca e infla as maçãs do rosto, imitando o desenho. Ele ri. Faz tempo que não ri.

— Você ainda teve sorte de ter uma aptidão — ele diz, enquanto se serve de mais um pedaço de pizza. — A maioria das meninas que eu conheci, nessa idade, queria ser modelo.

— Eu, modelo? Olha aqui meus olhos verdes — Lorna pisca seus dois olhos castanhos e bebe o refrigerante. Ele ri de novo. — Tem algum escritor que dizia que se tivesse nascido com os olhos verdes nunca teria pensado em escrever. Se eu fosse tão bonita quanto as meninas do colégio, também não teria pensado em pintar. Porque elas namoravam, enquanto eu morria de amores platônicos pelos caras que elas dispensavam. Eu queria viver coisas interessantes e, como não vivia, passava o dia inteiro desenhando.

Um silêncio incômodo se cria entre os dois. O primeiro desde o comentário dele sobre a decoração do lugar. É Lorna quem quebra o silêncio dessa vez.

— Mas todo jornalista tem um talento frustrado. Qual é o teu?

— Eu acho que não tenho nenhum talento.

— Ah, vai... escritor? Essa é clássica!

Ele abana a cabeça.

— Modelo?

— Olha aqui meus olhos verdes — ele tenta repetir a piada dela, e pisca os olhos pretos de uma forma canhestra, que faz Lorna sorrir mais pela falta de jeito que pela graça.

Depois da piscadela, ele se arrepende por toda a noite que ainda não terminou. Um novo silêncio se instaura. Lorna gira mais uma vez o descanso de copo entre os dedos, feito um croupier de cassino. Ele se obriga a falar a primeira coisa que lhe passa na cabeça.

— Você é boa nisso. Joga cartas?

— Isso? — o descanso de copo cai. — Aprendi no boteco com meu pai, quando não tava desenhando no guardanapo, esperando por ele, treinando pra ser pintora de muro de escola.

Ela deixa o descanso em cima da mesa e recolhe as mãos. Novo silêncio.

— Ele morreu há quase um ano. Meu pai.

— Sinto muito.

— É... foi estranho. Morreu afogado na piscina, numa tarde de domingo. Eu tava na varanda do meu quarto, quando ouvi a minha mãe gritar. Foi ela quem encontrou o corpo.

Ele termina a pizza. Não tem coragem de fazer a pergunta que quer fazer. Como um adulto é capaz de se afogar numa piscina numa tarde de domingo, numa casa cheia de gente. Certamente um obituário que ele gostaria, mas nunca teve a oportunidade, de escrever no jornal.

— Meu pai bebia e fumava muito e já tinha sofrido dois infartos — Lorna explica. — Uma das coisas que mais me lembro daquela tarde foi de ver a lata de cerveja boiando na piscina, deixando um rastro de espuma na superfície. Às vezes, acho que vou me esquecer do rosto do meu pai, mas não vou me esquecer dessa imagem.

O garçom volta para recolher os pratos e eles dois permanecem calados olhando o menu de sobremesas. Não decidem por nada e pedem que o garçom feche a conta dividindo o pagamento após uma breve discussão que os distrai, em torno de quem vai pagar. De fora, a pizzaria volta a adquirir a aparência de uma lanchonete americana. As primeiras prostitutas ainda não circulam na calçada da orla, e os atletas e criadores de cachorro têm o caminho livre para uma disputa pouco amistosa que eventualmente resulta em um cão ganindo, um cão rosnando ou um praticante de cooper se enroscando nas guias quilométricas. Lorna parece agora meio deprimida por trás dos cabelos que serpenteiam no rosto. Ele estala os dedos para um cachorro a uns três metros do dono. O homem conversa com alguém à distância e empunha a base da guia do cão. O animal não se interessa pelo estalar dos dedos, cola o focinho em um sulco da grama irregular que cresce no canteiro improvisado pela prefeitura. O piso da calçada está sendo trocado novamente. A obra é infinita. Saltam para a faixa antiga, com padrões de lajotas irregulares. Sentam no muro baixo que dá para a areia do mar, perto de um ponto de ônibus. Lorna pede que ele se sente entre ela e o vento, para protegê-la da maresia. Os cabelos, enfim, se emolduram no rosto dela, o que aumenta o seu ar de abandono. Para animá-la, inventa uma teoria sobre aquelas guias de cachorro que não prendem o animal ao dono, mas o dono ao animal. A liberdade que o cachorro ganha é uma preocupação a mais para o humano, que tem que redobrar a vigilância. Lorna passa as mãos pelos cabelos quando as costas dele não conseguem bloquear o vento.

Um catador de lixo atravessa a rua com a carroça carregada de latinhas de cerveja e nenhum dos dois tem como saber que ambos pensam no pai morto de Lorna, na vida se esvaindo em espuma pela pequena abertura de uma latinha de trezentos e cinquenta mililitros. Ele revisa em tópicos assuntos que pode abordar com ela para desviar aquela imagem do pensamento, mas, antes que eleja algum, Lorna pula de onde está sentada e dá com a mão para o ônibus.

— É o meu! — diz Lorna.

O ônibus resfolega e para de supetão no ponto.

Ele também é pego de surpresa.

— Eu achei que eu ia te levar pra casa.

— Não precisa — ela dispensa, com um pé já em um dos degraus do coletivo.

Na festa de inauguração do apartamento, quando me mudei, a lista de convidados que preparamos era quase toda de amigos de Mayra. Queria mostrar que a casa também era dela, tornar o apartamento um pouco mais confortável para quando ela pudesse aparecer, fazê-la se sentir à vontade no quarto que ainda não era habitado por toda essa tralha.

Telefonei para todos os convidados um dia antes. O receio de que ninguém viesse me obrigou a ligar também para os nomes descartados da lista. Vieram poucos, de fato, mas em número suficiente para que a sala ficasse lotada e as histórias daquela noite ainda atravessassem os corredores do prédio depois de muito tempo. Compramos uma infinidade de bebidas, petiscos, guloseimas. Ainda havia restos disso no armário da cozinha até dia desses, fora do prazo de validade. Das fotos que restaram dessa noite (devo insistir nesse ponto), nenhuma delas é também verdadeira, sobretudo as poucas em que somos vistos lado a lado.

O pessoal foi chegando atrasado. Dois núcleos se formavam em um espaço em que se podia distinguir perfeitamente quem era quem — os (muitos) amigos de Mayra; os (poucos) amigos meus. Disputavam o monopólio do aparelho de DVD, que fazia as vezes de aparelho de som e já dava seus estertores, desfrutando de uma glória impensada dado o seu estado de penúria atual.

Lembro-me que um dos meus amigos começava com a mania esnobe de ouvir Thelonious Monk fumando os charutos do pai e dando baixa no estoque de uísque do velho. Empestilhou a varanda com um Montecristo e deixou cair um copo lá de cima tentando convencer a turma de Mayra de que o indie rock que eles queriam ouvir era um movimento musical tão ou mais imbecil que o pagode dos anos noventa.

"Vejam essa foto", dizia o cara, brandindo a contracapa do CD dos Strokes com imenso desdém. "São os mesmos quatro caras atrás do magrelo aí. A diferença é que, em vez da felicidade estampada naquele colorido todo, nos dentes entramelados do Andrezão, o produto que agora vocês tão consumindo é a anorexia, a bipolaridade, essas merdas todas. É tudo uma farsa, no final das contas, e vocês engolem direitinho."

Evidente que os amigos de Mayra não suportaram por muito tempo o falatório. O calor sufocante fez os mais folgados abusarem da cerimônia e se trancarem no quarto do ar-condicionado. Ligaram o aparelho na potência máxima e fingiram esquecer a algazarra lá fora. Mayra se manteve alheia às desavenças e riu de tudo estupidificada, zanzando de um lado para o outro com a câmera nova, testando os vários modos funcionais enquanto as pessoas faziam caras e bocas que ela fotografava com jogos de lentes cada vez mais pesados e possantes, sacando o equipamento da bolsa como um mágico saca bugigangas de sua maleta de surpresas.

Eu abria os braços para as fotos, a envergadura distorcida pela olho de peixe, acolhendo aquelas pessoas que nunca mais veria na vida e oferecendo as latinhas de cervejas que Mayra depois tirou da mão de cada convidado no Photoshop, um hobby que ia virando uma obsessão a ponto de já não haver mais uma foto sequer que não tivesse uma intervenção posterior dela.

Se eu procurar bem, ainda vou achar soterrado nesse cemitério de lembranças alguma foto dela sorrindo por trás de um muro de maquiagem, o mesmo sorriso testado sempre de um ângulo diferente, com combinações de pessoas diferentes ao redor, tudo para que depois ela pudesse descartar as imagens que não favorecessem sua fotogenia sem comprometer a companhia dos demais.

Mayra nunca posava realmente para as fotos. Posava sempre para si mesma. Era a colunista de seu próprio evento social, que acontecia independente do evento em si e que só acontecia porque ela estava próxima, registrando. A foto era o seu espelho, a testemunha preferida de seu protagonismo.

Lembro-me do casal de amigos dela que começou a dançar escapando das lentes de uma maneira obtusa e obscena, ao som da balada açucarada que tocava no DVD. Mayra os perseguiu com a câmera até que, lá pelas tantas, alguém apagou a luz e, no canto da sala, o casal engatou um número de lap dance iluminado somente pela tela dos celulares. Os pequenos holofotes lambiam a pele da menina que serpenteava no colo do namorado, nem um pouco constrangido em enfiar o nariz no decote que derramava dois seios nunca devidamente acomodados no vestido curto. Mayra desistiu das fotos e sentou-se no sofá, assistindo a tudo um tanto contrariada. Numa manobra mais ousada da parte do namorado, que já procurava enfiar outras partes pontiagudas do seu corpo nos vãos cada vez mais expostos do vestido da menina, os dois quase caíram abraçados da cadeira, animados pelos aplausos.

O riso foi geral mas, antes mesmo que as luzes se acendessem, Mayra ocupou os dedos com dez copinhos de shot abandonados no móvel de centro e fugiu para a cozinha. Eu fui atrás, perguntei se estava tudo bem, e Mayra depositou os frágeis dedais de vidro na pia se queixando da indiscrição do casal. "Eles adoram roubar a cena", disse um pouco mais baixo do que a música que entrava pelo corredor. "Tudo bem, estão só se divertindo", contemporizei, ajudando-a com os copos em miniatura. "Não, eles ficam lá fechados naquele mundinho de casal deles e não percebem quando exageram", disse ela, se afastando, ao passo que eu tentava me aproximar do seu ouvido para sugerir que já podíamos expulsar todo mundo e fazer o mesmo, sozinhos, quando todos desaparecessem.

Então alguém surgiu na porta e me lembrei que aquela era a Mayra que eu conhecia: alguém que não lidava muito naturalmente com demonstrações públicas de afeto, embora a amiga dela que nos surpreendeu ali, nos preâmbulos desajeitados de um quase abraço, estivesse bêbada demais para distinguir a cozinha do banheiro ou o abraço de um empurrão, e acabasse vomitando tudo o que comeu naquela noite na pia, em cima dos copos recém-lavados.

Ao final, sempre que nos prometíamos repetir algo parecido com aquela festa, agora com apenas um dos núcleos de amigos (provavelmente os de Mayra) e sem música alguma (os botões do aparelho de DVD iam parando de funcionar e já não dava pra enfiar nenhum disco lá dentro com alguma garantia de que ele iria sair com segurança), eu via o desfecho daquela festa numa reprise monótona em que eu terminaria sozinho, levando o lixo para as escadas e limpando o vômito da pia, enquanto Mayra, recusando-se a ficar no apartamento e prolongar a diversão a dois até o outro dia, voltaria para casa de carona, como uma atração contratada para o primeiro show fracassado de uma longa e exaustiva turnê.

A CAMPAINHA TOCA DUAS VEZES durante todo o domingo. Na primeira vez, sabe que é de manhã porque ouve o choque diligente dos carrinhos no supermercado da frente do prédio, confundido com o barulho dos nós dos dedos na madeira da porta. Sente o suor como uma cola a escorrer-lhe pelas costas, prendendo-o ao sofá, impedindo qualquer movimento. Na segunda vez, já é tarde e o silêncio lá fora acusa que o supermercado fechou. Consegue levantar o pescoço e ver a chuva deixar cicatrizes na fina camada de poeira acumulada na varanda. A porta corroída pelos cupins ameaça ceder às pancadas que insistem em chamá-lo. Levanta-se. Desliga a televisão. Deve passar das duas horas da tarde.

Sem a real intenção de abrir, coloca-se diante do espelho da sala e o reflexo lembra o de um pugilista em nocaute, os poros dilatados, o suor saindo pelas têmporas e o corpo sem o domínio pleno da gravidade. Brinca de adivinhar quem está por trás do sulco cavado no centro da madeira. Dali a meses, o buraco estará tão fundo que poderá lhe servir de olho mágico. Espera em silêncio. Insistem. Decide abrir a porta.

— Boa tarde — diz a síndica do outro lado.

A cabeça dela se separa do tronco atarracado que se equilibra em tamancos de madeira, um paradoxo risível com o short curto de esportista que ela escolhe usar nessa tarde de mormaço. A síndica ergue as narinas e fareja o vazio. É um esquilo gigante que tenta se desviar dele e entrar no apartamento. Ele se planta no limiar da porta e impede a entrada. A síndica recua.

— Estamos meio preocupados com esse cheiro. Você já viu o que é?

Tem por volta dos quarenta anos e mora no andar de cima. Desde que se tornou síndica, o elevador amanhece com duas folhas impressas coladas na parede: uma exibe uma mensagem religiosa e a outra uma mensagem motivacional. Uma das poucas diversões que ele tem é corrigir a ortografia daquelas mensagens.

— A vizinha aqui de baixo reclama quase que diariamente desse cheiro, sabia?

A síndica só pode desconfiar que é ele o responsável pelas correções. Instala câmeras no elevador, na garagem, em toda a área comum do prédio. Ele se vinga. Deixa de pagar o valor da taxa de condomínio e se recusa a trocar a porta velha por uma nova, serviço que todos os moradores se comprometem a executar em suas próprias portas, em uma reunião da qual não participa. O nome dele passa a ser citado nas reuniões. Sabe disso pelos textos ambíguos e analfabetos das circulares, colados no quadro de avisos do elevador, junto com as mensagens que já não corrige mais, com receio de ser flagrado pelas câmeras.

— Desculpa perguntar, mas há quanto tempo você não faz uma faxina aí dentro?

A implicância da síndica se arrasta. Passa a fazer essas visitas sem aviso nos fins de semana. Ele vê a tagarelice escorrer feito veneno pelos cantos da boca suja de batom. Odeia a viscosidade, a aderência que ela manifesta à vida alheia. Odeia a polidez que disfarça sempre uma intenção invasiva, a rabugem floreada nesses discursos cheios de arestas. Odeia o apelo moral detestável das mensagens e das circulares analfabetas do elevador. Balança a cabeça ainda meio atordoado. Procura uma maneira de se livrar da mulher e dizer que ela não tem nada a ver com o que acontece ou deixa de acontecer para além daquela porta. Ela resiste bravamente.

— Além disso, eu tenho que tocar no assunto do condomínio porque, você sabe, as parcelas continuam atrasadas e...

Ele abaixa a cabeça e a articulação do pescoço range como se sustentá-la tivesse se tornado um esforço hercúleo. A síndica se cansa de permanecer de pé diante da porta, ouvindo muito mais o exército de cupins nas galerias de madeira que o som da voz dele, perdida em muxoxos desacordados. Uma das panturrilhas dela dilata-se como se o coração tivesse descido e se alojado no músculo protuberante, uma das únicas partes rijas do seu corpo. Troca o pé de apoio e recua até o elevador.

— Bom, era isso que eu tinha a dizer. Qualquer coisa eu estou lá em cima, pode me chamar se precisar.

Ele torna a fechar a porta e ouve atrás de si o som dos tamancos nos azulejos se misturando ao ronco do elevador. Apalpa o torcicolo no caminho até o banheiro e despe-se ainda no corredor, depois de se certificar que a porta do quarto de hóspedes continua trancada como deixou na outra noite. A bermuda com a chave fica por cima das pilhas de livros e das caixas, no corredor. A bagunça lhe proporciona um grau sádico de satisfação. As caixas ainda preenchem o apartamento porque tudo o que elas contêm e tudo o que elas representam ainda está ali, preenchendo a sua vida. Se esvaziasse o apartamento dessas caixas, se as trancasse também ali, dentro do quarto, estaria esvaziando uma parte de si mesmo e a trancando junto com elas.

Deixa de se lavar depois de usar o banheiro, toma mais um comprimido e volta a dormir assim como está, nu — o sofá, o seu útero; o suor, o seu líquido amniótico.

Na redação, a sua cadeira não volta a ser trocada. Reencontra Lorna em meio a jornadas puxadas em que ambos têm que cumprir horas extras de trabalho. Conversam na copa, entre xícaras de café e comidas de milho que Lorna leva na bolsa e diz serem vendidas pela sua mãe. Ela aceita as caronas que ele começa a oferecer para a casa dela, depois do expediente, mas só voltam a sair juntos na véspera de um feriado em que trabalham até o início da noite, com a recompensa do editor de uma folga no outro dia, por causa das horas extras.

Como ele termina antes o serviço, e está há mais tempo na profissão, Lorna pede que revise a matéria dela sobre o movimento nos terminais rodoviários para que tenha tempo de ir ao banheiro se preparar para sair. Ele lê o primeiro parágrafo com os números do fluxo de passageiros que chegam e que saem da cidade, a comparação com os recordes registrados no ano passado, a quantidade de ônibus e de funcionários extras que as empresas de transporte disponibiliza, as aspas com a declaração de uma fonte, a fórmula clássica da pirâmide invertida que Lorna, tanto quanto ele, luta para subverter e os editores lutam para empurrar goela abaixo do leitor, como se a matéria fosse um formulário expedido pela gerência do terminal.

Lorna demora no banheiro. Ele ajeita a formatação do texto, imprime a página e deixa na mesa do editor. Encontra Lorna na porta da empresa. Ela está maquiada, sem o blazer que usava na redação e que largou na alça da bolsa carteiro, suspensa numa faixa bastante visível dos seus ombros. Ele se dá conta de que mal se olhou no espelho antes de bater o ponto e deve estar com um aspecto péssimo. Ajeita as mangas da camisa a caminho do carro. Emplastrados pela rotina de trabalho, não chegam a um consenso sobre onde vão jantar. Vagam a esmo com o carro e dão na praia, com os quiosques cheios de turistas sazonais. Discutem se há por acaso algum novo lugar legal para entrar, sentar e apostar dali a quanto tempo estará entregue às moscas. A impermanência da cidade ainda é algo que eles discutem. Lorna sugere que voltem para o Centro.

— Os bares de lá nunca fecham. São poucos, mas estão sempre lá, imutáveis, como o resto da paisagem.

Ele concorda e faz o retorno no Busto de Tamandaré. Deixa para trás os residenciais de três andares e os moradores de roupas esportivas e sacolas plásticas nas mãos, voltando do supermercado ou preparando-se para catar o cocô dos poodles em suas caminhadas noturnas.

Não saberia dizer o que está acontecendo no Centro em termos de diversão, na véspera de um feriado. Ultimamente, o Centro se tornou uma única praça erma, com os bêbados de sempre e bandos de punks envelhecidos com camisas compradas em lojas de departamento. Pensa em ligar o som do carro. Não lembra o disco que está no player e tem vergonha de arriscar. Segura firme o volante com a mão esquerda e começa a roer as unhas da outra mão. Para de roer quando Lorna nota a tensão no ar. Disfarça. Finge regular os botões do painel. Volta a roer as unhas em seguida.

— Qual o melhor ponto pra estacionar? — ele pergunta, indeciso.

— Para na frente do primeiro boteco que aparecer — diz Lorna.

Perto da Lagoa, avista mesas de plástico e ouve os acordes vibrantes de um karaokê. Diminui a velocidade, mas Lorna se esgueira no painel e pede que siga adiante.

— Esse não — diz ela. — Qualquer bar menos esse.

Estranha a reação dela, mas segue adiante e param mais à frente, em um bar com alguns metros quadrados de azulejos encardidos que fossilizam o muco de três gerações de boêmios. O lugar tem um ar de mercearia do interior com um grande balcão horizontal de madeira de onde emana um cheiro de fumo de corda. O homem que se apoia com as duas mãos sobre o balcão tem um bigode farto e um ar de mascote do Vasco da Gama. Troca o casco de um refrigerante barato para uma cliente que acaba de chegar da rua.

Eles puxam duas cadeiras e sentam diante de uma mesa enferrujada. A tinta do tampo descascado, repleto de riscos e arranhões, parece reproduzir desenhos obscenos que são na verdade marcas aleatórias feitas com facas, moedas, tampinhas de cerveja e chaves de carro. O dono do bar ergue uma plataforma móvel que se destaca do balcão e se aproxima. Retira os restos de comida da mesa que eles ocupam, vizinha da de outro homem que está sozinho e cochila diante de um litro de aguardente. Não dá para entender o que o dono do bar murmura por trás bigode volumoso, enorme, grisalho, que esvoaça no vaivém da mesa para o balcão. Deposita na mesa uma lata de azeite, sachê de temperos e vidrinhos muito semelhantes, um de sal e outro de palitos.

Lorna pede uma cerveja que já chega aberta, em um recipiente de isopor com alguma coisa ilegível escrita à caneta. Os dois copos servem de tampa. Lorna enche o dela e coloca o dele de lado, com as bordas para baixo.

— Desculpa, você não bebe, né? — Lorna pergunta.

— Não, eu bebo sim — ele responde, desvirando o copo. — Eu achava que era você quem não bebesse.

— Então estamos quites — Lorna enche o copo desvirado. — Brindemos!

— A que exatamente?

Lorna dá o primeiro gole.

— À nossa ingenuidade em pensar que dois jornalistas fodidos pudessem ser abstêmios.

Já vão pela terceira garrafa quando ele se sente encorajado a perguntar para Lorna qual era o problema do outro bar, o do karaokê.

— Era lá que meu pai bebia — ela responde.

— Desculpa ter perguntado — ele diz.

— Não, tudo bem — Lorna toma outro gole da cerveja. — Eu até ia lá com uma certa frequência, depois que ele morreu, quando ainda estagiava com o pessoal da TV e eles se encontravam lá no happy hour. Eu mal tinha processado o luto ainda, sabe? Uma noite, contei uma dessas histórias mentirosas que a gente inventa em mesa de bar pra se distrair e eles duvidaram. Disse que jurava pelo meu pai morto que a história era verdadeira. Todos na mesa se calaram e eu demorei uns três segundos pra entender que eu tinha falado aquilo sem nem me tocar que meu pai tinha, de fato, acabado de morrer. Depois daquela noite, voltei pra casa mais lúcida e percebi que minha mãe ficava acordada em casa me esperando quando eu voltava dessas noitadas. Lembrei do meu pai chegando em casa sempre bêbado e desabando no sofá, e ela indo lá pra ver se tava tudo bem, tentando convencê-lo a dormir no quarto ou pegando um cobertor pra ele dormir no sofá mesmo, se não tivesse outro jeito. Imaginei ela lá de novo com o cobertor, agora pra mim. Foi aí que eu me dei conta de que todo mundo tava tentando lidar de algum jeito com a morte dele, menos eu, que ainda tava indo pro bar na esperança de encontrá-lo. Não dormi direito aquela noite. Foi a última vez que fui naquele bar.

Agora, não há tempo para que o silêncio se feche em torno deles. Lorna termina a história e o vizinho da mesa, o homem solitário que cochila com a garrafa de aguardente já pela metade, começa a soluçar, ainda de olhos fechados, e levanta o dedo, sinal que o dono do bar atende prontamente. O homem tem a voz pastosa e dono do bar tem que se inclinar para conseguir compreender o que ele diz. O homem abre os olhos e dá uma gargalhada repelente. O hálito de cachaça é tão fulminante que chega até eles na mesa vizinha.

O dono do bar se vira, desculpa-se pelo bêbado e diz que a cozinha está fechando. Eles se dão conta de que esqueceram completamente de pedir algo para comer. Pedem que o dono do bar sugira algo rápido e o prato de linguiça acebolada que pedem chega na mesa em minutos, boiando em gordura. Pedem outra cerveja e combinam que aquela vai ser a última. A saideira.

— A gente nem viu o tempo passar — diz Lorna.

Terminam o prato antes de esvaziar a garrafa. Observam o solitário da mesa ao lado e driblam a melancolia do início da madrugada elaborando enredos estapafúrdios sobre a possível vida anônima do sujeito. O drama que impele aquele homem desconhecido noite adentro. Os acessos sonâmbulos de soluço começam a diverti-los. O homem acorda com as risadas e os chamados do dono do bar, que não faz cerimônia e passa a desarmar as mesas e as cadeiras, perfilando-as de forma organizada ao pé da parede. Restam apenas as duas mesas ocupadas. O homem ao lado é o primeiro a se levantar com os olhos agora muito bem abertos, como se estivesse lúcido o tempo todo. Caminha para o balcão com a mão levantada, fazendo o mesmo sinal de antes. Coloca uma nota de dez reais no bolso do dono do bar, bate no seu ombro e desaparece. O dono do bar balança a cabeça em negativa, decepcionado, e dá a volta no balcão. Ergue a plataforma móvel, tira a nota de dez do bolso e junta a um bolo que fica no bolso de trás da calça. Desarma a penúltima mesa e os dois decidem não abusar mais da sua paciência. Pedem para que feche a conta, pagam e saem dali satisfeitos.

No caminho de volta, no carro, Lorna saca um pequeno espelho da bolsa e verifica a aparência. Ele interpreta como um convite implícito para que a noite continue. Todos os lugares àquela hora recolhem as mesas e enxotam os clientes para fora. Saem da região do Centro e ainda há muitas ruas e avenidas a atravessar até que seja necessário definir um destino que não seja a casa de Lorna, onde talvez a mãe dela a espere acordada nesse momento. Está dirigindo alto pela avenida beira-mar, dividindo a atenção entre as ruas quase sem movimento e as luzes dos postes que penetram na penumbra do veículo, riscando o carro e iluminando o rosto de Lorna.

— Você tá em condições de dirigir? — ela pergunta.

Ele assente. Fixa no barulho dos pneus que deslizam na fina camada da chuva. Continua a dirigir em silêncio.

— Não sei pra onde te levar agora — ele enfim assume. — Desculpa a minha falta de jeito.

— A tua falta de jeito pra quê? — indaga Lorna.

— Sei lá... — ele diz. Lorna continua calada, esperando que ele se explique. — Você deve me achar um cara meio perdido, né? Um desses caras que demoram pra escolher até o melhor caminho pra chegar em casa.

— E por que você não me mostra exatamente esse caminho? — Lorna provoca, olhando pela primeira vez nos olhos dele quando desvia de novo a atenção da rua.

Ele estremece. Lorna sustenta o olhar, esperando uma reação mesmo quando ele volta a mirar as placas da orla, que dançam refletindo o brilho dos faróis. Depois de Mayra, ninguém mais além dele entrou no apartamento. Levar Lorna para lá seria revelar o cativeiro, profanar a sepultura, abrir um mausoléu e lançar aquela maldição sobre mais alguém. O olhar fixo de Lorna, porém, lhe transmite uma confiança à qual até agora não conseguiu corresponder. Uma cumplicidade que talvez venha do fato de ela também carregar um morto, há muito tempo, nas costas, e não ter hesitado em dividir o peso do seu com ele, nas últimas semanas.

Mantendo a aceleração do carro, pega o acesso à rodovia.

— Eis, então, o melhor caminho até minha casa — ele mostra, percorrendo a estrada à beira do mangue, divisando o pedaço distante do mar que às vezes se insinua sob o clarão da lua, entre os troncos curvados das palmeiras que começam a ser derrubadas para a construção de condomínios residenciais.

Lorna se ajeita na poltrona do carro. Avistam o mirante ao final da estrada e ele vira o volante para a direita. Depois de vencer três lombadas, a avenida praticamente desemboca em sua garagem. Seguem a pé até o elevador, num labirinto de carros estacionados rente às pilastras, todas elas com marcas de raspões dos automóveis. Lorna se olha pelos reflexos das janelas. Ele chama o elevador levando a chave do apartamento já nas mãos. Está tenso e aperta o chaveiro a ponto de machucar um pouco a palma da mão direita. Lembra-se da última vez que recebeu alguém no apartamento. Lembra-se de Mayra e da cena. De como aquilo acabou mal. Lembra-se do cheiro impregnado no quarto, nas paredes, nos móveis.

O elevador demora como se alguém estivesse retendo a cabine lá em cima. Entram nele e a largura do silêncio que o separa de Lorna, de repente, se reduz ao espaço confinado do compartimento. Ficam de costas para o espelho. Contam os seis andares do painel luminoso sem dizer uma palavra. Lorna lê uma mensagem de Coríntios e outra de Caio Fernando Abreu na parede do elevador. A mão do chaveiro dói.

O peso do fracasso iminente da visita de Lorna desafia a carga máxima da cabine até que a porta automática se abre e ele empurra a segunda porta. Lorna passa muito perto dele e resvala no híbrido de lixeira e cinzeiro recém-instalado ao lado do elevador. Algumas pedrinhas caem no chão e Lorna se abaixa para recolher. Deixa à vista o decote que ele tentou sem muito êxito evitar olhar ao longo de toda a noite. Diz que não precisa recolher as pedrinhas, mas Lorna faz questão de devolvê-las à lixeira. O fundo de metal tilinta quando as pedrinhas caem. Lorna continua abaixada com o decote. A luz com sensor de movimento se apaga e ele se mexe em uma coreografia nervosa para fazê-la se acender de novo. A luz reacende e ele se dirige à porta, com a chave entre os dedos e a marca do chaveiro ainda mais forte na mão. Ele avisa a Lorna da desordem antes de abrir a porta.

Quer avisá-la também de que tem alguém morto naquele apartamento. De que Mayra está morta naquele apartamento. Mas lhe faltam palavras para explicar.

Lorna passa de novo muito perto de seu corpo quando ele abre a porta, esboçando um gesto excessivamente cortês para que ela entre. Estão iluminados apenas pela luz do corredor e ele demora a acionar o interruptor. A luz da sala se acende e permite que ela dê uma boa olhada ao redor e coloque a bolsa em cima da mesa, perto do notebook e da louça do café que ele esqueceu de recolher pela manhã. Lorna não parece sentir o cheiro. O cheiro que ele mesmo não é mais capaz de sentir, mas que adivinha permanecer no apartamento, fazer parte da sua atmosfera.

— Se você chama isso de bagunça precisa conhecer o meu quarto — ela diz, esperando que ele também avance.

Lorna apoia as mãos no espaldar imenso de uma das cadeiras e se olha um pouco no espelho, o grande espelho horizontal que ocupa toda a parede da sala. Ele diz que Lorna fique à vontade e recolhe a louça do café. Deita o copo com um halo de iogurte dentro do prato salpicado de farelos de pão. Envergonha-se do descuido com a louça. Na passagem para a cozinha, desviando das caixas no corredor, percebe que a porta do quarto de hóspedes está aberta. Não se lembra de tê-la deixado aberta antes de sair para o trabalho. Fecha a porta imediatamente e guarda a chave no bolso. Volta da cozinha com uma garrafa de vinho velho que tirou da geladeira, e dois dos melhores copos de requeijão.

Lorna está avaliando o único quadro que ele tem pendurado no apartamento, na parede da sala, acima do sofá. A pintura representa uma paisagem vista da janela de uma casa de praia construída a uma distância inconcebível do mar, próxima a um píer visivelmente distorcido pela perspectiva falha do pintor. O quadro foi feito por um artista que não deve conhecer o mar ou o idealiza com cores berrantes e tons irreais. A obra está em uma moldura igualmente exagerada, feita com madeira robusta e talhada por um outro artista mais meticuloso. Deve pesar uns quinze quilos.

— Isso aqui é um nascer ou um pôr do sol?

— Pergunta pros meus pais — ele diz. — Eles é que trouxeram o quadro e esse monte de madeira pra cá, num verão desses aí.

— Você ainda não tinha me falado dos teus pais — Lorna perde o interesse no quadro e se volta para a estante de livros. Passa os dedos pelas lombadas de alguns volumes. — Esses livros foram eles que trouxeram pra cá também?

— Alguns — ele diz. — A maioria eu mesmo fui comprando ou trouxe de São Paulo. Tem alguns no quarto também — acha a menção ao quarto um erro e tenta despistar. — Alguns eu nem tirei do plástico ainda...

— Como assim? — ela emenda. — Um livro só é de fato seu quando você tira do plástico e começa a ler, não sabe disso?

Ele não quer admitir que há anos os livros são uma espécie de compulsão vazia, como miniaturas de porcelana colecionadas no armário por uma avó obsessiva. A estima que nutre por eles consiste em mantê-los intactos, ordenados em um sistema que tenta explicar para Lorna sem muito êxito.

— E essas caixas? — ela aponta para o corredor.

— Nada, só coisas que preciso guardar — ele despista. Serve o vinho tinto e Lorna começa a mudar os livros de lugar, organizando em uma nova ordem aleatória. Ele oferece o copo para afastar Lorna dali e ela se vira com um exemplar de *Paris é uma festa* na mão.

— Sabia que Hemingway aprendeu a fazer descrições vendo as paisagens pintadas por Cézanne?

Ele se apressa em retirar do sofá o lençol amarfanhado da noite anterior, outra noite em que não conseguiu dormir no quarto, perambulando pela casa e se entupindo de comprimidos. Mas Lorna já está praticamente sentada em cima do lençol. Ele finalmente puxa uma das pontas e o pano fica preso embaixo da coxa de Lorna. Ela inclina o quadril para soltar. Ele acomoda o lençol dentro da rede armada na varanda e senta-se ao lado de Lorna. Ela pergunta se pode abrir o plástico do livro com um entusiasmo infantil. Não consegue impedi-la. Lorna cuidadosamente rasga as bordas do plástico com as unhas. Percebe pela primeira vez na noite que ela usa um esmalte azul. Três unhas de cada mão estão pintadas, outras duas não.

— Essa pintura nas tuas unhas é algum tipo de estilo?

— É, sim — Lorna retira o plástico e folheia o livro. — Um estilo chamado ansiedade. Algo que você deve conhecer bem pelo que vejo das tuas unhas também.

Ele fecha a mão dolorida pela pressão das chaves e esconde a ponta roída dos dedos, num movimento instintivo. Lorna nem olha, aspirando o cheiro que se desprende das folhas do livro quando folheia.

— Tecnicamente, esse livro agora é meu porque eu o tirei do plástico — Lorna pousa o livro no colo, beberica o vinho e olha novamente ao redor. — Você dorme aqui nesse sofá?

— Nas noites menos quentes — ele responde, um pouco desconcertado.

Lorna abre novamente o livro.

— Bom — ele diz —, pelo menos você gostou da minha biblioteca.

— Bem mais do que desse quadro aí em cima, pode ter certeza — Lorna ri virando o pescoço para rever a pintura.

Os hiatos na conversa começam na segunda rodada de vinho. Em vários momentos, ele acha que um dos dois vai cochilar enquanto o outro fala. Reabastece o copo de Lorna. Ele parou de beber há muito tempo e apenas finge tomar o vinho em intervalos regulares, encostando os lábios no copo. Tem que estar lúcido caso Lorna descubra o segredo. Ela pede para ir ao banheiro. Ele lhe mostra o caminho e fica apreensivo quando ela passa pelas caixas, pela porta do quarto, mas Lorna não nota nada estranho, continua sem sentir o cheiro, e não se detém em instante algum no corredor.

Ele passa à varanda para verificar se a chuva torna a cair. Sim, ela torna a cair. Comunica a Lorna quando ela volta do banheiro. Lorna não está interessada no clima. Ele supõe de imediato que não vão ter mais assunto para conversar durante toda a noite. Lorna termina de beber o vinho, pousa o copo no chão e levanta-se para devolver o livro que roubou da estante. Erra de lugar. Hemingway se perde em alguma posição desconhecida do alfabeto. Lorna fica um segundo com as mãos apoiadas na prateleira, como se fosse retirar outro livro ou como se precisasse estar de pé, exatamente naquela posição, por algum motivo calculado. Depois se vira e, com as mesmas três unhas pintadas de azul e as outras duas descascadas, começa a abrir o zíper da blusa e deixar que o tecido deslize pelos seus braços.

Quando ele acorda no sofá, algumas horas depois, o dia já está claro, sem nuvens. As caixas estão remexidas, o quarto de hóspedes está aberto, e Lorna parece ter sumido dali há muito tempo.

# 2.

# Segunda pele

NÃO TORNA A CRUZAR COM LORNA na redação nos dias seguintes. Nunca lhes ocorreu trocar telefones e não tem como saber se ela está viva ou morta, se deixou o jornal ou simplesmente foi remanejada para outros turnos que não coincidem com os seus.

Até o dia em que o jornal fecha a edição de domingo, e ele permanece no turno da tarde, em meio ao pandemônio que se instaura perto do deadline.

Lorna entra na redação como um fantasma de si mesma e passa rapidamente para a baia dela, aos fundos. Ele não sabe dizer se Lorna chegou a vê-lo, embora seja bastante improvável que não o tenha visto bem ali, de costas para a porta, num ângulo de total visibilidade.

Levanta-se com o propósito de ir até a mesa de Lorna, mas acaba simulando uma consulta aos papéis que estão próximos à mesa do editor. Mantém-se de pé por mais tempo para se fazer notado. Ignorado, sai da sala e resolve fazer uma pausa.

Caminha pelos jardins da empresa de comunicação. Uma estátua desnuda resplandece na grama e a torre de transmissão faz uma sombra agradável no caminho de pedras que leva até a copa, uma casinha recém-inaugurada onde os funcionários descansam no intervalo. Deitado em uma das quatro confortáveis poltronas ali instaladas, vê um colega ressonar embaixo do aviso de faça silêncio, este espaço é para a paz e o conforto dos funcionários. Em posição fetal, o colega aguarda o tempo de uma hora que exigem fora do trabalho antes de cumprir mais duas horas do expediente normal. Lembra-se de que não bateu o ponto antes de sair da redação e, portanto, está descansando em horário de trabalho. As câmeras registram tudo. Volta para a redação de imediato.

No corredor, Lorna surge e ele estanca, admitindo o próprio disfarce: o inocente passeio foi a forma deliberada que encontrou de cruzar com ela no corredor. Lorna está atarantada, com os óculos escuros na mão. Deve estar escalada para cumprir uma pauta fora da redação.

Lorna coloca as hastes dos óculos na gola da blusa.

— Oi — ela diz. — Ainda aqui?

— Pois é — ele murmura.

Quer improvisar algo espirituoso, algo que diminua a densidade entre os dois.

— Não vi você sair naquela madrugada.

Ela olha para o lado para verificar se alguém se aproxima. Ato contínuo, ele também olha.

— Já era de manhã — ela diz.

Ele quer perguntar por que exatamente, naquela manhã, ela saiu furtivamente, à francesa, do apartamento.

— Fiquei preocupado com você. É meio difícil pegar ônibus naquela região.

— Eu dei um jeito — ela diz, dando de ombros, em tom de impaciência, esboçando a partida.

Quer perguntar por que exatamente, naquela manhã, ela não esperou que ele lhe oferecesse uma carona de volta depois que acordassem.

— Ei — limita-se a dizer enquanto Lorna se despede, apressada —, está tudo bem?

— Sim, sim... tudo bem — ela responde. — O que aconteceu naquele apartamento fica naquele apartamento.

Vira-se e desaparece de novo.

A partir daquele meio minuto de conversa, recapitula a madrugada no sofá do apartamento. Analisa os dois momentos congestionado pela lembrança de como era transar com Mayra naquele mesmo sofá. Tinha que sair às cinco horas da manhã para deixá-la em casa antes da caminhada do pai dela com o cachorro. Infalivelmente, dava sempre com o velho abrindo o portão com o animal na coleira, um homem a quem ele mal havia sido apresentado, encarando de manhã o sujeito que comia a sua filha (ele, acenando de dentro do carro com os cabelos desgrenhados e um filete de baba secando do lado da boca).

De volta à redação, descobre pelo editor que Lorna havia sido dispensada. Era o seu último dia de teste no jornal e era muito provável que não ficasse com a vaga. Tenta alcançá-la no corredor, mas já é tarde. Lorna sumiu de novo. Ele bate o ponto e toma o rumo do carro que deixou estacionado a alguns quarteirões da empresa. Os engarrafamentos acabaram de começar e é uma péssima hora para pegar o trânsito, mas prefere não ficar mais tempo por ali. Atravessa a pé a avenida se enfiando no espaço entre os carros parados no semáforo. São estreitos corredores por onde as motos passam chispando, quase atropelando quem como ele se atreve a penetrar naqueles labirintos. Alcança o próprio carro parado entre os canteiros que separam os dois lados de uma rua próxima. Afunda a cabeça no encosto do banco e se sente finalmente protegido e a salvo do cotidiano, dentro de sua bolha de lata, senhor de seu próprio segredo. Liga a seta e se incorpora à centopeia de carros que rumam para a Epitácio Pessoa. Agora não passa de uma pata de ferrugem e borracha no meio daquele grande artrópode urbano.

Já está cochilando de novo no sofá do apartamento quando vê um envelope branco ser enfiado no vão entre a porta e o piso. O envelope desliza sobre a poeira e se esconde embaixo da mesa para onde voltaram o prato sujo do café da manhã, com farelos de pão e o copo com um halo de iogurte. Apanha o envelope e vê o logotipo da administradora do condomínio impresso em uma etiqueta. Devido à inadimplência, está proibido de utilizar a área comum do prédio. Isso inclui a garagem onde guarda o carro. O documento é claro e objetivo, impossível de ter sido escrito pela analfabeta da síndica. Pelo horário, porém, sabe que a notificação só pode ter sido deixada por ela. Não é um mau perdedor. Pode perder a batalha, mas não perderá a guerra. Vai ceder à síndica só desta vez.

Decide tirar o carro da garagem e aproveitar a saída para correr um pouco no calçadão da beira-mar. Tem se achado gordo e sedentário. Efeito dos antidepressivos e das porcarias que anda comendo. Calça os tênis sem meias e veste uma bermuda de náilon com uma camiseta velha de propaganda. Esconde o celular por baixo da roupa e leva consigo as chaves. Evita o elevador e vai descendo a escadaria do prédio, já trotando. Na guarita, o porteiro ouve uma pregação do pastor evangélico na rádio.

— Vou precisar deixar o carro lá fora por algumas noites — ele avisa ao porteiro. — O senhor pode dar uma olhada nele pra mim?

O porteiro mexe a cabeça em sinal positivo, sem tirar os ouvidos do rádio.

Do carro, percorrendo a avenida, vê de um lado o supermercado e do outro um restaurante fechando suas portas, com um funcionário chinês de botas brancas de borracha, retirando um saco preto de lixo. Restos de comida escapulem pelo plástico. Uma horda de gatos segue o rastro deixado no chão pelo chinês. Procura um lugar onde possa abandonar o carro em segurança, na linha de visão do porteiro na guarita. Escolhe o estacionamento do supermercado. Deixa as chaves com o porteiro e alonga os músculos para a corrida.

O prédio fica em uma praia distante cerca de quinze quilômetros da cidade. Há trinta anos, hectares de cajueiros e mata virgem ocultavam a matança de uma espécie de tartaruga que é mascote das lanchonetes instaladas em trailers, nos acostamentos da rodovia, em pontos estratégicos da beira-mar. Antes da construção do calçadão, os animais em extinção eram encontrados mortos em pleno asfalto, atraídos pelas luzes dos postes. Qualquer família que mora ali há mais tempo tem um casco de tartaruga para ostentar como decoração na parede de casa. O boom imobiliário na região chama a atenção das ONGs para a causa ambiental. Só então os hotéis, que constroem imensas tartarugas de fibra de vidro nos lobbies para que os turistas tirem fotos agarrados nas estátuas, passam a diminuir a iluminação à noite, na época da desova. A própria prefeitura desliga as luzes de alguns postes. Bom para as tartarugas. Pior para os moradores.

Porque a violência cresce. Os relatos que ouve de caminhantes e corredores voltando para casa sem os tênis nos pés, depois de um assalto, evoluem para os de motoristas que encontraram seus carros arrombados rente às calçadas mal-iluminadas dos prédios.

Dá a primeira corrida até o calçadão. Apesar do horário, uma mulher caminha com uma viseira apontando na testa e um homem corre de sunga e de tênis, com a meia suspensa até quase a altura dos joelhos e o monitor cardíaco encharcado de suor em volta do peito. Um ciclista faz o calçadão de ciclovia. Acha todas aquelas pessoas patéticas, mas correr por ali mais cedo é trombar em casais de velhinhos aposentados. Nada mais patético que casais de velhinhos aposentados.

Transpõe a mureta que separa o calçadão da parte fofa da areia do mar e cruza o caminho de coqueiros em cujas raízes expostas os siris se escondem. Sente o desconforto da areia arranhando os calcanhares e se depositando nas palmilhas dos tênis. Está correndo no breu, na areia dura, sentindo muito perto a lambida das marolas. À distância, vê as placas utilizadas para marcar a quilometragem e os pontos das prostitutas no final do calçadão. A partir dali, a faixa litorânea ainda não foi invadida nem pelo asfalto nem pelos quiosques das lanchonetes. No escuro, ele encurta a passada e espia os motoristas pararem os carros e abrirem as portas para as garotas. Uma prostituta desce dos saltos plataforma e se embrenha com um cliente em um matagal que só mais adiante encontra o muro da primeira casa de praia, abandonada nesta época do ano. Ele para perto de uma palmeira com o tronco infestado de caramujos africanos e descalça os tênis. Emborca-os para tirar o excesso de areia e recuperar o fôlego antes de fazer o caminho de volta. A prostituta grita de dentro do matagal.

— Tem alguém brechando ali!

O cliente também grita.

— Eu mato esse tarado agora!

Entende que os gritos são para ele e larga os tênis na areia, sem conseguir calçá-los de volta. Corre o quanto pode, o coração acelerado, até se dar conta de que não tem mais ninguém atrás dele, ninguém além dos siris transparentes que flutuam como mutações na areia fofa e se perdem na trilha de coqueiros. Sobe na mureta do calçadão e deita, em frangalhos.

Finge fazer abdominais quando alguém passa e estranha sua presença.

No banheiro do apartamento, inspeciona a sola dos pés antes do banho. Há uma bolha do tamanho de uma bola de pingue-pongue. Ele estoura a bolha e o líquido escorre, um misto de água e de pus. Lascas de pele abrem fendas que sangram quando coloca a sandália. Anda a esmo pelo apartamento. Pensa em entrar no quarto de hóspedes. Chega até a abri-lo, mas se arrepende. Tranca a porta à chave e a esconde de si mesmo dentro de uma das caixas do corredor. Lacra as caixas com fita adesiva para evitar também abri-las.

Já não lhe restam mais unhas nas mãos para roer quando se senta no sofá para ver o DVD que continua se repetindo no aparelho. As reentrâncias dos dedos estão se sedimentando ao toque. As células da pele já não conseguem mais se reconstituir e morrem na ponta das falanges. Ressecam formando invólucros brancos que se assemelham a pequenas verrugas ou às pontas de linguiças calabresas. A pele velha não consegue mais se regenerar. A pele nova dói, sangra e o impede de alcançar as coisas.

No último carnaval com Mayra, viajamos ao Recife. A mesma turma de amigos dela que se reuniu em minha casa estava agora em um apartamento de um cômodo e uma cozinha americana no bairro de Boa Vista. Um loft, como os amigos de Mayra gostavam de falar, mas para mim o lugar não passava de uma quitinete bem decorada. Fora de casa, naquela noite, estava tão desconfortável quanto em minha própria casa no dia da festinha.

Acabamos de chegar e trouxemos, junto com as malas (várias de Mayra, apenas uma minha), dois colchonetes finos que levamos já forrados com lençóis de elásticos. Além de nós, eram mais seis pessoas espremidas na sala: três no pequeno sofá de dois lugares, duas na mesinha contígua ao balcão americano e, na cozinha, retirando comida dos armários, o anfitrião, um amigo de Mayra que acabava de se mudar com o namorado para fazer um curso de fotografia na cidade.

Havia um janelão com a vista para o que alguém acreditava ser uma sinagoga, a visão da cúpula dourada parcialmente tapada por um colchão inflável azul. Mayra e eu encostamos as malas na parede, enrolamos os colchonetes cobertos com lençóis de elástico em formato de rocambole e nos sentamos ali. Me perguntava como todos íamos dormir ali na quitinete. Ou no loft, como eles gostavam de falar. O namorado do anfitrião sentou-se no sofá com um casal com pinta de estrangeiro que logo descobri que estava hospedado em um hostel nas proximidades. Das duas amigas de Mayra que estavam na mesinha, uma estava hospedada na casa de familiares. Restava a outra, que tinha as mãos minúsculas e bebia pausadamente uma latinha de refrigerante com o olhar fito na televisão, onde Britney Spears se contorcia dentro de um colante vermelho.

"E aí, qual é a boa de hoje?", Mayra perguntou, pegando uma latinha de cerveja da mesa e voltando para o colchonete de rocambole.

"Marco Zero tá bombando como sempre", respondeu o anfitrião, abastecendo a mesa de batatas enlatadas com cheiro de chulé.

Dirigimos duas horas no escuro, depois do trabalho, para chegar lá ainda na sexta-feira. Se só a minha opinião contasse, dado que teríamos que encarar Olinda na manhã seguinte, sugeriria o mais sensato: descansar e acordar cedo no outro dia. Mas não me arrisquei a dar uma palavra sobre os planos que os amigos de Mayra estavam fazendo. Odiava a sensação de não saber o que dizer diante dos amigos dela.

"As boates estão todas abertas", disse o namorado do anfitrião.

Havia shows gratuitos e palcos espalhados por toda a cidade, mas os amigos de Mayra só conseguiam pensar em boates elitistas, caras e apinhadas de gente. Voltei os olhos para a televisão e vi que de alguma forma Britney Spears tinha conseguido sair do colante vermelho e agora se contorcia num figurino diferente, branco, cercada por seus dançarinos, todos também de branco. A menina da latinha de refrigerante levantou como se fosse arrancada de um transe e foi se arrastando ao banheiro.

"Sente só o cheiro dessa latinha", o anfitrião deu a volta no balcão e colocou a latinha de refrigerante embaixo do nariz da outra amiga que estava sentada à mesa. Ela crispou o rosto e sacudiu a cabeça.

"Argh. Ela começou a beber de novo?"

"Remexi nas coisas dela hoje à tarde e tinha uma garrafa de vodca escondida no fundo da bagagem. De vez em quando ela entra no meu quarto com essa latinha e vai lá encher. Deve estar vomitando tudo no banheiro agora. Ela pensa que me engana. Refrigerante! Até parece..."

"Acho que a gente devia fazer alguma coisa com relação ao alcoolismo dela", disse Mayra, sem tirar a mão da própria lata de cerveja.

Eu lancei um olhar acusador para Mayra e para a cerveja, tentando despertá-la para o óbvio. Se a amiga tinha problemas com bebidas, por que todos estavam bebendo em volta? Mayra deu de ombros. Do banheiro, um barulho de descarga abafou o *hugo* que era despejado na privada. O anfitrião apontou para o lado de lá.

"Eu não disse?"

Quando a menina voltou, Britney já se contorcia de novo dentro do colante vermelho. O namorado do anfitrião sacou o controle remoto e pausou a imagem.

"Aí ó! O tamanho da pata de camelo..."

Um dos gringos que estavam no sofá compreendeu finalmente.

"*Camel toe*?"

"*Yes, camel toe*, isso aí! Ó o tamanho da rachadura no meio das pernas dela."

Mayra se voltou para a televisão.

"Deselegante. *Desnecessauro.*"

Não consegui acreditar que estavam vendo o clipe em um DVD, e não na programação aleatória de algum canal da TV aberta. Quem era capaz de comprar ou gravar um DVD da Britney Spears e reprisar o clipe tantas vezes a ponto de notar uma nuance indiscreta do figurino dela?

"Eles realmente gostam da Britney", explicou Mayra já dentro do táxi, a caminho do Marco Zero. "Mas, porra, deixa de ser chato. É carnaval! E daí se eles estão vendo um clipe da Britney? Carnaval pode tudo."

Em um dos táxis, íamos Mayra e eu. No outro, o anfitrião com o seu namorado e as duas amigas. Os gringos voltaram para o hostel. Pela proporção de passageiros nos táxis, concluí que os amigos de Mayra preferiam ir num táxi lotado a dividir um táxi meio vazio conosco. Não duvidaria até se tivessem feito um sorteio para ver quem iria no táxi de Mayra com "aquele namorado chato dela". Ninguém teria se oferecido espontaneamente.

"Não viaja. Eles gostam de você. Se não gostassem não teriam convidado a gente pra cá. Você só precisa se enturmar mais. Falar mais um pouquinho."

Os táxis não estacionaram perto do Marco Zero, mas na porta de uma boate onde não havia ninguém naquela hora, além de vendedores com caixas de isopor repletas de bebida energética. Ao longe, vimos o palco principal iluminado. O anfitrião consultou o grupo:

"Não abriu ainda. Querem dar uma olhada lá no show antes?"

Todos saíram em fila, se embrenhando na multidão. Só prestamos atenção ao início do show porque lá pela terceira música eu me dei conta de que a menina da latinha de refrigerante havia sumido. Avisei a Mayra. Mayra, por sua vez, alertou o resto do grupo. O anfitrião sacou o celular do bolso e tentou ligar para a desaparecida.

"O som tá alto, ela não vai ouvir o celular tocar", berrou Mayra. "Deve ter ido em algum bar encher a latinha"

Todos estavam com suas respectivas cervejas em mãos, menos eu, talvez quem mais precisasse de uma bebida e quem menos deveria ter problemas morais com isso naquele momento. O show de Otto se encerrou e a menina não apareceu.

"Porra, eu estou começando a ficar preocupado", disse o anfitrião.

Resolveram voltar para a frente da boate.

"Ela deve ter perdido a referência e ido esperar a gente lá", disse Mayra.

Desviamos das pessoas que vinham todas no sentido contrário, atraídas pelas luzes do palco principal onde estavam previstos mais três shows até o fim da noite. Na frente da boate, pessoas vestidas com bermudas acima das coxas, mocassins azuis horrendos e camisas listradas como a dos marinheiros dos cruzeiros que atracavam perto dali, esperavam a porta se abrir bebendo uísque e energético.

"Ali!", apontou Mayra, mostrando a mãozinha minúscula da amiga, que segurava a lata de refrigerante e acenava por entre os pseudomarinheiros.

"Estava esperando por vocês há horas!", disse a desertora cambaleante, com o hálito de vodca barata. Ela desabou sobre o anfitrião, que tomou a latinha de refrigerante da mão dela e cheirou apenas para comprovar o fato.

"Caralho, tem coisa forte aqui."

A menina tentou recuperar a latinha. O anfitrião se afastou, tirando a latinha do alcance dela. A menina girou em torno dele como um cão implorando por uma recompensa. Tropeçou e caiu de joelhos no asfalto.

"Alguém tem que levar essa idiota pra casa", o anfitrião emitia a convocatória como se ela o desobrigasse da missão. Deu a latinha para o namorado, que foi jogar o resto da bebida na sarjeta. A outra amiga de Mayra estava paquerando com um dos pseudomarinheiros, distraída. A menina ainda estava de joelhos no asfalto, protestando contra todo o álcool que estava sendo desperdiçado. Eu era o único a quem ocorria tentar ajudá-la a se levantar.

"Eu estou bem. Ninguém me viu cair. Ninguém viu", disse a bêbada.

A saia que vestia subiu um pouco e a barra ficou presa na altura da cintura. Mostrei aquilo para Mayra, que me entregou a própria cerveja e ajeitou a peça, espanando os joelhos da menina, cheios de poeira e marcas de piche.

De pé, ela tropeçou de novo e segurou-se no meu ombro. Devolvi a cerveja de Mayra para ampará-la. Os ombros da menina eram tão estreitos que tinha a impressão de que ia fraturá-los quando os agarrei.

"Opa. Opa. Não foi nada. Ninguém viu", ela repetiu.

O anfitrião acompanhou tudo como se esperasse que Mayra e eu nos voluntariássemos para levar o estorvo embora. Balancei a cabeça derrotado e cedi. Ia levá-la junto com Mayra, pelo menos não precisaríamos madrugar numa boate mauricinha tendo que acordar cedo no outro dia para alcançar os primeiros blocos do carnaval. Mayra envolveu o braço da menina no pescoço e me ajudou no caminho. Estávamos procurando um táxi. O anfitrião me entregou a chave do apartamento e prometeu mandar o endereço do loft por mensagem. Eu não sabia chegar sozinho na porra da quitinete, mas Mayra sabia, não era preciso.

"Ei, mas eu vou ficar na boate", disse Mayra, corrigindo. A bêbada murmurou alguma coisa ali pendurada, entre o pescoço de Mayra e o meu ombro. "Você nem se diverte nessas boates, vai...", Mayra justificou, "pensei que eu podia me divertir um pouco no seu lugar então."

Tive o ímpeto de jogar a bêbada no chão e arrancar dali sozinho.

"Ah, vai... é só por hoje", Mayra concluiu.

O táxi chegou e nos enfiamos os dois, a bêbada e eu, no banco de trás.

Passei a primeira noite de carnaval acompanhado por uma amiga de Mayra em coma alcoólico, ressonando ao meu lado em um colchão inflável azul cheio de poeira, sem saber a que horas Mayra, que voltaria de manhã, antes de sair para o bloco, chegaria da boate.

Ao fim de mais um plantão quinzenal, tem a impressão de reconhecer Lorna num ponto de ônibus, em roupas de passeio. Duvida que seja ela, a princípio, naqueles trajes, andando por ali, tão perto do jornal. O carro vai embalado na Boto de Menezes. Entra em uma das ruas residenciais que dá para o portão de uma pequena vila de casas como há muito não se vê na cidade. Estaciona e resolve verificar com os próprios olhos se a moça no ponto de ônibus é mesmo Lorna. Não precisa mais do que virar a rua a pé para comprovar que sim, de fato, é Lorna, com tênis All Star preto, short desbotado curto, blusa preta e a bolsa sempre maior que ela, essa agora roxa e feita de trapos artesanais.

Também não precisa dar mais de três passos na calçada para perceber que há algo de estranho na postura de Lorna, que tenta disfarçar uma certa tristeza, desolação mesmo, com o aparente despojamento de sua perna direita apoiada no muro descascado de uma casa e uma mão no bolso, como se apertasse dentro dele um bolinho mirrado com uma nota amassada de dois reais e as três moedas de dez centavos que completam a passagem. O rosto de Lorna está voltado para cima. Olha diretamente para o sol a pino. A mão esquerda, a que não está dentro do bolso, aperta o nariz com o dedão e o indicador como se ela estivesse gripada. A bolsa desaba do ombro e vem cair na junta do antebraço, uma orquestração confusa de movimentos que acusam um desamparo total.

Lorna não dá pela presença dele enquanto vem chegando, então ele passa pela frente dela e, ato contínuo, olha também para cima para ver o que há de errado com o céu, para onde Lorna olha tão diretamente. Lorna permanece daquele jeito e ele entende. Lorna está chorando. Chorando da maneira mais discreta possível em uma manhã ensolarada de sábado, em um ponto de ônibus, sem ninguém por perto.

Quando Lorna volta a si, baixa a cabeça e fica clara a mecânica utilitária do queixo erguido, a testa apontando para cima. As lágrimas escorrem copiosamente e ela já não tem mais como ampará-las. O nariz congestionado funga e a voz lhe dá um oi embargado. A simples interjeição reflete o estado de espírito abalado. Lorna percebe isso. Tenta disfarçar. Ele não sabe o que dizer.

— Achei mesmo que fosse você — diz, por fim.

Lorna funga mais uma vez e desvia dos olhos.

— Pois é. Eu resolvi vir na Bica hoje.

O parque que, na falta de coisa melhor na cidade, serve de zoológico, está a alguns metros deles. Um ônibus desponta no topo da ladeira e Lorna se projeta um pouco para frente, estende o tronco e aperta os olhos vermelhos para ver se enxerga o número do coletivo. A cena da praia, da primeira vez que saem juntos, se repete. O ônibus desce desembestado pela ladeira e ela dá com a mão.

— É o meu.

— Ei, escuta... — ele interrompe, antes que o coletivo pare. — Meu carro tá logo ali, por favor, deixa eu te dar uma carona.

A porta do ônibus se abre, mas o motorista não dá tempo de Lorna rejeitar a cortesia dele. Se irrita com a hesitação, bufa com os pistões hidráulicos do ônibus e arranca deixando um rastro de fumaça preta ladeira abaixo.

— Ok — ela diz. — Vamos, então.

Descem pela calçada e o vento assanha os cabelos de Lorna, o que faz com que ele se lembre mais ainda do encontro na praia. A franja nos olhos esconde a tristeza e ela se deixa ocultar pela máscara de fios castanhos. Ele não pergunta se está tudo bem. Tudo bem é precisamente a última pergunta que fez para ela na redação. Tudo bem soaria redundante e lamurioso aos ouvidos de Lorna.

— Você não apareceu mais — ele arrisca.

— Recebi uma proposta melhor em outro jornal — ela diz.

— Ah.

Descem a ladeira. Param diante do portão e contemplam as casinhas geminadas de dentro da vila. Ouvem o riscar de talheres e sentem o cheiro dos almoços em família sendo servidos. A penumbra se desenha de novo no semblante de Lorna, que recua em direção ao carro. Ele aperta o botão do chaveiro e o carro assobia, piscando as lanternas para os dois. Entram e se sufocam com o ar rarefeito. Ele gira a chave, abaixa os vidros das janelas e espera a vez na esquina para entrar novamente na Boto de Menezes. Outro ônibus passa e uma rajada de vento os arrebata, aliviando o calor. Liga o ar-condicionado e sobe os vidros das janelas. O ambiente fica mais confortável e já não há mais como evitar o elefante que se senta no banco traseiro e se alimenta da mudez de Lorna.

— Então... — ele começa. — Eu acho que te peguei num dia ruim de novo, não foi?

Lorna ajusta as palhetas das saídas de ar. Uma tentativa desesperada de que o ar frio coloque os cabelos em movimento e ela possa recorrer a outra máscara para esconder o rosto e os traços indisfarçáveis de melancolia. Ele continua:

— Não sei se eu sou a pessoa mais indicada pra isso, mas se você quiser conversar...

Lorna se mantém em silêncio e abre a bolsa roxa de pano. Ela tira um lenço de papel e enxuga os olhos.

— Não, não é nada — ela diz. — Eu só tava andando na Bica e lembrei de umas coisas, só isso.

— Olha, você tem que me dar seu telefone — ele recomeça. — Eu podia te acompanhar da próxima vez. Na verdade, acho que só fui na Bica uma vez, muito pequeno, quando ainda nem havia pedalinhos e essas coisas todas que hoje eu ouço falar que eles têm.

Lorna faz uma bolotinha com o lenço de papel e enfia no compartimento lateral da porta, repleto de outras bolotinhas que ele mesmo faz com comprovantes amarelos de saldos bancários e azuis de pagamentos no débito. O condomínio ainda não foi pago. O carro tem amanhecido cada vez mais sujo no estacionamento do supermercado, cheio de folhetos de promoções presos nos limpadores do para-brisa. Sempre acha que vai encontrá-lo arrombado uma manhã dessas.

— Nós costumávamos vir bastante — Lorna diz, e quando pronuncia o "nós" ele se lembra do pai dela. Do pai morto na piscina. — Já tinha pedalinho, apesar de não ser tão popular na época em que a gente se mudou pra cá. Meu irmão adorava.

— Peraí, você tem um irmão?

— Tenho, mais novo.

Lorna funga, reagindo à coriza estimulada por rajadas de mofo do ar-condicionado. Avisa que já estão perto da casa dela e que ele pode deixá-la na calçada do shopping, se quiser. Ele vislumbra a carona terminando. As oficinas mecânicas da Tancredo Neves estão baixando as portas corrediças e crianças descem da ponte sobre o mangue com varas de pescar e baldes improvisados com latões de margarina. Lorna entra então no assunto:

— Hoje faz exatamente um ano que meu pai morreu.

Na primeira rua de acesso ao shopping, uma nova fila se forma com carros que aguardam a vez na guarita do estacionamento. Pega a faixa da esquerda e não consegue mais voltar para o outra. Não sabe o que dizer para consolar Lorna.

— Pode me deixar no final do Retão. É perto. Eu vou andando — diz Lorna.

— Não, faço questão de te deixar em casa.

O zigue-zague pelas ruelas do bairro do Bessa é atordoante. Mais ainda depois da descoberta da razão daquela tristeza.

— É aqui — ela diz, apontando para uma casa que surge na esquina, atrás de um muro de tijolos aparentes. — Você já almoçou, não é?

— Na verdade, não — ele responde. — Tava pensando em voltar e almoçar no shopping.

Lorna suspira com cansaço e olha para a direção de onde vieram. Para a direção do shopping e dos milhares de carros esperando a vez de estacionar. Resolve ceder.

— Aqui deve ter algo já pronto, se você quiser entrar.

Lorna abre um portão grande que dá para uma piscina limpa e modesta, ocupando parte da área da casa. Um peixe multicolorido de madeira se pendura entre as pedras do muro colado à borda. Ao lado da piscina, uma garagem coberta oferece sombra para uma mesa de plástico que está colocada junto a outro portão menor. Há uma mancha fresca de óleo na garagem. Contornam a mancha e Lorna abre o segundo portão, manejando um grande molho de chaves. Ele olha de novo para a piscina e tenta associá-la com a piscina que tantas vezes imagina quando se põe a pensar na história da morte do pai dela, o corpo boiando, a latinha de cerveja derramando na água. Mal sabe se é a mesma casa. Talvez não. Se fosse, supõe, já teriam coberto a piscina.

Lorna se atrapalha com a chave de um dos cadeados do portão. Ele aproveita para ter uma perspectiva mais ampla da área externa. Observa mais detidamente e vê uma cascata de pedra tomada pelo lodo. Água nenhuma parece escorrer por ali há muito tempo.

— Entra e fica à vontade — diz Lorna. — Eu vou deixar minhas coisas no quarto.

Aparentemente não há ninguém além deles dentro da casa. Lorna sobe a escada ao lado do sofá, que leva para um primeiro andar que serve de cobertura para a garagem. Ele afunda no sofá cheio de almofadas. Todas as histórias que Lorna lhe contou, como a da mãe esperando o pai de pileque com um cobertor na mão, num sofá como aquele, vão ganhando cenários reais.

Nos porta-retratos da estante, Lorna aparece em três fotografias. Versões completamente diferentes em fases não muito distantes umas das outras. Na foto clássica da formatura, a beca se assemelha a um babador e o chapéu engraçado se alinha ao canudo oco de papel que faz as vezes do diploma, com a tira azul dependurada. Em outra foto, Lorna está mais magra, à meia-luz de um barzinho moderninho que não é nenhum dos que ele conheceu ou frequentou. Ela inclina a cabeça fazendo charme. Na terceira, ela está um pouco mais criança que nas outras duas, no colo de um homem moreno, com a cara cheia, que se esforça em sorrir, mas evidencia um certo constrangimento. Só pode ser o pai de Lorna. Contempla aos outros porta-retratos e o homem aparece em mais uma foto com o sorriso acabrunhado, acompanhado por uma réplica mais velha de Lorna. Deve ser a esposa, mãe de Lorna. Há mais outras duas imagens, ambas do irmão: um adolescente mirrado parecido com o pai, sozinho, em paisagens como que inseridas digitalmente. Alguns DVDs de filmes (*O Poderoso Chefão, Hair...*) e cópias piratas de shows de serestas e flashback. Nenhum livro por perto e a televisão bastante empoeirada ocupando quase todo o móvel.

Ouve os passos de Lorna descendo a escada. Ela está com outra roupa, uma variação de seu look de passeio, e ele não pode deixar de modificá-la mentalmente, alguns quilos a mais ou a menos para retroceder e avançar no tempo e conhecê-la pessoalmente, na época dos retratos. Vão para a outra sala onde ele assiste, da meia-parede que dá para a cozinha, ao destampar das panelas de Lorna, que confere o que há para o almoço.

— Quer ajuda?

Lorna o dispensa com um breve aceno. O fogão elétrico estrila e ela remexe uma panela de carne moída com o óleo boiando por cima, que certamente foi deixada à sua espera, no fogão. Ele se vira para olhar os quadros pendurados na sala de jantar.

— De quem são? — pergunta, apontando para as pinturas. Lorna ergue a vista e semicerra os olhos.

— Meus... — ela diz. — Mas não vá usá-los contra mim.

Aproxima-se de um quadro que está com uma moldura mais grossa. Vultos se diluem em uma névoa de tinta marrom.

— Ofereceram algum dinheiro por esse — Lorna diz do outro lado da meia-parede. — Queriam incluí-lo em um dos ambientes do showroom de uma loja de móveis. Mas minha mãe não quis vendê-lo. Mães. Você sabe como é. Aparentemente é o que ela mais gosta.

— Eu compraria um sofá, se ele estivesse embaixo desse quadro — ele brinca.

De costas para ele, Lorna tira dois pratos da prateleira de uma estante de alumínio.

— Se você convencer minha mãe, pode levar e substituir por aquele pôr do sol horrível que tem na sala do teu apartamento — rebate Lorna, dispondo os pratos na mesa de mármore que se aperta à pia da cozinha.

É a primeira vez que Lorna faz menção direta à visita ao apartamento, e é um alívio para ele que ela se recorde daquilo com algum humor. Humor cínico, sem dúvida. Mas ainda humor.

Volta a se debruçar sobre a meia-parede.

— Você tinha talento — ele diz. — Não devia ter desistido.

Lorna solta o ar pelo nariz e faz um "pfff" de desprezo.

— Pelo contrário — diz Lorna. — Se eu tivesse mesmo talento eu não teria parado — ela acena, chamando para a mesa. — Talentosa está essa carne aqui que minha mãe fez.

Depois do almoço, Lorna o convida a subir a escada e conhecer o "ateliê abandonado", um pergolado com colunas de cimento vazadas cuja vista dá para a piscina e onde há um cavalete de madeira com uma tela inconclusa, só o modelo riscado a lápis, e tubos de tinta a óleo jogados no chão. Há também uma mesa de plástico igual à da garagem, toda manchada de tinta, e moleskines com desenhos rabiscados de grafite.

— Então você pinta aqui...

— Parei de pintar. Já te disse.

Apanha um dos moleskines com a ponta dos dedos, mas Lorna lhe toma da mão, em um gesto apressado. Insiste, mas ela lhe dá um tapa no ombro. Entram juntos no quarto, deixando para trás um estreito corredor com outras telas inconclusas de pessoas sem rostos e estruturas circulares que podem ser escadas ou engrenagens de relógios.

— Se você achava o seu apartamento uma bagunça, tem que ver isso aqui — Lorna apresenta o quarto. — Não é que eu me orgulhe disso, mas eu não sobreviveria se a desordem fosse menor.

A bagunça é, de fato, uma questão de sobrevivência para Lorna. Ela reúne em seu quarto uma miniatura de cada eletrodoméstico da cozinha. Além do frigobar enferrujado, que faz um barulho suave, um resfolegar que entrecorta a conversa dos dois, há uma cafeteira elétrica com um dedo de café requentado e uma sanduicheira aberta que ela usa como grelha, como fogão portátil.

— Veja bem — Lorna explica. — Aqui em cima, eu tenho comigo tudo o que é básico para que eu só precise descer do meu quarto para ir ao banheiro, já que não tenho uma suíte. Você não sabe que tipo de milagres dá pra fazer com uma cafeteira e uma sanduicheira.

No seu quartinho, Lorna se vira melhor do que ele com um apartamento inteiro. Ela abre o frigobar e mostra um estoque de garrafas de água mineral e copinhos de macarrão instantâneo. Numa cama de casal, roupas e lençóis revirados. Uma coleção de credenciais de imprensa pendurada no gancho de uma rede e um mural cheio de ímãs que prendem fotografias de Lorna em Londres.

— Você não me contou que tinha ido para Londres.

— É... Foi logo depois que meu pai morreu.

O pai de Lorna, aquele homem moreno, com a cara cheia e sorriso acabrunhado, está lá nas fotos em outras etapas da vida, é inevitável não reparar. Ele de bigode, segurando o irmão cambaleante, de fraldas, e Lorna olhando para os dois muito menina, com os cabelos cacheados.

— Nossa, como você era magrinha.

Ouvem rumores na parte de baixo da casa e Lorna pede licença para descer. Ele fica olhando o resto das fotografias. Uma o atrai em particular, tirada por uma câmera subaquática: Lorna submersa, dentro da piscina, envolta por bolhas, de olhos abertos e a boca soltando o ar como num grito dado no instante preciso do afogamento. Um afogamento.

No criado-mudo, uma espécie de cubo mágico exibe as obras mais famosas de Van Gogh em cada um dos quadriláteros. Testa o brinquedo na cama de Lorna, coberta por um lençol fino sem estampas. O short curto que ela usava antes de trocar de roupa está abandonado de qualquer jeito perto do travesseiro, como a pele trocada de uma serpente. Lorna sobe a escada de volta.

— É a minha mãe. Quer vir conhecê-la?

Ele deixa o cubo-mágico e atende ao chamado. A mãe de Lorna é uma senhora não muito diferente da foto, só que mais abatida, com duas olheiras fundas que dão um ar grave ao rosto, mas não chegam a tirar a simpatia e a jovialidade dos traços. Os cabelos são loiros, diferentes do castanho de Lorna, cortados rente ao pescoço e muito alisados. Veste uma saia longa que arrasta no piso de azulejo e que oculta os seus pés. Emerge diretamente do chão, como uma presença etérea que flutua por entre os móveis. É impossível não sentir o aroma de cigarro impregnado, mas na mãe de Lorna aquele cheiro se confunde com uma fragrância agradável de hidratante ou de produto para o cabelo. Sorri quando o vê e pergunta a Lorna se já almoçaram.

— Já. E não precisa mostrar de novo a pinacoteca que eu também já fiz todo o trabalho de apresentação.

— Minha filha é uma artista, não é? — diz a mãe, orgulhosa.

Ele concorda e repete os melhores comentários sobre os quadros. Lorna solta o ar pelo nariz, de novo, quando ouve os elogios, e a mãe recomeça o tour guiado pelas obras. No meio da exposição, um adolescente muito magro com os braços de graveto aparece na porta segurando um tacho com as comidas de milho que a mãe de Lorna vende. Cumprimenta o rapaz, mas ou ele responde muito baixo ou não responde em absoluto, com o olhar para o chão, quase afundado nas abas do tacho, transbordando de pamonhas. Nem a mãe nem a irmã o interpelam. O garoto cruza a sala como se fosse invisível e pudesse atravessar os móveis. Arrepia-se com a impressão de que todos ali, o menino, a mãe de Lorna, a própria Lorna, talvez, podem não ser reais, podem não passar de fantasmas, fantasmas de uma família extinta que habitou aquela casa e que assombra a vida dos vivos como o pai de Lorna faz com ela, desde a sua morte.

Agradece pelo almoço e se desculpa por não poder ficar mais. Despede-se de Lorna e da mãe. O irmão nem aparece, nem é chamado por ninguém. Lorna abre o portão e trocam beijos no rosto.

Ele dá a ré para pegar o caminho de volta. Ainda está desfazendo a direção quando a porta da casa de Lorna se abre mais uma vez e ela sai de lá acenando.

— Esqueci de te dar o meu telefone — ela diz, quando ele abaixa o vidro, lhe entregando um pedaço de papel rabiscado e sorrindo um tanto desconcertada.

Mayra chegava em silêncio, sem se anunciar pelos espelhos retrovisores. Eu insistia que me deixasse entrar na casa dela e esperá-la na garagem. "Não precisa. Eu não me demoro mais do que cinco minutos", resmungava.

Eu estacionava então o carro em cima da calçada e aguardava. Ouvia o rumor distante do torno giratório, a mãe trancafiada em seu estúdio de cerâmica. Ouvia os latidos próximos do cachorro, que sabia que eu estava ali e arranhava o portão querendo passear.

Mayra nunca avisava em casa que iria sair. Não queria dar satisfações para a família. Não queria informar nem aonde iria nem muito menos quem iria acompanhá-la. Um senso de privacidade que me deixava ressabiado.

Quase meia hora depois, Mayra voltava e me dava o primeiro beijo seco na face. "Agora sim... boa noite", ela dizia com uma docilidade dissimulada, e eu tinha que respirar fundo para não reclamar do atraso. Dentro do carro, ela baixava a viseira do teto, mirava o espelho e passava o batom enquanto eu dava a volta na rua movimentada. Havia a lombada na frente da casa dela. Havia os buracos por toda a avenida Pedro II. Mas Mayra não borrava o batom. Não borraria nem se eu enfiasse o carro em alta velocidade em algum poste do caminho. Com o lápis de olho, imitava com precisão o traço exagerado rente aos cílios da Amy Winehouse, que já não estava mais no auge, mas ainda não estava morta, embora muita gente já apostasse alto nisso.

Mayra usava o meu carro como camarim. Tinha meia hora para se maquiar em casa, mas preferia fazer isso no carro, respondendo a todas as perguntas com um irritante "anrã" e empenando o porta-luvas com o peso de uma valise cheia de produtos de beleza que emporcalhavam o banco do automóvel.

Quando terminava a maquiagem, me dava mais um beijo seco. Era esse o ritual. O hálito de menta ficava nas minhas bochechas e eu me animava a apalpar a coxa por baixo do vestido. Mayra protestava.

No estacionamento da boate, deixava que eu sentisse o sabor agridoce dos cosméticos ainda intactos na pele.

A partir do momento que descêssemos do carro, sabia que Mayra não seria mais minha.

Mayra foi minha do caminho até a boate por algumas longas noites, por um bom par de anos.

Até que não foi mais.

Naquela noite, porém, a festa apenas começava.

No CARTAZ, o título soa banal, mas Lorna garante que o filme vale a pena.

— É o velho golpe da tradução — ela explica. — Eles escolhem um lugar-comum aleatório que agrade o público e que de preferência não tenha nada a ver com a história. O filme vende, a sala lota, mas é tudo um golpe de bilheteria pra atrair o público menos inteligente. Só meia dúzia desses casais da fila vão permanecer até o final, você vai ver.

Quando os caroços de pipoca começam a balançar nos saquinhos e o mascar aflitivo dos chicletes cessa completamente, um primeiro casal se levanta e sai com os copos de refrigerante nas mãos, o barulho das pedras de gelo se chocando como asteroides no fundo do plástico. Lorna cochicha no ouvido dele. Uma mulher solitária sibila um "shhh" para ela.

À medida que o filme avança, outros casais também saem em debandada, sem a mesma decência sorrateira do primeiro, que foge levando o próprio lixo. O drama é sobre um divórcio. Na contagem regressiva para a separação, os protagonistas relembram o início do romance. O público, claro, não desconfia do desfecho. Todos são traídos pelo novo título formulado por algum profissional que se diverte fazendo essas traduções toscas, Lorna insiste em cochichar no ouvido dele. Além de Lorna, ele e a mulher solitária, assistem agora ao filme só os copos de refrigerante pela metade e os sacos cheios de milho de pipoca jogados pelo chão.

Lorna sabe que ele gosta de cinema. Nas últimas semanas, conversaram bastante pelo telefone sobre o assunto. O que ela não sabe (e o que ele não acha brechas para confessar, na fila da bilheteria) é que filmes como aquele, depois de Mayra, também são uma experiência torturante. Na segunda metade do longa-metragem, homem e mulher se hospedam em um motel na tentativa vã de salvar o casamento. Bebem além da conta. Falam o que não devem. A mulher está deitada no chão e o homem se deita sobre ela. Ela está frígida. Ele, impotente. A história torna-se familiar demais para que não lhe embrulhe o estômago. Pousa a mão no antebraço de Lorna que está grudada à poltrona, tensionada pela cena. Lorna interpreta o gesto como um oportunismo romântico tolo, descabido e fora de hora. Ele, no entanto, não quer alento, não quer se aconchegar a ela, não quer se aproveitar da situação. Quer levantar-se e sair mais ou menos como todo mundo.

Diz a Lorna que está meio enjoado e precisa ir ao banheiro. Sente o peso do olhar dela nas suas costas quando se levanta. Do olhar dela e da mulher do "shhh".

Abre a porta da sala e sai.

No banheiro, tranca-se em uma cabine, acovardado. Engulha com as mãos apoiadas no azulejo imundo da parede, os olhos mergulhados no miasma da privada. Coloca o dedo na garganta e horroriza-se com a ideia de tudo aquilo não passar de uma encenação fajuta que o corpo preparou tendo apenas a própria consciência como plateia. A bile sobe à garganta e a acidez corrói o esôfago, sem resposta alguma. Ao fim, um jorro tímido e amarelo cai uma, duas vezes. Na segunda, mais baba e cuspe do que qualquer outra coisa, efeito talvez da combinação nefasta do antidepressivo e do jejum prolongado. Ultimamente só tem se lembrado de comer quando começa a passar mal.

Lava-se na pia e fica algum tempo sozinho na frente do espelho. Três homens entram em fila e tornam a permanência ali impossível de não ser encarada de uma forma ambígua. Sai do banheiro. Uma grande aglomeração se forma no corredor do cinema. Uma horda de casais satisfeitos que deve ter saído de um filme com o título de tradução mais honesta. Decide não voltar para a sessão e esperar Lorna do lado de fora. Transpõe o corredor do cinema e respira aliviado quando nota que o grande sofá escondido por trás do café está vazio, sem ninguém matando hora com o ingresso na mão nem nenhum funcionário das lanchonetes da praça de alimentação aproveitando as folgas para tirar um cochilo.

Abandona-se no estofado puído e malcheiroso e logo está fechando os olhos. Sente as vibrações das pessoas se achegando ao sofá onde ele está de braços abertos, demarcando a área e repelindo qualquer eventual intenção de dividir o conforto com alguém. Há outros dois sofás, esses menos confortáveis, de um lugar apenas. Abre os olhos. Vê uma idosa sentar-se e ficar remexendo o celular. Um rapaz quase se senta também, mas prefere ficar no umbral olhando o mar que dá para ver dali, como um grande abismo escuro, sem ondas.

Aborrecida, Lorna dispara pelo corredor olhando para os dois lados. Ele se levanta do sofá e a idosa do celular emerge dos números de seu aplicativo de sudoku para sentar-se no lugar dele. Lorna o localiza e vão um ao encontro do outro, a cena dos dois se aproximando como em um filme ruim que começa depois que o outro termina.

— Porra, se não tava gostando devia ter saído logo no começo como todo mundo e não tão perto do filme acabar — Lorna entorta o canto da boca quando o repreende. — Fiquei lá sozinha com aquela mulher chata da fileira da frente. Ela virava pra mim como se quisesse me engolir cada vez que eu me mexia na cadeira.

— E então, o filme teve final feliz? — ele brinca, enquanto caminham para a escada rolante.

— Claro que não teve final feliz. E claro que eu nunca mais te chamo pra ir ao cinema de novo.

— Desculpa. É que tive mesmo que ir ao banheiro.

— Sei — diz Lorna, mais cáustica. — O filme que tava passando lá no banheiro era mais interessante?

Lorna parece realmente chateada. Na praça de alimentação, as mesas estão lotadas e a música ao vivo de um boteco elimina qualquer possibilidade de conversa. Escolhem o restaurante oriental, único da praça com instalações internas e climatizadas, livre da hecatombe de cavaquinho, pandeiro e surdo.

— Surdo: o instrumento que eu escolheria ser em uma rodinha de samba.

Lorna revira os olhos, indiferente à tentativa de piada.

No balcão do bufê, ela se serve de rodelas de pepino e de uma gororoba de macarrão de arroz. O macarrão boia em um líquido semelhante à bile que ele havia posto para fora no banheiro. Ele devolve o prato para a pilha e espera na mesa Lorna terminar de se servir. Lorna se incursiona também pelo bufê de comida chinesa. Ele pede uma Coca-Cola para a garçonete, que estende o cardápio à la carte cujas fotos lembram pedaços de carne maldigeridos. Devolve o livreto plastificado. Sabe que precisa comer, mas segue enjoado, sem apetite.

— Só a Coca-Cola, por favor.

Lorna chega à mesa com o prato apoiando as colunas diminutas de uma variedade incontável de sushis, com pedaços de fruta e outros ingredientes tropicais. Ela pede um suco de laranja antes de a garçonete sair e pergunta se ele não vai mesmo comer nada. Ele faz um resumo cauteloso do episódio do banheiro. Suprime as palavras desagradáveis. Aplica toda a sorte de eufemismos. Lorna enreda os pauzinhos de madeira no macarrão de arroz e a garçonete chega com a Coca-Cola, um copo com gelo e dois generosos pedaços de limão.

— Vou te dar um conselho de amiga — Lorna diz —: não se retire do cinema no meio de uma cena de sexo, principalmente se você estiver na companhia de uma mulher. Ela vai pensar que você é moralista, babaca. Embora seja mais fácil pensar que você é um brocha.

— Então você pensa que eu sou um brocha?

Lorna não responde. Debaixo da mesa, ele começa secretamente a esfacelar as unhas.

— Olha, você *pensa* que sabe disfarçar teus problemas — Lorna enfim começa a falar. — Aliás, tenho minhas dúvidas se você pensa realmente isso. Lembra logo que entrei na redação? Você passava por trás da minha cadeira e sabe o que eu sentia? Um arrepio de medo. Era como se você estivesse encarnando um demônio, como se tivesse um encosto aí te perseguindo. Você se deixou dominar tanto por isso que acha que ainda tem capacidade de sofrer. Na verdade, você já começou a sentir foi prazer no meio desse sofrimento todo. Aprendeu que se distingue das pessoas porque sofre e sai por aí ostentando esse sofrimento, como uma criança mimada, como se ninguém mais tivesse o direito de sofrer também e você pudesse sair por aí machucando todo mundo à sua volta.

Puxa as cutículas até sangrar e sente pontadas lancinantes em várias partes do corpo: no pescoço, perto da axila, uma acupuntura neurótica que vai aplicando enquanto Lorna fala. Ela come os últimos sushis do prato e deixa em um canto uma peça feita com morango. No copo dele, o gelo derrete e os centros das rodelas de limão escurecem. Fecha a cara e pergunta, ríspido, se pode pedir a conta. Lorna assente, sem parar de brincar com os hashis. A garçonete orienta que levem as comandas ao caixa. Em circunstâncias normais, ele afanaria a comanda de Lorna e pagaria a conta sozinho, mas hoje não se sente no clima para gentilezas. Paga a Coca-Cola e vão andando até o carro.

— Olha, foi mal, de verdade — Lorna diz, no caminho. — Eu tô sendo cruel com você hoje por causa do filme. Acho que ele não me fez bem, também, na verdade.

Ele não move um músculo até entrar no carro e pagar o flanelinha. Dá um boa-noite e uma gorjeta exagerada. Quer ressaltar a discrepância entre o tratamento que dispensa ao mundo e o que pretende dispensar a Lorna até a chegada à porta dela. Para diante da casa de Lorna com os olhos fixos na direção. Lorna vira-se para ele. Ele se demora mais tempo que o aceitável para olhar para ela, mas a força do campo magnético que ela cria em volta do olhar é impossível de evitar. Ele cede. Olha de relance, depois baixa a vista como se calculasse o ângulo de puxada do freio de mão para garantir que o carro não vai sair do lugar com o peso da sua raiva. Lorna se dá por satisfeita e ele murmura um "tchau".

— Se cuida — diz ela, e o beija no rosto ao mesmo tempo em que ele levanta a cabeça. O beijo pousa no canto da boca. Não há constrangimento nem excitação da parte de nenhum dos dois. Lorna desce do carro e abre a porta de casa. Ele empurra o freio de mão, acelera e vai embora.

A boate se enchia com o set que Mayra tivesse preparado. *These boots are made for walkin', and that's just what they'll do, one of these days these boots are gonna walk all over you*, tocava em um momento especialmente premonitório da festa. Era a época de Beyoncé, *Love on top*, botas sneakers, sapatos com aparência de tênis que faziam os pés femininos parecerem os dos mendigos com elefantíase do mercado central. As mesmas meninas de óculos de aros grossos corriam agora como tresloucadas às liquidações de calçados. Os sneakers aumentavam o metro e sessenta e poucos de Mayra que eu media em palmos e em dedos passeando pelo corpo mignon dela, em noites de mais sorte. A beleza de Mayra nunca era inteiramente honesta. Carregava meio insegura uma adversativa, um "mas" que ela driblava se produzindo dos pés à cabeça, forjando horas a fio uma simpatia de sorrisos largos, de muitos dentes, tapeando todo mundo menos o próprio espelho.

Penso ainda nas aberrações que eram os sneakers de Mayra. Uns tênis inspirados no pé gangrenado de Luís XIV. Bem típico dela, que carregava um Rei Sol na barriga e caminhava em qualquer lugar como se pisasse no tapete vermelho do Palácio de Versalhes. Como se sua presença pudesse alterar a dinâmica do ambiente, mexer na órbita das pessoas. Mayra deixava as picapes e desfilava lépida pela pista. Cumprimentava com o calor das mãos metade da corja hipster da cidade. Segurava a cerveja gelada roubada de alguém. As mãos chegavam frias para mim, amuado em um canto do seu sistema solar, pequeno como Plutão, aquele Plutão que acabavam de descobrir que nem era mais um planeta.

Mayra passava quinze minutos ao meu lado, o tempo de recarregar as baterias e deixar uma de suas amigas brincar um pouquinho de ser DJ no lugar dela. Depois voltava às picapes. Eu roía as unhas. As pernas inquietas não percebiam outras pernas roçando nas minhas por trás. "Tadinho", cochichava uma desconhecida ao meu ouvido. "Veio de motorista de novo, foi?". Eu me desvencilhava e ia me amuar em outro lugar. "Pau mandado", ouvia por baixo dos graves do motown que Mayra colocava para tocar sem nem se dar conta do que estava acontecendo.

Na saída, apontava para a garota. "Conhece aquela ali?", perguntava a Mayra. "Minha stalker, por quê?", ela respondia, me dando o abraço mais efusivo desde a sua chegada para não ficar na linha de visão da "stalker".

Mayra não tinha inimigas ou rivais. Tinha "stalkers". Tinha que se sentir perseguida para se sentir de alguma forma especial.

O motown continuava no som do carro. "A música de Mayra é hormonal", diziam pela boate. "Música para trepar, em outras palavras". Mas na volta da festa, no banco do passageiro, Mayra estava cansada demais para trepar. Os olhos dela, de olheiras e pálpebras borradas, eram um misto de urso panda e Cleópatra, se fechando como pontos finais. Os meus, abertos, raivosos, eram duas interrogações que gritavam madrugada a dentro. Demorava toda a Epitácio para convencê-la a pelo menos dormir, só dormir, no meu apartamento. Desviava no posto de gasolina e pegava a rodovia, deixando os motéis para trás.

Mayra acordava de ressaca no outro dia e descarregava no computador as fotos que tirava enquanto discotecava. Eu assistia sem prestar muita atenção a uma corrida de Fórmula 1 na televisão da sala. À tarde, lhe dava carona a um salão de beleza. Na sala de espera, encontrava uma revista feminina e começava a resolver um questionário que prometia indicar "o nível de interesse sexual do seu parceiro". Deixava as respostas marcadas à caneta e circulava a pontuação rasteira que obtinha. A revista sugeria truques sexuais. Tentava pateticamente imaginar o equivalente masculino a usar um "vestido sem nada por baixo para surpreender o seu parceiro". Levava a revista junto comigo quando a cabeleireira enfim liberava Mayra com o cabelo ligeiramente mais curto do lado esquerdo e desproporcionalmente alongado do lado direito, com as pontas repicadas à la Olivia Wilde no remake de um filme futurista. Deixava a revista ao alcance dela, no painel do carro.

"Por que você roubou isso aí do salão?", ela perguntava, apanhando a revista.

Eu não respondia.

Mayra folheava tranquilamente a revista e pedia mais uma carona, agora para casa. Mais tarde seria a inauguração de outro inferninho em que ela iria discotecar. Eu quase tremia de perversidade na ânsia de que Mayra chegasse ao ponto da revista em que iria encontrar o questionário resolvido e reconhecer a minha letra. Assim teríamos pelo menos um motivo decente para iniciar uma discussão, na falta de outra coisa. Mayra se demorava na página da matéria. "Você viu isso aqui?", ela inclinava nervosa a revista e me mostrava o questionário. Eu diminuía a velocidade do carro me preparando para a briga.

"Aqui. Essa foto. Meu cabelo. Ficou igualzinho ao dessa modelo, né?"

Num e-mail para Lorna, resolve falar sobre Mayra. É a primeira vez que fala abertamente sobre o assunto com alguém. Lorna responde pouco depois. Um e-mail curto em que confessa ter conhecido Mayra muito antes de conhecê-lo. Eram da mesma turma de faculdade, mas se desencontraram depois que Lorna trancou disciplinas obrigatórias do currículo para fazer a viagem para a Inglaterra.

Combinam um café para o sábado. Lorna tem compras programadas e marcam de se encontrar no shopping depois. Ele sai mais cedo que o previsto para almoçar no shopping. Na vitrine de uma livraria, a caminho da praça de alimentação, topa com a visão de Lorna lá dentro, passando os dedos com as três unhas pintadas e as duas descascadas pelas lombadas dos livros, como fez antes no seu apartamento. Desiste de comer. Acena algumas vezes para Lorna, que está compenetrada na tarefa de tatear como uma cega aquele exército de livros enfileirados. Entra na loja e a interpela:

— Já começaram as compras?

Ela ergue o olhar e sorri. Beijam-se no rosto, desta vez sem qualquer acidente de percurso.

— Tava dando um tempo aqui até tomar coragem pra entrar na parte chata de ser mulher: ir procurar roupas.

O olhar de Lorna o escrutina em busca de algum sinal de perdão pela conversa que tiveram na outra noite, no restaurante japonês. Ele se lembra da força do seu campo magnético e desvia o olhar a tempo para uma das gôndolas que exibem os lançamentos da semana, imutáveis desde a última vez que ele visitou uma livraria. Uma cidade que não cresce, com duas livrarias que não mudam. Tenta formular uma teoria que ligue uma coisa à outra, mas nada lhe ocorre no momento.

Lorna carrega uma pilha de livros de arte que leva até um terminal de leitura de códigos de barras. Verifica os preços e separa os mais baratos em cima de um balcão da livraria. Manuseia os livros, folheando as páginas, cheirando, lendo o primeiro parágrafo pacientemente, para horror das vendedoras. Uma delas lança um olhar cheio de ódio quando percebe que Lorna não vai devolver os livros para as prateleiras, abandonando duas torres gêmeas de manuais de pintura no balcão da loja. Ele se antecipa à vendedora e começa a arrumá-los na ordem adotada pela livraria.

— Deixa aí — Lorna interrompe. — Tanto melhor se os livros ficarem ao alcance das pessoas. Isso é uma livraria, ora essa.

Ele continua a arrumá-los, mas por fim a vendedora o interrompe, com o olhar de ódio suavizado pelas pálpebras que abrem dois alçapões para tentar capturar o cliente.

— Por que você não leva algum livro de presente para a sua namorada? — O semblante de Lorna se ilumina com a sugestão do presente e nem parece se incomodar com a do compromisso.

— Acho uma boa ideia — ela diz.

— Desculpe, hoje não — ele se afasta da vendedora, que fica organizando os livros rejeitados.

Lorna o acompanha e ri do mau humor dele.

— Ei, você me ajuda? — Lorna pergunta. — Digo, a comprar roupas, pelo menos? Sei que é chato. Acompanhar alguém comprando roupa. Mas quem sabe a gente não arranja alguma coisa pra você também?

A indireta faz com que ele se sinta pequeno dentro da camisa larga e amassada que escolhe para vestir nesta tarde. O jeans com uma sandália de dedo parecem inconvenientes agora. Lorna também está de jeans, com um coturno com as abas escondidas embaixo das bocas das calças e uma blusa bege com botões até a gola. O trabalho de renda na blusa dá ao visual um ar aristocrático, mas muito discreto. Ele antevê que seu papel nesta tarde vai ser mesmo aquele de namorado postiço. Vai carregar sacolas de compras com a cara entediada, sentado na frente de um provador vendo-a trocar infinitas vezes de roupa. Não gosta nem um pouco da ideia. Mas Lorna o puxa pelo braço e entram na loja de departamentos da frente da livraria, que exibe ofertas em várias formas de pagamento. Atendentes uniformizadas, com formulários presos a pranchetas opacas, oferecem ostensivamente o cartão da loja. São um bando de hienas que ele ignora quando entra. Enfiam-se em um labirinto de peças de roupas pelo qual ela se move sem nenhum critério, puxando os cabides sem devolvê-los para o lugar certo. Transforma a loja em uma extensão do seu quarto. Tudo a desagrada, e entorta a boca quando é ele quem retira uma blusa azul de algodão, com um laço em cada manga e uma delicada estampa de bolinhas.

— Eu gosto de roupas que me façam desaparecer — diz Lorna. — Há toda uma maneira de se vestir hoje em dia para as pessoas que querem aparecer. Eu prefiro desaparecer no meio das pessoas. Não ser notada deixa você um pouco mais à vontade pra ser você mesma.

Lorna praticamente se afunda em uma cortina de calças. Abre-as como se houvesse algum sol atrás delas. Ele não tem alternativa senão esperar por ela do outro lado da fronteira entre a seção feminina e a masculina, onde pingentes e colares dão lugar a gravatas e artigos de couro. A postura filosófica de Lorna diante do vestuário é sintomaticamente oposta à dele nos fins, mas parecida nos meios. Depois de Mayra, moda é finalmente algo que ele pode julgar como fútil, banal e desimportante, sem ouvir aquele discurso batido do estatuto de arte da moda, de que "a moda é o cérebro por fora" ou outras frases de gente que nem sequer têm cérebro por dentro. Ele também quer desaparecer no meio das pessoas. Sequer a ideia de *existir* diante das pessoas lhe parece suportável. Mas escolhe as roupas não para se sentir mais à vontade, senão justo para acentuar essa inadequação. Como se precisasse, no fundo, ser notado antes de ser sumariamente eliminado do campo de visão das pessoas. O desprezo dos outros de fato lhe agrada.

Lorna escolhe a mais insignificante das calças, a mais sóbria das blusas, as mais simplórias das meias (brancas, é claro). Caminha com os cabides pendurados no dedo indicador e suspira.

— Pronto. Agora sim. Vamos escolher algo pra você.

— Não vai experimentar nada antes de comprar?

— Não, eu já sei o meu tamanho.

Impossível não se lembrar de Mayra e da demora dela em escolher qualquer coisa. Da falta de senso prático diante do espelho e das horas que ele tinha que passar vendo-a se trocar incontáveis vezes, com os nervos à flor da pele, lendo qualquer coisa que estivesse à mão para matar o tempo, irritado a um nível em que o corpo seminu de Mayra, nos rápidos intervalos entre uma combinação e outra, provocava uma sensação ambígua de pressa e deleite como a que sentia imaginando-a por trás da porta trancada do banheiro, antes do sexo.

— E então, alguma coisa te agradou? — Lorna pergunta.

— Sim... bem, talvez... — titubeia. — Uma gravata dessas aqui, de repente. Eu tava olhando pra elas. São bonitas, não são? O que você acha?

Lorna olha para ele de cima a baixo, rindo.

— Posso saber em que grande evento o distinto senhor usaria uma gravata dessas?

Ele cora. A vergonha o desarma e, embaraçado, baixa a guarda.

— Ora... no trabalho. Quem sabe não começariam a me respeitar mais no trabalho, me tirar dos obituários e me dar a vaga de repórter de uma vez, se eu começasse a me vestir como o pessoal da televisão?

— Com uma roupa dessas você vai sair dos obituários direto pro caixão, isso sim.

Lorna ri. O sangue lhe sobe à cabeça.

— Além do mais, não consigo imaginar você usando nem um cinto, quem dirá uma gravata...

"Não faz seu estilo", como ouvia em outros tempos de Mayra, quando queria imitar os homens bem-vestidos que ela admirava. Tinha passado a se demorar, ele também, depois de anos de convivência, no espelho. Não conseguia escolher entre duas calças, entre duas camisas que antes julgava exatamente iguais. Esforçava-se em passá-las a ferro, ele que antes nem as dobrava. Escanhoava a barba que hoje desponta e cresce e foge do controle e lhe dá esse aspecto de ermitão. Lorna é uma outra mulher, mas uma outra mulher que olha para ele com os mesmos olhos de Mayra, como se ele fosse um idiota, uma criança que não sabe se vestir sozinho.

Vira-se bufando e diz que vai esperá-la no café. Já está mesmo dando a hora que haviam combinado e o passeio prévio foi um tremendo equívoco. Lorna responde que só está brincando e pede para ele esperar. Meio culpada, dirige-se ao caixa, com os seus mantos de invisibilidade social nas mãos. Ele dá largos passos até a entrada da loja e quase atropela uma das atendentes uniformizadas que voltam a oferecer o seu cartão milagroso. Fica perto da vitrine, atrapalhando a campanha da coleção outono-inverno, soltando fogo pelas ventas. Lorna chega se defendendo, com duas sacolas na mão, tentando enfiar uma dentro da outra.

— O que há de errado com você? A gente não pode nem fazer uma brincadeira.

Ele bufa mais uma vez e segue rumo ao café.

— Calma — diz Lorna, o farfalhar da sacola atrás dela.

A sandália dele escorrega no piso encerado e cintilante do shopping. Quando já não ouve mais Lorna atrás de si, conclui que pode estar exagerando na marcha e se vira para ver onde ela está. Ela vem tropeçando nas pessoas, cortando caminho pela praça de alimentação. Ele sente um pouco de vergonha da sua reação. Talvez tenha exagerado. Caminha na direção de Lorna, elimina a vantagem que assume na dianteira e propõe que leve a sacola. Lorna para um instante para amarrar o cadarço do coturno, que desce pela boca da calça da perna direita. Ela agradece pela trégua temporária.

O café está abarrotado, com mesas apinhadas de sacolas como as de Lorna. Idosos estiram as pernas, ocupando mais de uma cadeira. Acham uma mesa estreita de dois lugares por baixo das escadas rolantes. Um lugar exposto, no qual de vez em quando caem bolinhas de papel feitas dos bilhetes de cinema que escapam das mãos de adolescentes. É preciso chamar duas vezes a garçonete até que ela venha com os cardápios acolchoados e um par de jogo americano que combina exatamente com a capinha do menu. Lorna se abaixa para ajeitar os coturnos e pede uma água com gás por baixo da mesa. Ele traduz o pedido para a garçonete e pede também um espresso grande com uma água gelada, sem gás. Dobra a sacola de Lorna sentindo o volume das compras e apoia a trouxinha que se forma na divisória de vidro entre as mesas.

Lorna se ajeita na cadeira e estala o pescoço, uma, duas vezes. Ele está com os pés inquietos e começa a roer novamente as unhas, abrindo as mesmas feridas fechadas depois da conversa no restaurante japonês. Os pedidos chegam, mas o que vem são duas águas com gás. Antes que ele se irrite com a garçonete, Lorna pede que ela troque a água dele. A garçonete se desculpa limpando as mãos no avental e falando sobre o movimento naquela tarde. Com todo o tato do mundo, Lorna pousa a mão sobre a dele quando a garçonete sai. Ele crispa os dedos instantaneamente embaixo da palma da mão.

— Ei, não foi por mal o comentário da gravata, se é isso mesmo que está chateando você. Se quiser, a gente volta lá e escolhe alguma, embora eu ache que, se é para comprar algo realmente elegante, uma loja de departamentos como aquela não vai te ajudar.

— Não, deixa pra lá — ele começa a se sentir ridículo. — Vai ver eu não tenho classe pra usar esse tipo de coisa mesmo.

— Ora, com uma boa camisa, uma boa calça, não é preciso ser nenhum William Bonner pra ficar bem de gravata. Você deve ter algumas guardadas no fundo do guarda-roupa, não?

— Já disse, deixa pra lá.

A garçonete retorna com a água gelada sem gás e deixa a garrafa do lado de Lorna. Ele traz para o lado dele e dá um gole.

— A ideia era justamente essa — recomeça, mais calmo. Lorna larga da mão dele e com a ponta dos dedos dá batidinhas no copo de água com gás. — Eu queria comprar a gravata e quem sabe depois não compraria uma camisa que combinasse. Ou um terno. Nunca tive um terno na vida. É uma merda alguém na minha idade não ter um terno.

— Peraí... — as batidinhas no copo ecoam no cérebro dele. — Você ia renovar todo o teu guarda-roupa só pra caber em uma gravata?

— E se fosse, Lorna? Qual seria o problema?

Velhinhas tiram as canelas enrugadas e gelatinosas de cima das cadeiras para ver o que está acontecendo quando ele levanta a voz. O constrangimento lampeja nos traços de Lorna. Ele se contém um pouco.

— Eu podia renovar o guarda-roupa se quisesse. Eu podia renovar a *minha vida inteira* também se me desse na telha.

— Caramba! — Lorna ri do jeito como ele fala isso meio curvado, quase cochichando. — Você agora vai renovar a *sua vida*, tudo por causa de uma gravata?

— É, mais ou menos isso. Alguma objeção?

Lorna ri de novo.

— Você é mesmo muito estranho. Você parece querer controlar as coisas, mas não consegue ter o mínimo de controle sobre si mesmo. Gravata, que ideia é essa?

— Deixa pra lá, Lorna.

— Para de enrolar. Eu sei que a gente não tá falando de gravatas. Eu sei que a gente já tá falando de outra coisa. Que você só veio até aqui hoje pra falar de Mayra.

Lorna levanta o dedo para a garçonete. Ela recolhe os pratos de uma das mesas e finge ignorá-la. Lorna a chama em voz alta. A garçonete não consegue mais fingir. Se aproxima. Lorna também pede um espresso.

— Só pra constar — recomeça Lorna —, a gente mal se falava, Mayra e eu.

— Lorna, pouco me importa se vocês eram íntimas. Só não entendo por que você demorou tanto tempo pra me dizer que sabia da história toda entre nós dois.

Lorna respira pesado. Pega um guardanapo e limpa a rodela de água que a borda do copo desenha no jogo americano.

— Tá, você tem razão. Mas eu não sabia tanto assim da história. Quer dizer, nada além do que tudo que se comenta na redação.

— Porra, Lorna, e o que diabos se comenta lá na redação?

A garçonete traz a xícara de espresso de Lorna. Marca mais um xis na comanda que tira do avental e esfrega as mãos no pano, afobada.

— Não pense que eu vou comprometer ninguém só pra satisfazer tua curiosidade, certo? — Lorna despeja um tabletinho de açúcar no café. — Você só precisa saber que é muito idiota de sua parte ficar remoendo uma história que todo mundo já considera passado.

— Se todo mundo considera passado por que ainda se comenta?

— Porque você se recusa a deixar pra trás, cacete.

Ele se ergue um pouco com as mãos apoiadas no mármore da mesa. A trepidação faz uma pequena gota da espuma açucarada transbordar da xícara de Lorna. Ela ergue o queixo e fica sem entender o porquê de ele se levantar. Ele pede desculpas e diz que precisa de ar, precisa ir ao banheiro. A garçonete finge que o forninho com os croissants do balcão é muito mais interessante que aquela cena e remexe nos salgados deliberadamente, com uma espátula.

— Sempre o banheiro — Lorna diz. — Vai lá, então.

Ele sai.

No banheiro, um funcionário da limpeza com um misto de vassoura e rodo parece dormitar com o queixo na ponta do cabo, como um artista de circo chinês. Ele se tranca em uma das cabines e trinca os dentes enquanto mija. Fica um tempo limpando os respingos de urina na tampa e dá a descarga sucessivas vezes, até que a água do vaso entupido mude de cor. Quando sai, o funcionário da limpeza continua na mesma posição de equilibrista chinês.

Molha as mãos na torneira sem usar os sabonetes e salpica um pouco de água na cara. Toma um comprimido que guarda no bolso, sorvendo a água da pia. Como se acordasse de um devaneio, o funcionário da limpeza começa subitamente a cantarolar e limpar o piso com força. Marca algumas pegadas sujas na superfície que o funcionário acabou de limpar, mas o homem sinaliza que não tem importância e ele volta ao café.

Cai de paraquedas na cadeira. Lorna passa a colherinha pela trajetória recrudescida da gota que transbordou pela xícara.

— O velho subterfúgio do banheiro, né? Vai ter que começar a inventar outra desculpa — diz Lorna.

— Muito engraçada você.

Lorna passa as mãos pelos cabelos.

— Sobre Mayra, não posso te contar o que eu soube através dos outros, mas acho que posso te contar o que eu vi com meus próprios olhos . Eu tinha muitos amigos em comum com Mayra. Na faculdade, ela era essa menina meio... apagada... acho que a palavra correta seria essa: apagada, que se achegava nas pessoas e queria agradar todo mundo pra ver se conquistava alguma simpatia, sabe? Um Pokémon de fofura, eu pensava, e era esse tipo de coisa que se comentava nas costas dela, desculpa se eu estou te ofendendo também dizendo essas coisas...

Ele se impacienta. Rói as unhas. As pernas em um tumulto independente do resto do corpo. Lorna prossegue, hesitante.

— Os meninos riam daquela cara cheia de espinha e daquela boca cheia de dentes. E ela tinha o corpo benfeito, né, era como se alguém tivesse trocado a cabeça da Barbie, entende o que eu quero dizer? Alguma coisa tava errada nela. Alguma coisa que ia desabrochar dali depois. Porque ela tinha potencial, isso era indiscutível e mais ou menos um consenso entre a gente. Tinha os que acreditavam que um dia ela de fato cresceria e apareceria pro mundo, como eu acreditava, e os que podiam apostar que ela seria tragada também por toda essa mediocridade que rodeia a gente e não passaria da cocote de província em que por um tempo ela acabou se transformando, sem querer te ofender de novo... quer que eu pare?

"Cocote de província", ele repete mentalmente.

E baixa a vista, envergonhado. Uma Mayra que ele conhece muito bem, tentando conquistar seu espaço, aparece cercada de uma turma impiedosa. Quer inexplicavelmente defendê-la do bullying, protegê-la como se protege a um animal indefeso, mas algo lhe diz que tudo isso é um engodo: o predador tem fome e está prestes a engoli-lo.

— Não, prossiga.

— Resumindo: a gente tinha se perdido de vista por muito tempo, diziam que ela estava com um cara que veio de São Paulo, devia ser você, até que fui no apartamento de um amigo comum da gente uma manhã e tava tudo revirado, como se um furacão tivesse passado por ali de noite. Perguntei o que diabos tinha acontecido e ele disse, com aquela cara de quem tinha acabado de acordar e tava tão detonado quanto a sala dele, que Mayra e uma amiga dela tinham passado por lá na noite anterior...

Lorna faz uma pausa e esquadrinha a face dele, tentando mensurar os efeitos que tudo o que ela diz produz. Ele se sente pálido e todos os poros da pele se abrem sem conseguir expelir nada. Só consegue absorver tudo o que Lorna tem a dizer.

— Você realmente quer saber essas coisas que devem ter acontecido enquanto vocês ainda tavam juntos?

— Que merda, Lorna, fala logo.

— Tá. Depois não diz que eu não avisei. Havia garrafas de vinho derramando no chão, um cheiro insuportável de cigarro e o meu amigo tava com o computador aberto na mesa, no Facebook, conversando com Mayra que parecia feliz da vida com o que tinha acontecido *entre os três*. Acho que eu não preciso dizer mais nada além disso, né, já deu pra entender tudo.

Lorna acena para a garçonete, que desta vez vem prontamente.

Ele tenta associar a história à lembrança de uma Mayra tantas vezes frígida, na cama. Lorna pede mais uma água com gás e ele aproveita que ela está entretida com a garçonete para pedir licença e sair. Precisa de um espaço só dele para organizar as ideias, colocar Mayra em seu devido lugar. A Mayra frígida, a Mayra que ele conheceu e julgava possuir no seu quarto. Chega sem fôlego ao banheiro e todas as cabines estão trancadas, as pessoas indo e vindo dos urinóis, se multiplicando no espelho, quase passando através dele, ele que é um fantasma de si mesmo no reflexo inclinado que mostra o chão brilhante, já sem nenhum vestígio da vassoura-rodo do funcionário da limpeza. Sai do banheiro, esse caminho do labirinto que oferece uma saída, mas que não vai dar em lugar nenhum. Volta ao corredor do shopping, desnorteado, não lhe ocorre que Lorna talvez agora não vá mais esperá-lo pacientemente no café. Lorna pouco ou nada importa. Ele está só e em perigo, no meio do turbilhão. Respira fundo com a cabeça pendendo e vê o aviso luminoso, todavia desligado da saída de emergência, pendurado no teto do shopping. Trata-se de uma emergência. Sem dúvida uma emergência. Segue as setas até dar em uma porta com barras antipânico que ele agarra como tábua de salvação, na esperança de que por osmose ou por milagre cinético ela retenha todo o seu pânico, se não é para isso mesmo que essas portas servem, ora bolas... Mas a porta se abre e o empurra para o ventre da baleia que é a escadaria do shopping, um prédio asséptico e impessoal por fora, cheio de sujeira por dentro, uma sujeira na qual ele também se transforma sendo varrido para baixo do tapete, em escadas e paredes de reboco e latas de lixo incomensuráveis e ele cambaleando na fetidez desse ambiente em que não pode dizer que não esteja à vontade, com um relaxamento muito próximo do alívio, se é que pode haver alívio no inferno de Mayra dando para outro homem e de quebra para outra mulher, o cão cérbero que lhe acoa nas escadas de incêndio, com as mãos na cabeça e quase em posição fetal do lado da lata de lixo, ele também lixo, pedindo para ser varrido pelo funcionário da limpeza, o equilibrista chinês da vassoura-rodo que se aproxima cantando sua melodia horrenda, uma litania que interrompe quando vê aquele rapaz encolhido, um trambolho que não pode carregar sozinho escada abaixo e chama o outro funcionário, que vem logo atrás, acompanhando o cortejo e dizendo baixinho é cada uma que tem que me acontecer justo no meu turno. Fica quieto, não vê que o rapaz tá chorando. Isso no mínimo é mulher, não fica assim, não, cara, que mulher se a gente dá cabimento elas acabam com a gente mesmo. Cala a boca, deixa o rapaz aí que a gente tem trabalho a fazer. Dá licença, seu moço, a gente vai ter que levar isso aqui pra fora. Se quiser, a gente toma uma depois, o meu turno já tá terminando e a noite hoje é uma criança né. O celular toca, é Lorna, não atende da primeira vez, mas o aparelho volta a tocar e então ele atende e porra que você me deixou sozinha de novo nessa porra de café, onde foi que você se meteu e que voz é essa e o que tá acontecendo com você calma que eu vou te achar tu tomou alguma coisa com esse café calma tô indo praí não sai de onde você está ficaí que eu já tô chegando e a porta corta-fogo novamente se abre e ele vê os coturnos desamarrados de Lorna e ela se acocora e pousa a mão com as unhas pintadas no ombro dele e há passos na escada e tá vendo eu não disse que era mulher e Lorna meu Deus olha o estado que você ficou eu sabia que não devia ter te contado aquilo mas você insistiu vem você precisa se colocar de pé não vale a pena ficar aí jogado como um traste qualquer e eles descem pelas escadas Lorna o amparando nos ombros como um sobrevivente de um combate ela está mais assustada com uma reação tão desproporcional que revoltada com ele e ele vê os coturnos de Lorna desamarrados e pensa que a qualquer momento tropeçam os dois e caem e rolam escada abaixo e ele terá de uma vez puxado Lorna para o seu precipício e já não estará então mais sozinho e terá finalmente sentido o impacto final que do chão ninguém passa e ele poderá finalmente rir disso tudo e tomar uma com os amigos funcionários da limpeza com um lixo humano devidamente recolhido e reciclado e transformado em uma outra coisa e

No notebook, eu passava das fotos, testemunhos falsos do passado, aos vídeos, buscando um pouco mais de verdade. Abria um dos arquivos. O granulado se ampliava na tela cheia e via a mim mesmo sentado no sofá-cama, olhando para o notebook posicionado na estante. Por um segundo, era como se me olhasse no espelho e o reflexo enfim se desmembrasse e começasse a se mover, me lembrando de todo aquele roteiro esquecido.

Via a mim mesmo mexendo nos botões e diminuindo o brilho e o contraste do monitor, fazendo o computador parecer que estava desligado e pronto para o instante em que Mayra entrasse na sala. Via a mim mesmo desativando a proteção de tela para não correr o risco de a gravação ser interrompida pela metade. Via a mim mesmo ocultando o laptop na estante de modo que ele só pudesse ser localizado por mim, pelo sinal verde minúsculo da câmera funcionando. Via a mim mesmo me orgulhando da camuflagem perfeita.

Mayra saía do banheiro alheia a tudo isso, já completamente despida. Invadia a cena lívida e deitava-se no sofá-cama. No granulado, as nossas sombras se misturavam e se esfacelavam. Eram uma massa disforme com a aura esmaecida. Os movimentos eram inconfundíveis: éramos espectros repentinos que trocavam carícias atenuadas pela penumbra. Via a mim mesmo olhar mais algumas vezes para o computador ali do sofá-cama, conferindo o esconderijo, temendo ser pego em flagrante por Mayra, virada de costas, em um delito sexual do qual era vítima, mas também era cúmplice involuntária. Um delito sexual que cometia junto comigo, sem ter ideia de que cometia.

Os vídeos eram para uso doméstico e privado, justificava para mim mesmo na época, sozinho no apartamento, rindo do jargão contratual que utilizava num monólogo só com os meus botões e os do computador. De agora em diante, que se fodam as massagens e as dores de cabeça de Mayra. Que se foda a menstruação. Que se fodam as investidas lúbricas no carro, sem nenhum êxito. Insinuações ao pé do ouvido, garrafas de vinho frisante que faziam bolhas de excitação no nariz dela sem nenhum resultado. De agora adiante, teria com o que me divertir nos períodos de hiato de uma Mayra ocupada demais, cansada demais, estressada demais. Editei um material de trinta e quatro minutos, contando o prólogo em que estava arrumando o computador na estante, os vinte minutos da transa e o patético epílogo: eu me livrando da camisinha como de um resto de pele e Mayra ainda nua, retornando a ligação do celular que não parou de chamar enquanto transamos.

Prometi para mim mesmo que não ia filmar novamente, mas o vídeo de baixa qualidade me motivou a aperfeiçoar a técnica. Agora queria acender a luz do quarto. O notebook tocava uma das músicas "hormonais" do set de Mayra. Ela sequer desconfiava quando me emprestou o CD. Agora a câmera estava próxima e o microfone captava os gemidos pontuais que ela dava por entre as camadas de baixo e bateria do groove. Estudei a melhor posição do braço para que o corpo de Mayra pudesse ser melhor contemplado mais tarde. Era o apogeu do tantrismo. Retardava o próprio prazer para um futuro ainda sem data, em que Mayra não estaria mais ali. A essa altura, já amava Mayra impelido pela perda. Já amava Mayra mais pelo que estava por vir. Pelo depois que pelo durante.

Havia nos vídeos algo secreto que explicava o nosso desfecho, eu acreditava. Vasculhava os arquivos em busca dos takes rejeitados. Queria ver os minutos em que precisamente nada acontecia entre nós dois, em que nada específico era filmado. Só esses takes podiam me fazer entender o discurso subliminar daqueles corpos, entre eles o corpo dela, entre eles o meu corpo. Procurava nos diretórios do HD, em pastas nas quais poderiam ter ido parar por acidente, por um movimento falho do mouse. Não sobrara nada além das versões editadas, que desta vez eu mesmo, não Mayra, fui responsável por editar.

Retornava ao vídeo no momento do gozo, em que o meu semblante se contraía e o de Mayra estava sereno, impassível. Por um momento tinha a certeza de que Mayra sabia que estava sendo filmada. Os olhos dela pareciam olhar diretamente para esse outro eu ausente que, atrás da câmera, depois de tudo, ainda a desejava. Só um clique me separava do ímpeto de atirar tudo na nuvem, de postar o vídeo em algum site de compartilhamento. Pornografia de vingança, era como estavam chamando. Mulheres se matavam depois disso. Era para ser crime, mas já tinha virado uma espécie de moda. Mayra adorava uma moda.

Nada mais justo que morrer em definitivo, embalada pela última.

— Você tem certeza que tá em condições de dirigir? — Lorna pergunta quando ele apoia a cabeça na direção travada do carro, na garagem subsolo do shopping.

— Eu só preciso de mais um tempo — ele responde com um filete de voz.

Lorna senta de lado no banco do passageiro, a sacola com as compras fazendo um barulho entre as pernas, sempre que se mexe. Está tensa, sem conseguir relaxar no estofado, atenta à postura corcunda dele muito mais do que à própria, completamente torta e fora do eixo. Isso aumenta o desconforto da situação. Lorna está alarmada pelo comportamento dele na escadaria.

— A gente pode pegar um táxi, você busca o seu carro depois.

— Só mais um tempo — ele pede novamente. — Eu já te deixo em casa.

Lorna olha para os outros carros, vê famílias que deixam o estacionamento depois do lazer do sábado. Estão há vários minutos no calor do subsolo do shopping center. Lorna tira a sacola de compras do meio das pernas e coloca no painel do carro. Pousa uma mão na corcunda dele. Ele reage ao contato como ao toque de uma enfermeira em um aleijo recente.

— Não quer sair daqui? Você precisa respirar, tomar uma água.

Ele levanta a cabeça em um movimento repentino e a nuca espreme a mão de Lorna entre o pescoço e o encosto do banco. Solta o ar dos pulmões como se tivesse simplesmente se lembrado de que existe oxigênio depois da menção ao ato de respirar. O gesto brusco o anima, e delicadamente Lorna mantém a mão no ombro dele. Tem a ilusão de que é a mão dela que o impede de se debruçar de novo sobre a direção. Ele se volta para Lorna e contempla uma expressão ambígua que em parte mimetiza a loucura dele e em parte descarta aquela conexão. Desvia o olhar para uma pequena mancha de mofo no teto. Foca nela com a atenção de quem quer acompanhar toda a evolução microscópica dos fungos que se multiplicam ali, passageiros involuntários de um carro que dorme estacionado na frente de um supermercado na beira-mar de uma cidade. Tenta inutilmente extrair a mancha com o toco das unhas roídas, as duas colônias de fungos se cumprimentando em franca diplomacia. Lorna supervisiona o procedimento como um adulto vigia uma criança traumatizada no parquinho, satisfeita por vê-la se distrair com a areia do playground, sentada na ponta do escorrega, enfiando os dedos na areia, numa primeira manifestação de normalidade no limiar do autismo, numa primeira tentativa de voltar ao estágio de convivência banal com as coisas, esse estágio que invariavelmente conduz a isso que se convencionou chamar de felicidade.

Lorna deixa que ele se entretenha ainda um tanto, distraído com a mancha, até que o ânimo de extraí-la o absorve a ponto de quebrar o elo com a normalidade e o passatempo inocente virar uma quase obsessão. Lorna insiste em que devem ir embora. Obedientemente, ele cede.

No caminho para a casa de Lorna, a sacola com as compras vai de um lado para o outro no painel a cada curva acentuada, caindo depois no banco de carona. Ele encosta o carro na frente do muro de tijolos aparentes, o motor ainda ligado. Escurece. Alheia ao pouco movimento do bairro naquele horário, Lorna volta a sentar de lado no banco e pela postura ele entende que vão passar ainda um tempo ali. Lorna se desprende do cinto de segurança.

— Agora só ouve — Lorna diz.

Ele desliga o motor e imita Lorna, destravando o cinto.

— Eu sinto muito por ter te contado aquela história, mas alguém precisava te dar uma sacudida.

Ela prossegue:

— Não sei. Você precisa pensar nessas coisas. E acho que eu não tô ajudando muito ficando calada e vendo você se deteriorar. Acho que eu não tô ajudando muito de qualquer maneira.

Alguém se aproxima com uma bicicleta e Lorna avalia pelo retrovisor o grau de periculosidade do ciclista. A bicicleta passa lentamente pelo carro. Um homem leva um casco de cerveja conduzindo o guidão apenas com uma mão.

— Eu acho que a gente devia se afastar um pouco — Lorna conclui.

Um tremor de insegurança faz com que ele se mova no banco, e ele não sabe se a trepidação é causada pelo motor em baixa rotação de uma moto que se aproxima ou pelo que Lorna lhe diz, que abre imediatamente uma ferida ainda não totalmente cicatrizada depois de Mayra.

— Lorna, você sabe que não é pra tanto.

Uma súplica que sai mais apelativa do que pretende, quando a formula mentalmente. Ambos acompanham a moto que passa, o piloto sem capacete, o capacete na cabeça da passageira vestida com uma saia evangélica comprida até no tornozelo, sentada de lado, com uma garotinha de uns seis anos a tiracolo.

— Você sabe que é sim pra tanto — Lorna derruba a sacola ao mexer as pernas e segura o pacote entre as panturrilhas. — Você conhece um pouco a minha história e sabe que eu consigo aguentar o tranco dos meus próprios problemas sozinha. De uns tempos pra cá eu venho pensando: "Vou me aproximar desse cara porque sei que os problemas dele não podem ser maiores que os meus, eles definitivamente não podem me afetar". Mas hoje a gente cruzou uma ponte. Teu abismo tá começando a aumentar o meu. E eu não sei se isso tá me fazendo bem.

A dureza e a secura das palavras não combinam com o tom que Lorna escolhe empregar. Ele talvez tenha uma chance em mil de reverter o que ela diz, mas vai se deixando levar por uma dramaticidade rasteira e estraga tudo.

— Eu não tenho ninguém a quem recorrer além de você, Lorna.

— Tem sim — Lorna diz, em tom de misericórdia. — Tem a Mayra. Ou pelo menos essa Mayra que você concebeu pra você, que nunca te abandonou de verdade, que tá aí vivendo ainda com você em algum lugar do teu apartamento ou da tua cabeça, essa panela de pressão que às vezes eu tenho medo que vá explodir e cair aos pedaços no meu colo.

— Mas Mayra está morta, Lorna, está morta! — ele repete. — Eu trombo com o cadáver dela diariamente quando entro naquele apartamento.

— Sim, eu sei — Lorna diz. — Tem alguém morto naquele apartamento.

Ele lembra da madrugada em que o interfone o desperta. O cheiro, o porteiro, a vizinha que reclamava do cheiro. Sente-se incriminado.

— Eu vi — Lorna continua. — Tem um cadáver ali dentro.

Não devia ter levado Lorna ao apartamento. Quer voltar até lá e cimentar a porta do quarto onde esconde o cadáver de Mayra. Voltar ao apartamento e ocultar melhor o corpo.

— É você.

Ela pausa.

— Tem alguém morto naquele apartamento e é você.

Ele paralisa, atônito. Lorna abre a porta do carro e termina de falar já da calçada.

— E, convenhamos, eu já tenho mortos demais pra lidar no momento.

Em um motel (íamos a motéis quando Mayra não podia dormir no meu apartamento e estava muito bêbada para voltar imediatamente para casa), ela me surpreendeu. Besuntou-se com o resto da bebida que trouxe da festa e me deixou fazer o que eu quisesse, se olhando obsessiva e libidinosamente ao espelho.

Testamos posições e movimentos que nunca antes tínhamos arriscado. Exaustos, na varanda da suíte que escolhemos, deitados em uma esteira de praia à beira de um ofurô no qual Mayra teve nojo de mergulhar depois de mim. Conversamos sobre fantasias sexuais e ela me perguntou se era mesmo verdade que todo homem sonhava em transar com duas mulheres. Me surpreendi com o arroubo erótico de Mayra e resolvi provocá-la. Um ménage... com quem?

Ela hesitou.

Mas depois me disse um nome.

Transamos de novo na esteira do ofurô e a ideia do ménage pairou sobre nós como um pássaro exótico. Pairou por toda a semana, até que nos encontramos com a amiga de Mayra, com o nome citado, e o pássaro então pousou nos nossos ombros.

Mayra a convidou para sair uma noite. Contou para mim logo depois. Mas quando a fantasia ameaçou migrar do âmbito remoto do pensamento, o que senti foi ciúmes. Confrontei Mayra, que agiu pelas minhas costas. Ela se desculpou, atribuiu a iniciativa do convite à ideia que tivemos no motel. A ideia que *você* teve no motel, eu corrigi. Estávamos sozinhos na casa de Mayra, no quarto dela, mas ela pediu que entrássemos no estúdio vazio da mãe para continuarmos a conversa. Era o único cômodo em que Mayra tinha permissão para fechar a porta.

No estúdio, cercados por esculturas de cerâmica desnudas e assexuadas, Mayra confessou que, entre um namorado e outro, experimentou meninas. Que há meses esperava a hora de me contar e que talvez a hora fosse mesmo aquela. Que anos antes foi flagrada pela mãe no quarto com uma garota que conheceu quando fez uma disciplina optativa de artes na universidade.

"Lembra da stalker da boate?"

Que o rebuliço só não foi maior, por ironia, porque encontraram um cigarro de maconha na bolsa de Mayra e pensaram "que aquilo foi influência da droga". Que desde então, Mayra não tinha mais permissão de fechar a porta do quarto. Nem quando estava sozinha com o namorado. Que desde então as saídas dela eram reguladas pelos pais. Que compreendia se eu não quisesse mais continuar junto com ela, mas que depois de mim não tinha vontade de estar com mais ninguém, fosse homem ou mulher, mas que não podia se responsabilizar se o passado, uma hora ou outra, viesse à tona em uma noite estúpida de bebedeira num motel.

Procura no armário da cozinha o depósito onde guarda os antidepressivos. Entre os sprays de sanativo e os tubos de vitamina c pela metade, encontra alguns comprimidos para dormir. Engole no seco as cápsulas que sobraram na cartela de alumínio toda amassada no fundo da caixa, com o carimbo de validade apagado. As três bolas de gude travam na altura do peito e tem que abrir a geladeira à procura de água. As garrafas de plástico estão vazias. Varre as pílulas do esôfago com a água podre da pia. Agora é só uma questão de tempo. Pode ajustar o relógio do celular para o modo de contagem regressiva e marcar exatos quinze minutos. Tempo de deitar no sofá e acompanhar a falência de cada uma das funções motoras: primeiro o velho formigamento nas pernas, como se estivesse na lua ou não houvesse mais gravidade; depois o súbito peso no corpo, como se fosse abatido em pleno voo e enterrado ao sofá; depois a confusão mental resultante da queda, o sono (sono não, a desobrigação de existir) por calculadas doze horas, um fast-forward para a morte da qual ressuscita no outro dia se lembrando exatamente de todo o breu, de todo o tempo que passa morto.

Deita sem tirar o jeans, mas com o botão da cintura e o zíper abertos, o que machuca o pênis por baixo da cueca. A camisa é um bicho preguiça que se retrai inteiro cobrindo o rosto. Uma das sandálias está revirada no caminho de volta da cozinha e a outra equilibra-se no dedão, um pêndulo que ele balança como um ritual de hipnotismo que precede o mergulho no sono, na tarja preta do remédio. O braço se estende como o de um condenado à morte que recebe a dose letal e se abandona finalmente ao destino. O efeito demora mais do que o previsto. Vira-se no sofá e a sandália descreve uma parábola no ar indo se chocar na parede e caindo no desfiladeiro, no vão entre o concreto e o encosto do sofá. A cintura gira dentro das calças, mas o jeans aberto fica no mesmo lugar, repuxando o saco que ele segura e fica apalpando, sentindo o órgão murcho e relaxado, como se todo o princípio ativo do remédio tivesse descido para sua genitália. Acomoda aquela massa adormecida na cueca e ela parece suspirar, como se agradecesse. O pau permanece inerte, ferido pelo zíper. Massageia um pouco o prepúcio. Esqueceu que é dotado de um pau desde a madrugada em que transou com Lorna bem ali naquele sofá. Enfia o nariz no que aparenta ser uma nódoa de vinho no estofado, para ver se ainda sente o cheiro daquela madrugada. Só o que sente é a imundície do próprio hálito.

Vinho é a bebida que Lorna diz ter visto derramada no chão do apartamento fumarento do amigo comum dela e de Mayra, depois da fantasia que ela finalmente realizou, com outro homem e com outra mulher. Ele se põe a imaginar toda a cena, só não consegue enxergar o rosto daquelas três pessoas. Quem é o amigo comum de Mayra e Lorna? Quem é a outra mulher? Aliás, quem é Mayra no meio dessas pessoas? Em qual das versões ela está? Põe-se a imaginar tudo, enquanto cospe na mão tentando aliviar a irritação da glande, a marca do zíper bem ali na ponta deformando um pouco o travo rugoso, a superfície se molhando com o contato da saliva, o rosa da meia-bomba ficando roxo como o roxo do vinho e do sangue que bombeia endurecendo também os testículos. Ele consegue imaginar perfeitamente a cena. Há um resto de pó branco na mesa de canto do amigo de Lorna e Mayra. Consegue ver o cartão de banco de Mayra ou da outra mulher esquecido ali, com a fita magnética já cinza do rastilho do pó, e consegue até imaginar a imensa escultura disforme feita pelo amigo de Lorna, que se também é amigo de Mayra na certa é um desses artistas contemporâneos metidos a besta, que acaba de voltar do intercâmbio em Nova York com um pedaço de ferro retorcido que ele chama de arte. Sim, ele consegue imaginar perfeitamente, e como consegue, a escultura na ponta da mesinha, quase caindo, e os três dando as primeiras fuçadas nas tirinhas brancas. Deixa aí esse vinho que amanhã eu limpo, diz o artista, e ele consegue até ouvir a música que toca, o motown de Mayra, a tal música hormonal que ela leva num pendrive no bolso para onde quer que vá e enfia no aparelho de som de última geração do artista que vai buscar mais uma garrafa de vinho na adega climatizada que compra no Duty Free com o dinheiro da última tela que vendeu ou da mesada polpuda que o pai lhe dá. Consegue imaginar perfeitamente, sim, menos a cara do sacana que tem a ideia do ménage quando, taquicardíacas, Mayra e a outra amiga vão ao banheiro para retocar a maquiagem e tirar o pó das narinas. Primeiro vai você que eu faço uma hora aqui, depois quando a coisa estiver quente e acontecendo já aí eu entro, e o pau do idiota já deve estar duro como o dele agora, enquanto se revira no sofá, quando a outra amiga mais corajosa e experimentada nesse esquema a três já chega cavalgando o filho da puta que deve estar pensando que o plano de levar as duas pra cama está dando certo até demais, já está até no lucro pegando só uma das duas, mas a outra logo aparecerá, ah sim, todo mundo nessa cidade sabe que ali rola um velcro, e Mayra começa a se tocar no banheiro, como ele gostaria que ela se tocasse, como ele agora se toca, e se excita só de ouvir os sussurros dos dois que vão do sofá ao carpete esbarrando em uma estante de vidro que tem no caminho, dois dos três copos caindo e um deles apenas trepidando, imagina Mayra se tocando e os outros dois vestidos com só metade das roupas, a princípio sem notar que Mayra acaba de sair do banheiro mas depois se exibindo para ela, dando um showzinho particular, e só quando o sujeito está tirando as calças é que a outra se levanta e puxa Mayra pelo braço, dando um beijo na boca de Mayra e quebrando a timidez, e o cara bate uma punheta ainda com a cueca arriada nas coxas, mas logo está com a cueca nos tornozelos e senta no sofá da sala, olhando para as duas dançando ao ritmo do motown, então a outra vira o corpo de Mayra e morde o seu pescoço e a leva praticamente pela buceta direto para o sofá, onde o sujeito despe Mayra enquanto a amiga lhe paga um boquete e as mãos já se confundem e logo é a vez de Mayra de cavalgar sem que ele possa impedi-la e mesmo sem que ele consiga impedi-la longe que está daquela sala, quando as mãos desses três se confundem e já são todos um só corpo em um só sofá, trepando uns com os outros, mas só ele consigo mesmo, as pálpebras se fechando e o sono, como um desmaio, lhe derrubando sozinho no seu sofá enquanto três pessoas ainda se devoram bem ali na sua frente.

Acorda no meio da tarde, sem saber que horas são. A nudez pesa e estala, os ossos de madeira vergam e protestam sem conseguir obedecer ao esforço de se levantar. Não se lembra da posição em que dormiu, mas o corpo registra tudo: o braço molenga, a carne um prolongamento de pano, sem enchimento, a gangrena de quem se dobrou inteiro durante a madrugada. Brinca com a parte morta do braço que custa a acordar, marcada em toda a extensão por um drapeado do sofá.

Há uma mensagem não lida no celular. É uma mensagem antiga de Lorna, enviada quando ele ainda estava em pânico na escadaria do shopping. Lá fora, o supermercado se prepara para fechar e ele vai ter mais uma vez que pular o café da manhã, misturar o almoço na janta. Resolve ligar para Lorna da varanda. Sabe que talvez ela nem atenda. Vê lá embaixo os funcionários do supermercado conduzirem longos comboios de carrinhos de compras e devolvê-los ao lugar extraindo um prazer infantil ao chocá-los uns nos outros e ouvir o barulho ecoar pelo bairro. No estacionamento do supermercado, o carro dele está parado de viés, quase ocupando o espaço de duas vagas.

Hesita antes de discar o número. Faz quase 24 horas que não dá notícias a ninguém (como se tivesse alguém para dar notícias). Demorar-se nisso volta a lhe provocar a sensação de quando toma os comprimidos. A desobrigação de existir.

Até apertar o botão de discagem para Lorna, gosta de se imaginar morto, estirado no chão da calçada depois de saltar da varanda. O telefone chama várias vezes antes de Lorna atender.

— Eu vi uma mensagem e... — ele diz, sem completar a frase, quando ela atende.

Sabe que a mensagem é antiga, mas é o único pretexto que encontra para ligar para ela.

— Ah, é você — Lorna responde. — Que mensagem? Eu não mandei mensagem nenhuma.

Ele manipula a própria mentira com pouca convicção:

— É que eu tomei uns remédios. Estou tão confuso que não consigo reconhecer se a mensagem é de hoje ou de ontem.

— De qualquer forma, que bom que você já tá bem.

— Bem? Você acha mesmo que isso é estar bem?

— Você dormiu, me parece.

— É, dormi. À base de remédios. E, infelizmente, não tinha o suficiente pra resolver logo o problema de uma vez.

Sente que o seu cinismo toca em um ponto de Lorna. A chantagem emocional faz com que ela se alterne debilmente entre o papel de inimiga e de amiga, contrariando a promessa do afastamento. A voz dela se torna um zumbido eletrostático. Falha ao telefone. O sinal está péssimo da varanda e ele volta ao sofá. Falam outra vez do ataque de pânico no shopping. Sente nojo do próprio corpo que não foi lavado desde que se encolheu na escadaria de incêndio, perto das latas de lixo. Precisa de um banho, precisa comer, precisa mesmo de ajuda, e acha que Lorna percebe isso claramente.

— Por quê? — ela pergunta. — Por que você acha que eu deveria perder tempo te ajudando, me importando com tudo isso que você tá me dizendo?

Ele não sabe o que responder, com o celular colado ao ouvido e os pés grudados em uma gosma opaca que ficou no chão da noite anterior: o vestígio pegajoso da sua humilhação.

# 3.

# A viagem

O PRÓXIMO FERIADO cai em uma quinta-feira. Tem dois plantões acumulados e a possibilidade de converter um deles em uma folga na sexta, para prolongar o descanso. Precisa dar uma pausa do trabalho. Ignorar o fantasma das demissões que ronda a redação agora que um dos três jornais da cidade fechou as portas e uma massa de profissionais desempregados vai procurar vaga nos que restaram.

Lorna é uma das repórteres que é mandada embora do jornal concorrente, na dança pérfida das cadeiras. Um editor do jornal extinto assume agora o posto dela, aceitando o salário mais baixo de repórter. Lorna pensa em se conceder um tempo antes de procurar outro emprego, talvez voltar a pintar e retomar o sonho da adolescência. É sobre isso que conversam da última vez, ao telefone. A ameaça de afastar-se dele apenas se concretiza no plano físico, já que não se veem mais. Lorna, porém, não deixa de atender as ligações que ele faz, cada vez mais frequentes depois que fica sabendo da demissão e acha uma nova oportunidade de retomar o contato.

Lorna está há um ano formada e vê os colegas que não trabalham sobreviverem de bolsas de pós-graduação com o mesmo valor do seu último contracheque. Ela não quer mais isso para a sua vida profissional. Está na hora de se estabelecer, de sair da casa da mãe e de conquistar o seu espaço. Cogita deixar um portfólio na galeria da artista que fez a curadoria da sua primeira exposição. Quem sabe a artista não topa contratá-la como assessora ou aceita ser sua preceptora novamente.

Já ele, por sua vez, não saberia o que fazer fora do jornal. Tem a impressão de que os seus dias estão contados na profissão, de que as seções em que escreve estão se extinguindo na maioria dos veículos (antes que os próprios veículos venham também a se extinguir), mas não tem a coragem de Lorna para tentar algo novo. Por não ter visão de futuro, resta-lhe o presente. O presente também sem passado, de quem se esquece do que escreveu ontem com a mesma rapidez com que escreverá o que está fadado a ser esquecido amanhã. Talvez por isso permaneça no jornal. É um covarde. E o jornalismo é a profissão perfeita para um covarde.

Na quarta-feira, depois do expediente, almoça com o editor e um colega em uma padaria. Refletem sobre o que fazer do tempo livre no feriado. Ele pode seguir no apartamento remoendo a traição de Mayra. Horas imaginando a cena, trocando os corpos e os rostos, como cartas de baralho. Numa alucinação particularmente recorrente, é Lorna quem está no sofá do apartamento e Mayra, cavalgando sobre ela, olha para ele e ri.

"É assim que se come uma mulher", ela diz.

As duas se beijam e se misturam. Os rostos mudam de lugar como se os corpos fossem curingas.

— Tá rolando aquele festival lá na serra — diz o editor, no almoço. — Se não fosse tanto chão pra fazer com criança pequena, eu arriscaria ir no sábado e voltar no domingo.

Viajar, sim, seria um ótimo plano. Não precisa pensar duas vezes para definir o destino. De fato, não é uma viagem assim tão longa. Pouco mais de quatrocentos quilômetros que venceria em umas quatro, cinco horas. Pergunta que tipo de festival é aquele e os colegas falam de jazz, bandas e músicos que não lhe interessam muito. Mas pouco importa. O plano da viagem vai se consolidando, e não será sua eterna dívida com o condomínio do prédio que o impedirá de usar toda a parte do salário depositada para se fixar em um hotel da cidade, no topo de uma serra, distante de tudo.

No caminho para arrumar as malas, o contrafluxo de veículos aumenta gradativamente. Cada carro que passa na direção contrária leva um motorista com viseira na testa e cães com a língua de fora no vidro abaixado da janela. Qualquer lugar para o qual escolha ir, por mais exótico ou pacato que seja, será uma extensão incômoda dessa capital: vai encontrar os mesmos rostos que vê agora, a mesma atitude cansada de quem muda de ares, mas não muda o jeito de respirar. Tira o celular do bolso com o carro em movimento e disca o número de Lorna sem olhar para o teclado. Fala da ideia da viagem com uma certa pompa, sem saber que o festival é perto da cidade em que Lorna nasceu e onde costumava voltar com frequência, antes da morte do pai.

— Eu até ia no festival esse ano — diz Lorna —, mas acabou que a van que uns amigos estavam fretando não deu certo e eu desisti pra ficar em casa pintando.

Ele equilibra o celular no volante, põe no viva-voz e faz então a proposta:

— Vamos os dois. Eu dou uma carona.

— Viajar com você?

— É. Você não queria ir?

— Com você? Nem a pau.

— Vamos... — ele insiste. — Pegamos quartos separados em uma pousada.

— Sem chance.

— Ora, vamos. Você pode pintar por lá também, não pode?

Lorna cala como se pesasse os prós e os contras em uma balança de alta precisão. Há tempos as conversas ao telefone vêm sendo amigáveis, divertidas até, quando não culminam no assunto Mayra.

Ele se aproveita do instante de dúvida e sentencia:

— Vou passar aí em meia hora.

— Meia hora?! Não. Preciso de pelo menos uma hora.

— Certo. Uma hora, então.

— E você cuida das reservas?

— Cuido.

— Pede pra mim um quarto com uma área externa.

— Certo. Área externa.

— Teria uma vista melhor da serra...

— Ótimo.

Uma hora depois, de malas prontas, liga para avisar que está próximo à casa de Lorna. O celular não atende. Tenta mais uma vez e a chamada continua sendo respondida pelo correio de voz. Já na frente da casa, nota as janelas do primeiro andar abertas e desce para tocar a campainha. Do lado do portão, há um interfone empocirado que ele aciona duas vezes, sem ouvir barulho algum. Pode estar quebrado, mas acha imprudente bater palmas de imediato. Como o interfone continua mudo, começa a bater palmas, primeiro timidamente, depois fazendo conchas com a mão e tentando percuti-las no volume máximo. Nada.

Entra no carro decidido a desistir de Lorna. Buzina ainda três vezes. Lorna sai à janela e grita alguma coisa que ele não entende muito bem. Torna a descer. O portão então se abre e é surpreendido pela mãe de Lorna, que diz que a filha não vai demorar e pede que ele entre.

A garagem ao lado da piscina está ocupada agora por um Fiat Uno branco e quadradão, com os porta-malas carregados com bacias e cascas de milho. Acomoda-se em uma das cadeiras de plástico na beira da piscina e a mãe de Lorna se desculpa por não poder recepcioná-lo melhor, está ao celular com uns clientes. Sente o olhar de alguém pousado atrás dele e quando se vira vê o irmão de Lorna encostado na porta, só de bermuda, com o mesmo ar fantasmagórico da outra vez, reforçado pela magreza adolescente. Acena e o irmão de Lorna retribui, mas logo volta para a penumbra do interior da casa, como um animal assustado.

A mãe de Lorna está andando pela sala com o celular. Cobre o aparelho com a mão e chama pela filha, do pé da escada que dá para o primeiro andar.

— Lorna, o rapaz já está aqui!

“Rapaz”. A mãe se despede do cliente ao telefone e senta ao seu lado em uma das cadeiras plásticas. Recomenda cuidado na estrada.

— Assalto — ela diz. — Se vir algum obstáculo na pista, atropele e siga. Não pare. Eles ficam atocaiados no acostamento só esperando alguém parar. E se alguma coisa estranha se chocar com o vidro, pelo amor de Deus, não jogue água nem ligue o limpador. É ovo. Eles estão jogando ovos nos carros e quando o motorista desavisado tenta limpar, acaba sujando ainda mais, dificultando a visão. E quando para mais adiante porque é impossível dirigir daquele jeito... pimba! Eles saem da moita e fazem a abordagem.

Ele sorri, desconcertado. Não consegue corresponder ao ritmo anódino da conversa e imagina que o silêncio está dificultando para a mãe de Lorna, que pergunta se ele não aceita um cafezinho antes de viajar. Só para deixá-la mais à vontade na própria casa, ele aceita. A mãe de Lorna puxa o convidado pelo braço e o leva à cozinha.

— Passei agorinha mesmo, antes de você chegar.

Serve duas xícaras: uma maior, de porcelana, que tira do escorredor, e outra menor, de vidro, que já está posicionada na mesa e conserva ainda no fundo vestígios do último gole quente. Um leve amargor o surpreende à medida que vai saboreando a bebida.

— Eu só uso café solúvel mesmo — ela explica. — Mas eu faço de um jeito diferente: se você queimar o açúcar...

— Ensinando o segredo da família pras visitas, né, Dona Lúcia? — Lorna surge na meia parede que divide a cozinha da sala. Dirige-se a ele: — É a especialidade dela, mas nem se anime. Só ela consegue fazer, já tentei milhões de vezes.

Lorna tem nas mãos uma mala de rodinhas, em que mal deve caber uma muda de roupa, e outra grande, rígida como madeira, que ele já pode adivinhar cheia de pincéis, lápis e papel especial para desenho. Veste uma legging de lã, os coturnos agora aparentes por cima da malha e uma blusa comprida atada ao corpo por um cinto. Deve estar sentindo calor por baixo das mangas compridas, preparada para o frio que faz na serra, mas não no litoral. Ela deixa as malas no meio da sala e entra na cozinha. Dona Lúcia chama Lorna para perto de si com o braço estendido.

— Tá bonita, minha filha — diz, forçando que ela dê uma voltinha.

Lorna olha para ele envergonhada e ele aproveita a deixa:

— E então, vamos lá?

— Não querem levar alguma coisa para comer durante a viagem? — Dona Lúcia pergunta.

— Não precisa, mãe, a gente se vira pelo caminho — Lorna carinhosamente se desvia do abraço, dando um beijo na mãe. — E, olha, a gente já está atrasado. Acho que me demorei um pouco me arrumando, não foi?

— Um pouco.

— Tá vendo, mãe, pode ir deixando essa sacola aí.

Dona Lúcia dá de ombros e os acompanha até a garagem. No caminho, o irmão de Lorna aparece de uma porta que ele pode jurar que não existia da primeira vez que visitou a casa. O rapaz continua sem camisa e os segue sem dar um pio. Aparenta ser ainda mais magro sob a luz do sol que se reflete na piscina e tinge o ambiente de azul. Lorna puxa a mala de rodinhas que faz um barulho característico no piso da garagem. Ele leva a mala rígida, com o material de pintura. Param ao lado do Uno quadradão e pela primeira vez ele ouve a voz vacilante e ligeiramente desafinada do irmão de Lorna, que dá um tchau premiado com um beijo na testa.

— Vocês vão pegar estrada à noite, então vão com cuidado — repete a mãe. — Posso confiar em você, né?

Dona Lúcia lhe dá um beijo com cheiro de café e cigarro e ele estende a mão para o irmão de Lorna, que aperta sem convicção, um débil aperto de mão, apenas os tendões empenhados na mecânica do gesto, e os dedinhos finos do rapaz se enfeixando, rígidos e gelados como os de um cadáver. Ele toma a mala de rodinhas das mãos de Lorna e recolhe o suporte do carrinho, carregando pela alça. Mãe e filho permanecem no portão abraçados e ele tem que contar com a ajuda de Lorna para acomodar a bagagem no banco de trás.

— Tem que ficar firme. Não é bom que sacuda muito — ela diz.

Ao lado das malas de Lorna, a mochila dele adquire um aspecto frágil e disforme. Despede-se novamente e Lorna volta para dar mais um abraço na mãe e no irmão.

Entram no carro e, antes de acelerar, ele olha no espelho para ver mais uma vez a família de Lorna no portão. O rapaz tem o olhar perdido em algum ponto da rua e a mãe não tira os olhos do carro. Ocorre-lhe que Lorna não tem feito muitas viagens e aquela talvez seja a primeira desde a ida para Londres, pouco depois da morte do pai, fraturando ainda mais aquela família sonegada pelo luto.

— Pronto, vamos dar o fora daqui — diz Lorna, puxando a manga da blusa até os cotovelos.

Acelera e a última coisa que vê pelo retrovisor, prestes a virar a esquina, é a casa com o muro de tijolos aparentes, já sem ninguém na frente e o solitário primeiro andar, com todas as janelas que Lorna esqueceu abertas.

Basta se livrarem do congestionamento na saída da cidade, entre os galpões do distrito industrial, para que a chuva comece a cair em gotas grossas que ameaçam estraçalhar o para-brisa. À medida que a chuva aumenta, a previsão de uma viagem tranquila, sem contratempos, se esfumaça como o vapor que se desprende do capô. A tarde escurece e já se pode dizer que é noite, apesar do mostrador do relógio que marca apenas quatro horas.

Agora não é pelo tráfego que os motoristas diminuem a marcha, mas pela chuva. A visibilidade é quase nula e os carros que não estão com os faróis à meia-luz, mesmo debaixo da tempestade, correm o risco de ser engavetados por quem vem de trás.

A estrada não está preparada para o temporal. As obras que eram para ser feitas antes da estação de chuvas acabam de começar, e o que se vê entre as fileiras de cones, em alguns trechos, são homens com roupas fosforescentes se aboletarem em cima de tratores e desafiarem a cegueira dos motoristas, atravessando a pista para se refugiar nas árvores do acostamento. Os buracos recém-cobertos com uma camada fina de asfalto voltam a se abrir e se confundem com outros buracos que sequer receberam o volume de areia prévio. Crateras cheias de água se abrem, obrigando os motoristas a se enfiarem ali sem saber se vão sair com vida. Ou isso ou entrar no acostamento e arriscar atropelar os homenzinhos fosforescentes, imóveis, se divertindo com as proezas que os motoristas fazem para não atolar.

Não demora grande coisa para presenciarem o primeiro acidente. Um carro que acaba de ultrapassá-los se emborca sozinho no canteiro que divide a pista duplicada. As rodas giram velozes na carcaça do carro, que virou como uma barata tonta no azulejo do banheiro. As luzes vermelhas dos outros automóveis acendem e apagam. Todos os motoristas acionam o freio ao mesmo tempo. Ele prende a respiração e o tranco que o carro dá quando freia, por puro reflexo dele, faz Lorna se sobressaltar e erguer o pescoço.

— Meu Deus! — ela grita, e ele dá uma outra freada, ainda mais assustado, sem saber se Lorna está vendo algo que ele não é capaz de enxergar no meio da confusão.

Diminuem a velocidade e se aproximam do comboio ainda se desmanchando. Passam pelo carro virado e por mais outros dois que estão ligeiramente atravessados na segunda faixa. O sinal de alerta, que ele liga quase sem raciocinar, é o que os livra do choque de um caminhão que vem meio desgovernado por trás e também consegue frear a tempo, passando bem rente a eles, buzinando.

— O que foi isso? — Lorna volta a gritar.

Retomam o curso depois das freadas e do buzinaço. O sinal de alerta ainda faz o seu ruído pontual. Ele desconfia, lívido de pavor, que Lorna de fato não entende a série de pequenas catástrofes das quais, involuntariamente, acabam de escapar.

— Você tava cochilando? — ele pergunta.

— Não. O que aconteceu?

— Um carro acabou de virar na nossa frente — responde, incrédulo.

— Você viu como foi?

— Não. Não dava pra ver. Não com essa neblina.

— Não tinha um buraco, ou coisa assim?

— Não sei. Pode ser que tenha estourado o pneu.

A chuva cai a cântaros, sem trégua. O céu já está escuro de todo, quando as luzes intermitentes de uma ambulância ou de uma viatura policial — não conseguem distinguir — cruza o caminho na pista oposta. Lorna aponta. Desde o ocorrido as pernas dele estão bambas e não se atreveu a mover o carro da faixa lenta, sendo ultrapassado por automóveis que julga serem sempre os mesmos, bólidos que imagina derrapando na pista, dando cambalhotas no ar, mergulhando diretamente no canteiro e puxando o carro deles junto, como grandes ímãs. Tenta se distrair e puxa o assunto do trabalho. Lorna vocifera:

— A única experiência que eu tive nessa droga de carreira de jornalista é a certeza de que não devo nunca mais colocar os pés numa redação. Desculpa te dizer isso, você que continua lá, mas eu acho tudo aquilo um grande desperdício de saúde e de talento.

— No fundo eu concordo com você — ele diz. — Um dia também vou largar tudo isso e mudar de profissão.

— Você já mudou de profissão — Lorna corrige, em tom professoral. — Há muito tempo o jornalismo deixou de existir nas redações. O trabalho agora é braçal, de transportar linhas e linhas pré-formatadas de texto pro papel. Nada que uma máquina não possa fazer por você. Jornalista agora é pedreiro ou robô, e não tem quem me tire isso da cabeça.

Lorna fala da dificuldade de arranjar outro emprego. Dos testes e dinâmicas de grupo que a aguardariam se persistisse na carreira.

— Você sabe o que, na verdade, me tirou lá do teu jornal? — ela pergunta, por fim.

— Não. O quê?

— O crachá.

— Como assim o crachá?

— Quem não teve a sorte de entrar como você entrou, logo no início da onda de contratações, quem teve que passar por um tempo de experiência, como eu tive, tinha que usar um crachá temporário, sabe? — ela explica, ajeitando-se na cadeira. — A recepcionista me falou pra usar aquele maldito crachá sempre que eu estivesse dentro da empresa, pra manter em um lugar visível e aquelas baboseiras burocráticas de praxe que a gente nunca leva a sério... você conhece o dono da empresa, não é?

— Aquele calvo? Já vi uma ou duas vezes...

— Então... Aquele cara tem um sério problema. Transtorno obsessivo-compulsivo, sei lá o quê. Dizem que ele caminha passando os dedos nas mesas pra ver se estão limpas. Eu não sabia disso. Um dia encontrei a figura no corredor e ele me perguntou onde tava o meu crachá, acredita? Eu disse que tinha deixado na minha mesa. Sabe o que ele me respondeu?

— Nem imagino.

— "Da próxima vez que eu encontrar você quero ver então a sua mesa pendurada no pescoço."

Explodem em gargalhadas.

— E aí? O que você disse?

— Eu perguntei por que ele mesmo não usava a mesa dele pendurada no pescoço. Acho que ele não gostou muito da minha sugestão. Perguntou quem eu era e no outro dia me dispensaram por insubordinação.

Riem ainda, a salvo dos perigos da estrada. A noite cerra em definitivo. A chuva estia e as condições da pista melhoram significativamente, mas a visibilidade continua quase nula. Quando o trecho permite que ele vá a cem, vai a oitenta, o que julga uma velocidade mais do que apropriada para a situação da estrada. Só quando passam por outro acidente é que Lorna, que está mais alerta desde o anterior, para de falar dos tempos de jornalismo, e começa a ficar preocupada.

— Eu não consigo passar por esses acidentes e não olhar a placa dos carros, imaginar de onde eles vêm, pra onde eles vão, quem são os passageiros, se alguém ficou muito ferido ou morreu — diz Lorna. — Acho que você, como motorista, olha mais para os carros, pra avaliar a gravidade da batida e entender como aconteceu o acidente, mas quem tá de passageiro fica procurando algum sinal no rosto das pessoas, com medo de reconhecer alguém conhecido ou pior: reconhecer o próprio rosto e se imaginar passando por isso lá na frente.

— Que mau agouro, Lorna.

Ela se alonga no banco. Liga o aparelho de som e um ruído de estática invade a frequência da estação de rádio. Desiste de mexer nos botões e abre o porta-luvas à procura de algum CD. Tudo o que encontra é o manual do carro, com as pontas desbeiçadas, e um rolo de papel higiênico que vai perdendo sua forma circular, apertado embaixo do grosso volume.

— Eu não trouxe nenhuma música — ele diz.

— Que sem graça. Eu devo ter alguma coisa aqui comigo — diz Lorna, virando o corpo para alcançar a mala no banco de trás.

A cabeça dela roça contra o braço dele, que aspira o cheiro de xampu dos cabelos de Lorna. O malabarismo dentro do carro atrapalha a concentração na estrada. Lorna abre o zíper da mala e enfia a mão lá dentro, procurando a valise de CDs. O ombro dela está quase no seu colo, e se fosse preciso passar a marcha seria necessário dar uma gravata ou coisa parecida em Lorna. O contato de parte do corpo dela com a coxa o deixa em alerta. Quando Lorna volta para o lugar, a cabeça esbarra novamente no seu braço. Sente um pouco mais do cheiro dos cabelos, qualquer aroma que lembra um banho matinal demorado e os vapores de água quente escapando pelo box, revoluteando no ar e embaçando o espelho.

— Aqui está — Lorna mostra uma valise de couro em formato redondo. — Nada como andar com alguém prevenida. Imaginei que a viagem seria longa e nos faltaria assunto.

Ela abre a valise e liga a luz interna do carro, o que ofusca a vista dele e o deixa impaciente. Diante de uma curva acentuada, reduz a velocidade, mas não consegue evitar que o carro sobre um pouco na outra faixa. Felizmente não há nenhum outro veículo na pista. O motor 1.0 resfolega na subida e Lorna ainda está escolhendo o CD, descolando as folhas plásticas da valise e conferindo as inscrições diminutas estampadas nos discos. Um dos CDs está solto e pula no colo dela. Tem a aparência de uma gravação doméstica, com o título escrito em caneta bastão, na superfície. Lorna coloca o CD para rodar. Ele fica atento à inscrição do painel luminoso, mas não reconhece o nome do artista. A música começa a travar e Lorna passa para a próxima. Ele pensa que a mídia vai continuar travando, mas dessa vez toca normalmente. Até que Lorna pula para a quinta faixa.

— Que banda é essa?

— Apenas ouça.

Lorna balbucia a letra em inglês sem que ele consiga distinguir as palavras. A música é calma, mas nem por isso se deixa levar, desconcertado como sempre fica quando tem alguém cantando por perto, ainda que discretamente. Não sabe de onde vem a vergonha, mas é como dançar: é tão difícil se permitir dançar que fica estupefato quando alguém começa a se mexer muito próximo.

— Esses caras são dos poucos que eu consigo escutar dessa nova leva de bandas indie por aí — diz Lorna, quando um solo de guitarra interrompe o refrão que ela tartamudeia, baixinho.

Ele não sabe quem podem ser os "caras" em questão, mas não vai perguntar de novo. Os tempos em que o rock era algo minimamente importante para ele já ficaram para trás. A música deixa de participar da sua vida, que agora é um filme sem trilha sonora. Não que com isso esteja se lamentando. Era desde sempre um fardo acompanhar a banda da vez, tentar pescar o trecho de cada nova música que embalava as propagandas de celular para depois jogar no Google e baixar a mirrada discografia do novo adolescente despenteado vendido pelas gravadoras como o próximo Bob Dylan.

Uma canção termina e uma longa introdução anuncia a próxima. Lorna erra a entrada do vocalista e cantarola antes dele, mas logo corrige sem se importar, imitando a melodia com sonzinhos sibilantes que fazem os clássicos "laralará" e "nananana" soarem ultrapassados. Ele cora muito nessa hora, sem saber se deve rir dela ou fingir que não ouve. Acha maldoso rir, mas muito mais maldoso é o fato de o riso iminente vir disfarçando uma ereção constrangida que ele sente, provocada pelos sussurros de Lorna dentro do carro.

— Você não tá gostando, né? — Lorna pergunta, pulando mais uma faixa. — Se quiser eu tiro...

— Não, tudo bem — contemporiza, inquieto.

— Achei que você ia gostar de ouvir alguma coisa que *ela não tocava* lá na Antenor Navarro — Lorna provoca.

A ênfase que dá ao *ela não tocava* lhe traz de volta à memória os bares em que Mayra discotecava para uma porção de rostos iguais, com óculos maiores que a cara, bigodes retorcidos e cabelos metodicamente bagunçados com horas e horas de aplicação de pomada e gel. Seria ingenuidade demais pensar que Mayra também não era uma passageira naquele carro. Se ousasse olhar para o espelho interno, agora, talvez fosse topar com Mayra ali, sentada, sendo levada entre as bagagens dele e de Lorna. Respira pesadamente e a massa de ar que sai faz a cabeça pender como uma bexiga murcha. Mas se mantém mirando a estrada, trincando os dentes e apertando a direção até que o contato da palma da mão com o protetor do volante faça um barulho estranho de alguma coisa que se despedaça. Os dedos também se crispam dentro dos tênis de lona, que estão prestes a se abrir com a pressão na ponta de borracha. Lorna o observa na penumbra com a sensibilidade de um sismógrafo que registra nos seus ponteiros frenéticos todos os abalos percorrendo seu corpo.

— Ou seriam as letras das músicas? Tá, vamos mudar — Lorna muda de faixa. — Deixa eu ver... Hum... não, só tem letras tristes mesmo. E oh!, agora ele não tem mais nenhum banheiro no qual se refugiar. Não vai entrar em pânico e parar no acostamento, hein? Se me deixar aqui no meio da estrada minha mãe vem pessoalmente te matar.

Ela tenta desligar o player, mas sem querer muda para a frequência AM da rádio e uma voz fanha e picotada se alastra pelos alto-falantes, se interrompendo como se as pedrinhas da estrada caíssem na boca do locutor e fossem mastigadas durante a transmissão. Ele tem vontade de dizer a Lorna o que acaba de se dar conta: pela primeira vez não havia pensado em Mayra ao longo de toda a última hora. Foi a própria Lorna quem jogou o cadáver dela sobre o seu colo, aniquilando sua ereção. O aparelho enfim é desligado.

— Eu tenho certeza que, depois dessa viagem, eu vou poder rir das tuas piadas sobre Mayra, Lorna.

— Até parece — ela desdenha. — E a piada era menos sobre Mayra que sobre a cena musical de onde ela veio.

— Cena musical?

— É, a tal cena indie.

— Ah.

— As pessoas que fazem essa cena, e aí eu ia ter que incluir tua ex, me desculpa, são uma verdadeira piada. Eu não falo nem em música, porque você conta nos dedos ali quem realmente faz música de verdade e não fica apenas posando, usando o Centro Histórico de extensão da garagem de casa, de onde a bandinha deles por sinal nunca devia ter saído, ou pior: dando uma de DJ só porque aprendeu a usar direito o Windows Media Player pra enfileirar uma mp3 atrás da outra. Sinceramente, é muita antropologia ruim rolando ali. Daria um belo de um estudo. Um monte de gente que gasta o dinheiro que não tem, pra comprar coisas de que não precisa, fingindo ser algo que não é, pra impressionar pessoas de quem não gosta.

Da zona dos oitenta quilômetros por hora, ele vai passando para aos cento e vinte. Só nota isso quando Lorna começa a se espichar no painel para conferir o velocímetro.

Diminui para os cem.

Passam por dentro de duas cidades, com portais extravagantes na entrada e inúmeras lombadas pela rua principal. Contemplam o espetáculo dos pés de cana ardendo em chamas na beira da estrada, exalando um forte odor de açúcar. É bonito ver as labaredas dançando, resistindo à umidade que encharca o ar mesmo depois de a chuva ter passado. A pista brilha refletindo o fogo. A fumaça lembra uma densa camada de névoa, com flocos de ar condensado. O chão é uma travessa untada derretendo em um forno preaquecido. As chamas se aproximam perigosamente da pista, dando a impressão de que para avançar vão ter que atravessá-las, como nos filmes de aventura, quando o carro do herói emerge de uma explosão.

O vento traz a fuligem e pedaços da cana em brasa. Não há viva alma por ali e de repente parece que viajam sozinhos, que nenhum carro está quilômetros adiante ou atrás deles. Vedam as saídas de ar e verificam se os vidros estão bem fechados. Respiram uma boa quantidade de gás carbônico até que as queimadas virem meros borrões no espelho, deixando apenas o cheiro de açúcar no ambiente, aquela sensação de enjoo que você sente num domingo da infância em que junta todos os envelopes de adoçante de um restaurante e se desafia a comê-los. Mas já não sabem se o cheiro é realmente detectável ou se o que registram é ainda a lembrança viva do cheiro de açúcar, uma memória residual que permanece até que abrem os vidros e deixam um pouco de ar fresco entrar.

Transpõem o monumento de boas-vindas da cidade aliviados, estranhando o pouco fluxo de carros. As ruas, que imaginam apinhadas de gente na abertura do festival, estão desertas e a decoração do relógio da praça dá um colorido funéreo à noite. Seguem no contrafluxo de carros que ultrapassam os sinais vermelhos e logo se deparam com uma fileira de automóveis estacionados que se prolonga por toda uma rua, até onde os olhos alcançam.

Ouvem um som abafado e julgam estarem perto do pavilhão onde os shows estão sendo realizados. Propõe a Lorna que deixem o carro ali onde há vagas, no início da fileira, e sigam o resto do caminho a pé. Deve ser fácil achar o pavilhão: é só ir até onde o caminho de automóveis estacionados os levar.

Quando descem do carro, o frio os envolve inteiramente, e o corpos, praticamente imóveis durante toda a viagem, reagem de imediato à baixa temperatura. Ele vai se encolhendo até a porta de trás do carro, que abre para retirar a jaqueta da mochila. Lorna aparenta estar mais confortável do que ele, e pede para deixar a bagagem no porta-malas. Teme que os volumes no banco de trás chamem a atenção dos ladrões. Ele insiste em que também ela leve um casaco, mas Lorna diz que se vira com o blusão que traz no corpo. Ele abotoa a jaqueta até o pescoço e desfaz as dobras das mangas e do colarinho.

Em poucos minutos de caminhada, o som das mandíbulas dos dois se chocando é mais alto que os passos na calçada. O frio se torna ainda mais caricatural quando notam a fumacinha que embaça os óculos dele cada vez que solta o ar dos pulmões, tentando disfarçar a hipotermia com um relincho e esfregando as mãos freneticamente, aproveitando o calor do hálito.

A fila de carros não termina nunca e se bifurca como um jogo de dominó, entre ruas com bares de portas fechadas e flanelinhas sonolentos, aproveitando o sereno para polir os capôs com pedaços de estopa. Quer perguntar a um deles onde fica o pavilhão, mas Lorna sugere que apenas sigam a música, ainda meio distante. Percorrem algumas ruas e veem uma aglomeração. Rumam para lá, na esperança de que mais gente apareça. Um grupo de bêbados se concentra na porta de um mercado. Viram uma esquina e então acham uma das entradas do pavilhão, por onde algumas pessoas se dispersam e duas crianças mais agasalhadas que eles, com luvas encardidas, recolhem latinhas de cerveja depois de amassá-las com uma pisada. Descem alguns lances de uma ampla escadaria e então avistam o palco e a multidão, coalhando toda a extensão do lugar.

Misturam-se à turba e ele perde Lorna de vista. Dá um giro em torno do próprio eixo e Lorna reaparece na forma de uma mão que lhe puxa pela jaqueta. Tem que segurar a mão de Lorna para seguirem, e registra na pele a temperatura dela, ligeiramente mais quente que a sua. Quando a passagem está livre, larga discretamente a mão, mas Lorna insiste em segurar a manga desdobrada da jaqueta, sobretudo quando cruzam as rodas de rapazes que olham primeiro para ela, depois para ele, avaliando se estão juntos. Lorna às vezes retribui o olhar, às vezes parece constrangida. Ele não sabe se o constrangimento é por estarem flertando com ela enquanto está acompanhada ou por definitivamente não estar interessada em flertar naquele momento.

As mulheres dentro do pavilhão, por outro lado, não olham para ele. Ou, se olham, ele está muito distraído reparando em como Lorna reage em meio a tanta gente, situação que nunca enfrentaram juntos. Mais perto do palco, Lorna deixa que ele a ultrapassasse e os conduza. Ele tenta segurar a mão dela, mas dessa vez é ela quem solta, pousando o toque nas costas dele. Interpreta o gesto como uma forma mais descomplicada de se desvencilhar do contato físico. Avança mais um pouco e depois se vira para perguntar a Lorna se já podem parar naquele ponto. Já é possível ver o palco sem se esgueirar muito e ainda não precisam gritar para se fazer ouvir, embora o som que fustiga os tímpanos deles seja mais alto que o que estaria disposto a tolerar sozinho.

Lorna percebe o incômodo.

— Por que viemos tão perto do palco?

— Ora, achei que você quisesse ver o show de perto.

— Eu? Devia ter me perguntado. Eu só vim porque achei que *você* queria ver o show de perto. Por mim, eu teria ido pro hotel, antes de tudo.

Ele adia o momento de anunciar que não cumpriu com o prometido. Preocupado em fazer a mochila, esqueceu de reservar o hotel e ainda não tem ideia de onde vão passar a noite.

— Bom, eu que tava te acompanhando antes, se quiser a gente pode voltar.

— Nem a pau que eu cruzo esse pavilhão inteiro de novo.

E ficam ali os dois, assistindo ao show de uma cantora muito corpulenta que eles não conhecem, nunca ouviram falar, com um vestido que mais parece uma toalha de mesa enfiada na cabeça. A apresentação deve estar perto do final quando uma chuva fina começa a cair. Os primeiros guarda-chuvas são sacados sabe-se lá de onde e invadem a linha de visão do público. Há vaias, mas a chuva recrudesce, e mais guarda-chuvas se abrem em um efeito cascata que deve ser bonito de se ver dos camarotes do pavilhão.

Eles não têm nenhum guarda-chuva e estão distantes demais de qualquer lugar onde possam comprar um. Cogitam deixar o pavilhão e voltar para o carro, mas supõem que vai demorar muito até que o público perto das saídas deixe o lugar mais vago para que alguém o abandone sem se molhar muito. Se o objetivo é ficarem tão secos quanto possível, o melhor é aguentar até que a chuva acalme.

Ao lado dele, um sujeito abre um guarda-chuva pontudo. A aba é capaz de cobri-lo e a quem quer que esteja ao redor, protegendo do aguaceiro. Ele faz sinal para Lorna e ela se aproxima. O sujeito percebe, mas, em vez de se chatear, ergue ainda mais o guarda-chuva, dividindo o espaço com os dois. Parece sorrir, sem apontar o sorriso diretamente para eles, que fazem o mesmo, sacramentando aquele companheirismo tácito debaixo da chuva.

A cantora vai ao backstage e deixa a banda tocando sozinha por um momento. Retorna em seguida avisando que esta será a última música. A multidão prorrompe em um suspiro coletivo de desapontamento.

— Não parece que ela pegou a primeira toalha de mesa que apareceu, fez um buraco no meio e pulou dentro? — ele pergunta a Lorna, apontando para o vestido de seda estampado. — Acho que ela chegou naquele ponto em que a roupa não é feita mais pra ressaltar os atributos físicos, mas pra escondê-los da gente.

Lorna dá uma gargalhada e o sujeito que segura o guarda-chuva finalmente tem coragem de abordar os dois.

— Ela é uma *diva*! Isso além de ser machista é gordofóbico — protesta com a voz aguda, interrompendo as risadas. —Se vocês não retirarem o que disseram eu é que me retiro com o meu guarda-chuva e deixo vocês *encharcarem*.

O sujeito separa as sílabas, pontuando cada uma no ar com o indicador. *Di-va. En-char-ca-rem.* É como se as sílabas saltassem da boca e ele precisasse espetá-las no ar para que a palavra se forme. Aquela maneira de falar faz os dois rirem mais ainda. O sujeito do guarda-chuva fica sério por um momento e ele se contém, repreendendo o riso frouxo de Lorna. É então que o sujeito se descontrai.

— Ok, reconheço, o look está péssimo, mas vamos dar um desconto, com essa voz ela poderia até estar nua.

— Definitivamente, não nesse frio — ele responde, tentando ser simpático.

— Definitivamente não, sob qualquer circunstância — completa Lorna.

O nome do sujeito é Telles. Usa uma camisa de malha muito fina e brilhante, praticamente colada ao peito, por baixo de um casaco elegante de couro.

— Gostei de vocês da primeira vez que bati o olho — confessa depois de se apresentar como estagiário em um escritório de advocacia da cidade. — Sabia que vocês mereciam um lugar no meu guarda-chuva.

Lorna agradece e volta-se para o palco, onde a cantora se despede fazendo gestos amplos que inflam o tecido do vestido como uma pipa, em pleno voo. Dessa vez, ele contém o sarcasmo. Entende que Telles é um grande fã da cantora. Por mais de uma vez Telles deixa que ele segure o cabo do guarda-chuva e leva as duas mãos à boca para dar um assovio ruidoso e ensurdecedor. Grita "bis" e suplica para que a cantora fique no palco.

— Desde pequeno eu queria ser como ela — explica, sem qualquer vestígio de constrangimento.

Os dois se entreolham enquanto Telles se despede da cantora como se fosse o único espectador durante todo o show. Se um dos dois está envergonhado diante da efusividade do desconhecido, aquilo acaba quando os olhares se cruzam. Telles se eleva um tom acima da multidão com o seu assovio de sirene. A diversão faz com que se esqueçam do frio e as pernas já não sintam mais o cansaço pelas horas de viagem. Estão anestesiados. Quando os roadies da banda seguinte começam a entrar no palco, Telles sossega e começa a contar a história de sua vida. Chega até a entregar aos dois um cartão feito com papel reciclado que simula uma página do Google na qual seu nome está digitado de forma incorreta e o buscador corrige, completando com o seu sobrenome, telefone, e-mail e página no Facebook.

Enquanto Telles fala, alguém acompanha toda a conversa silenciosamente ao seu lado. Demoram a notar a presença da outra pessoa até que o próprio Telles lhes apresenta, mas o nome do jovem de cabelos espetados, que apenas balança a cabeça em sinal positivo e negativo conforme concorda ou discorda das histórias, se perde no primeiro potente acorde que dispara de uma guitarra. Não conseguem entender também se o jovem de cabelos espetados é namorado de Telles ou apenas um amigo. Quer perguntar a Lorna, mas quando olha para o lado nota que ela está dispersa, voltada para um grupo de mulheres que fuma à direita deles.

Continua a ouvir a conversa de Telles, que lhe conta que no festival do ano passado jogou o celular no palco na esperança de falar com a cantora depois do show. O celular incrivelmente não se espatifou ao aterrissar nos pés da artista, que se assustou e fez menção de parar o show, mas se comoveu quando apanhou o aparelho e leu o bilhete que estava preso à bateria, amarrado com uma liga.

— Era um poema dela escrito no encarte do primeiro LP. Só ela devia se lembrar dos versos — exulta Telles, acompanhado pelo jovem de cabelos espetados que balança a cabeça feito uma lagartixa, ao seu lado.

Lorna continua a olhar para o grupo de mulheres, e dessa vez ele também encara o grupo. Todas fumam, duas delas de costa para eles. A mais bonita do grupo está de costas para o palco, segurando uma cigarreira prateada que combina com a joia do piercing que ostenta na sobrancelha.

— Vocês aceitam uma bebida? — oferece Telles, tirando do bolso do casaco uma espécie de cantil.

Ele recusa, mas Lorna aceita e bebe sofregamente.

— Vodca — avisa Telles. — Só bebo assim, no seco.

— Só presta assim — concorda Lorna, voltando a olhar para a mulher de piercing, que agora se apoia em uma das amigas e dobra as pernas na forma de um número quatro. Deixa entrever as coxas grossas e uma bota de plataforma preta.

Se a convivência com Lorna, até aqui, o leva a acreditar que a conhece plenamente, ela agora lhe prega uma surpresa. Está flertando com outra mulher ou toda aquela história de Mayra está realmente mexendo com sua cabeça? O frio volta a incomodá-lo e sente as costas tremerem por baixo da jaqueta. Pede o cantil a Telles.

— Posso provar?

— Ah, agora você está falando minha língua.

Segurando um copo imaginário, Lorna brinda com ele. A maneira como faz tudo isso sem parar de olhar para o grupo de mulheres o incomoda. Telles capta o clima de tensão.

— E então, vocês são namorados ou o quê?

— Nós... namorados? — ri nervoso, cutucando Lorna que nem parece ouvir a pergunta.

— Acho que toquei num ponto polêmico.

— Não, não é polêmico — Lorna rebate. — Só estamos viajando juntos mesmo.

O grupo de mulheres se afasta e Lorna parece aflita. Rouba o cantil que ainda está na mão dele e dá mais um gole na vodca. Depois devolve a bebida para Telles e, passando os dedos suavemente sobre os lábios, enxuga um pouco da bebida que escorre pelo queixo.

— Vou falar toda a verdade — Lorna desembucha —: esse cara só está aqui porque está deprimido e tem essa ideia de filme de que uma viagem pode ser redentora, zerar tudo, entende? — Lorna toma o cantil da mão de Telles novamente. — Sabe *Comer, Rezar e Amar*? Então. O clássico: a ex deu pra outro. E pra outra. Quanto a mim... Tenho que admitir: eu precisava dele como motorista pra vir pra cá.

Telles joga a cabeça para trás de tanto rir e roda o cabo do guarda-chuva como um passista de frevo. Ele não esconde a irritação com aquela sinopse da viagem.

— Tem certeza de que o que tem aí é só vodca? — ele pergunta a Telles, lançando para Lorna um olhar de reprovação. Ela mexe os lábios como se dublasse um pedido de desculpas, mas continua a rir, àquela altura ele não sabe avaliar se da situação toda ou só de Telles, que se contorce embaixo do guarda-chuva, deixando uma garoa fina molhá-los. Ninguém presta mais atenção às cinco figuras esquálidas no palco, que improvisam uma jam com seus instrumentos.

— Eu acho que é a hora de dar também a volta por cima e pagar na mesma moeda — sugere Telles, olhando maldosamente para Lorna. O jovem dos cabelos espetados dá um tapinha de leve no seu ombro: — Ai! — grita Telles — Você também quer participar, é?

Os dois começam a cochichar e Lorna aproveita para fazer o mesmo com ele.

— Porra, mas você tem que contar pra todo mundo! — ele diz, antes dela.

— Foi mal — diz Lorna —, mas é que esse cara quer te comer de todo jeito, até se eu for no pacote. Tinha que dar um jeito de mostrar pra ele que você não gosta da mesma coisa que ele... Ou gosta?

Ele olha atravessado para Lorna. Nota que Telles e o jovem de cabelos espetados deliberam amistosamente se vão embora ou ficam mais um pouco. O grupo de mulheres volta a passar diante deles.

— O que eu tô achando muito estranho é você paquerando essa dominatrix aí desde que a gente chegou.

Lorna olha de novo para a moça do piercing e ri.

— Você ficou reparando, né?

— Como assim "ficou reparando?" Você tava realmente paquerando com ela então?

Telles volta para perto dos dois e se intromete.

— Tudo bem aí, minha gente?

A expansividade de Telles, pela primeira vez, o irrita. Quer afastar aquele desconhecido. O jovem de cabelos espetados se despede amistosamente, e vai embora. Telles avisa que vai ficar até que o show termine. "Mais um sinal de que ele quer te comer", quase pode ouvir os pensamentos de Lorna. Mas não. Os pensamentos de Lorna estão mais à direita, perto do grupinho com a mulher de piercing. A curiosidade lhe corrói. Telles volta ao assunto do suposto namoro dos dois e Lorna é obrigada a entrar novamente na conversa. De tempos em tempos, se vira para ver se o seu alvo ainda está ali, mas agora é ele que não consegue tirar os olhos da mulher de piercing. Uma hora é Telles quem compreende que a atenção dos dois não está nem nele nem no show.

— Minha gente, o que é que vocês tanto olham? — diz Telles, curvando-se entre os dois e fechando o guarda-chuva. Àquela altura, era o único aberto. Todos se acostumam à garoa, se conformam com a maquiagem borrada e o desmanche do penteado.

Agora que, por um momento, os três olham para a mesma direção e não precisam fingir que estão interessados na conversa, ele se sente mais à vontade para examinar a mulher que atrai Lorna. A roupa não facilita a tarefa de adivinhar se por baixo ela é cheinha ou apenas tem um pouco mais de curvas que a maioria das mulheres. Deve dar no mesmo, ele pensa, mas o certo é que as pernas descobertas destoam do abrigo que ela usa e que deve esconder algum decote na altura dos seios. A chuva também atua sobre a maquiagem dela, de modo que o preto do rímel escorre levemente, e ela lembra uma boneca sensualmente macabra dos quadros de Ryden. A referência até combina com Lorna.

— Eu ainda estou pasma com a coincidência — diz Lorna. — Encontrei aquela menina ali no início do ano, em um show que fui com um amigo meu.

— Amigo *amigo* mesmo, ou amigo como esse aí? — Telles aponta para ele.

— Amigo *amigo*, realmente. Ela é que estava acompanhada e eu fui ver se a companhia era um ficante, namorado, ou algum amigo. Porque se fosse um amigo... bem, havia muitas chances de nós quatro sairmos de lá bem felizes, se é que você me entende.

Telles cai na gargalhada novamente.

— Ele queria que você arranjasse a menina e você ia aproveitar pra se arranjar também, é isso?

— Bem, eu fui até ela, com a desculpa de pedir um cigarro. Ela me deu um, acendeu com o dela, e quando eu disse que o meu amigo estava interessado nela, ela me olhou bem fundo e perguntou: "E se eu não estiver interessada nele?". Aí deu uma baforada: "E se eu estiver interessada em você, por exemplo?"

— E você, o que respondeu? — Telles pergunta.

— Ora, eu devo ter engasgado com a fumaça ou dito alguma coisa ridícula. Claro que eu não contei nada disso pro meu amigo depois, nem investi no amigo dela.

— Pois devia — diz Telles.

Lorna respira fundo e ajeita o cabelo.

— Bom, *hoje*, eu realmente preciso de um cigarro.

Lorna afasta-se dele e de Telles. Olham para ela surpresos e aparvalhados. Lorna caminha resoluta, abrindo espaço na multidão com os ombros.

— Tenho a ligeira impressão que a partir de agora seremos só nós dois — diz Telles, em um tom de oportunismo.

A cantada sem fé de Telles não deve ser nada parecida com a que Lorna está passando agora na mulher de piercing. Duas pessoas que a acompanham se interpõem entre Lorna e o seu objetivo final. Ambas se viram quando leem nos olhos da amiga que alguém se aproxima. Telles e ele contemplam tudo isso ao som incômodo de uma microfonia que não para de atrapalhar o show. Veem Lorna se desviar das duas e chegar perto do ouvido da mulher. A cigarreira se abre, e o ritual de acender o cigarro se consuma diante dos olhos deles. As duas cochicham alguma coisa e então o anticlímax se dá: Lorna se vira e volta para onde estão.

— Como assim? — Telles resmunga, decepcionado.

Ele ainda está processando a cena desde o início.

— Ela disse que eu estava confundindo — explica Lorna, quando volta. — Que não se lembrava de mim nem estava em show nenhum.

— Vagabunda! — xinga Telles. — Ainda estragou minhas chances com o bofe aqui — arremata, dando um tapinha no braço dele.

Ele não tem cabeça nem para contrariar as brincadeiras de Telles. Aquilo era realmente sério? Lorna tinha ido lá se insinuar para outra mulher?

O show da banda se encaminha para o final e só há mais uma atração na noite, conforme Telles informa. Lorna não está transtornada com o fora da mulher de piercing, que depois de um tempo some com as amigas na multidão. Agora Telles não é o único desconhecido para ele. Lorna também lhe parece uma desconhecida, uma pessoa com quem acaba de topar no festival. Demora até conseguir achar um assunto para conversar tanto com ela quanto com Telles, os dois dividindo o cantil de vodca e balançando a garrafinha a cada gole, verificando se ainda resta bebida suficente até o fim da noite.

Fica olhando o palco, acompanhando mais uma troca de cenário, o telão passando um vídeo institucional do evento e o prefeito da cidade sendo vaiado em todas as suas aparições. É surreal. Embora Lorna desencane da garota, agora é ele quem se volta a todo instante para procurá-la no seu perímetro visual.

Uma nova banda entra no palco. Outros rostos, praticamente o mesmo som. Telles anuncia que é dele o último gole do cantil e que está entediado. Vai embora. Pede que liguem, escrevam, e eles garantem que vão fazê-lo nas noites consecutivas. Telles dá um longo abraço nos dois, meio lânguido, como se já estivesse se jogando em uma cama, e sai cambaleando.

Pergunta a Lorna se ela está tão bêbada quanto Telles, mas ela nega. A maioria do público já está saindo, e ele pede que Lorna prove que está sóbria, caminhando alguns passos em linha reta até o palco. Lorna bambeia. Subitamente, volta a chover e ele faz menção de ir embora, mas Lorna pede que fiquem um pouco mais, sem justificar por quê. Segue-se o longo silêncio de uma música.

— E então, o que foi mesmo aquilo com a menina, hein? — ele indaga, finalmente.

— Aquilo te incomodou um bocado pelo visto — Lorna fricciona as mãos, esquentando as bochechas. — Por quê, me diz? Te lembrou Mayra?

— Estranho se eu não me lembrasse.
— Impressionante...
— O quê?
— Como esse lance lésbico te afeta.

Não dizem mais nada um ao outro. A chuva recrudesce e lhes poupa de frases desnecessárias e inúteis. Resolvem sair dali. Há bem menos pessoas no pavilhão e o céu começa a clarear. Já é quase de manhã. Parece que não chegaram a lugar algum naquela viagem.

A banda parou de tocar mas só vão se dar conta disso descendo os degraus que devolvem às ruas da cidade. Todas são becos iguais. As filas de carro já não são mais filas, mas poucos carros que estão estacionados diante das casas trancando as próprias garagens. Em algumas calçadas faltam até os bêbados para compor o panorama inconfundível de fim de festa. Os carros e os bêbados são as únicas referências para achar o caminho de volta à esquina onde deixaram o carro. Não reconhecem as casinhas coloridas e os portões de grade com padrões semelhantes.

Propõe a Lorna que, em vez de procurar o carro, procurem uma pousada ali mesmo por perto.

— Mas aí a gente perde a vaga no hotel, né? — diz Lorna, ainda contando com as reservas. — Aliás, você conseguiu um quarto pra mim na área externa?

Ele sabe que é a hora de confessar que não fez reserva nenhuma. Mente que a ligação não completava, que dava erro na chamada, que tentou de tudo, mas não foi possível.

— E você não achou relevante me informar isso durante toda a viagem? — Lorna questiona, furiosa. — Tá vendo? Por isso eu não queria ter vindo contigo.

— Calma. Podemos caminhar até lá e tentar uma vaga, antes de achar o carro, se você ainda quiser — ele sugere.

— Impossível — Lorna bufa. — O hotel fica afastado do Centro.

Ele tem certeza de que estão perto do lugar em que estacionaram, só perderam a referência. Algumas pousadas vão surgindo no caminho, todas ostentando avisos de que estão lotadas em plaquinhas penduradas nas maçanetas das portas de vidro. Lorna bem que tentou avisá-lo. A cidade se enche na época do festival. Ele é que não deu o mínimo de crédito.

— Mas deve ser só aqui no Centro mesmo, essa superlotação das pousadas — Lorna consente, ainda zangada, como se tranquilizasse não a ele, mas a si mesma. — Esse hotel que te falei é afastado, um pouco mais caro... não é possível que tenha lotado.

Está cada vez mais frio. Tentam compor um mapa dos lugares por que passaram. Ele se lembra ligeiramente de um bar ou pizzaria fechando as portas. Lorna, de um supermercado onde um grupo de jovens se embriagava com bebidas ainda envolvidas em sacolas plásticas. Viram uma esquina e acham o tal supermercado. A vista da rua não é estranha. Sobem a ladeira e topam com uma praça onde há alguns restaurantes. Contornam a praça e ele então avista o relógio e o carro, esperando por eles.

— A gente pode tentar hospedagem na cidade do lado, se não tiver mais vaga nesses hotéis afastados também. Vale à pena, não?

— E a gente tem outra alternativa? — Lorna chuta uma pedra que se solta do asfalto, antes de entrar.

O carro está esmaltado por pingos de chuva e gotículas de orvalho. Os vidros parecem a parte de fora de uma garrafa de água tirada há muito tempo da geladeira. Lorna passa o dedo na lataria e fica desenhando, enquanto ele apalpa os bolsos em busca da chave. Era só o que lhe faltava, ter perdido a chave, mas lembra que as colocou no bolso superior da jaqueta quando passavam pelo turbilhão de gente no festival.

O conforto de quando dá a partida e liga o aquecedor para desembaçar os vidros é quase uterino. Nenhum carro além do deles circula a essa hora. Pelo que indica o painel, acaba de cravar as seis da manhã. Contornam a rua principal e se dirigem à saída da cidade. Passam por um posto enorme onde uma loja de conveniência parece estar aberta. Uma picape com o porta-malas suspenso reúne um grupo de adolescentes sonâmbulos que dança impelido por um sistema de som, tocando música à toda.

— Você ainda aguenta dirigir? — Lorna pergunta, com as pálpebras já se fechando.

— Como você disse antes: a gente tem outra alternativa?

Estão muito cansados para discutir. Lorna acaba dormindo nos dez primeiros minutos da estrada. Isso o aflige. Não ter com quem falar vai lhe dar mais sono. Teme cabecear no volante e sobrar na primeira curva. Nem sentiriam o carro despencando na serra, com o sono que estão. Acordariam já com a cara afundada no tronco de uma árvore. Isso se acordassem. Cutuca Lorna para que ela desperte.

Um motel aparece no caminho e os dois se entreolham sem malícia. Não há como ter malícia no estado em que estão.

— Você estranharia passar a noite aí? — ele não tem o menor constrangimento de propor.

Lorna reflete algum tempo antes de concordar.

Está muito cansada para se constranger também.

O motel não parece ser dos melhores, entretanto. Tem uma pintura verde-limão extravagante, que destaca a construção de beira de estrada em meio a uma área descampada, com acesso pelo acostamento. Ele vai retardando a marcha e sinaliza para a direita. Há um caminho sem asfalto até o motel, um pouco enlameado pela chuva que caiu durante a madrugada. Se o carro atolasse ali, aí sim seria constrangedor. Desatolar um carro na entrada de um motel...

Estão diante do único portão visível, que deve ser o mesmo de entrada e de saída. Os clientes que entram estão fadados ao vexame de encarar os que saem, algo que parece criminoso numa cidade pequena. Na parede, como em todos os motéis, uma pequena cancela. Quando abaixa o vidro do carro, ninguém aparece.

— O que diabos a gente faz? — ele pergunta para Lorna.

— Sei lá. Espera mais um pouco.

Buzina uma vez e aguarda. Nenhum sinal de vida. Quando está prestes a dar a ré e pegar a estrada novamente para procurar outro lugar, ouve um baque como o de uma porta se abrindo. Pela cancela, irrompem os olhos sonolentos de um rapaz com pouco mais de vinte anos.

— Bom dia — diz o rapaz com a voz pastosa. — Infelizmente todas as suítes estão ocupadas.

— Mas nem se a gente esperar? — Lorna sugere, esgueirando-se para que a sua voz seja ouvida. — A gente encosta o carro aí dentro e, assim que uma suíte vagar, não importa a hora, a gente entra.

O rapaz olha desconfiado e hesita em aceitar a proposta.

— Prometo que a gente não vai fazer nada dentro do carro — ele diz, meio que rindo, procurando a cumplicidade de Lorna.

O rapaz esfrega os olhos e resiste ainda.

— Não sei...

— Vai, moço, por favor! — Lorna insiste. — A gente tá vindo do festival e não tem onde passar a noite. Só queremos ficar em um lugar seguro.

O rapaz fecha a cancela, sem aviso. Os dois se entreolham. Demora ainda até que a cancela volte a se abrir.

— Então tá — diz o rapaz, abrindo o portão com o controle remoto e dando um longo bocejo. — Encostem ali perto da suíte 101. Deve ser a primeira que vai vagar. Mas bem ali pro lado, pra não atrapalhar o carro que vai sair.

— Como é que ele sabe qual suíte vai ser a primeira a vagar? — diz Lorna, baixinho, ao ver o portão subir e revelar uma área calçada de paralelepípedos, com dez garagens numeradas. Esteiras de lona deixam entrever os pneus traseiros de vários carros.

Encostam perto de uma samambaia, em um arremedo de jardim que deve ser a área menos cuidada de todo o motel, já que todos os clientes só descem dos veículos dentro das garagens. Não há privacidade ali fora. Qualquer hóspede que sair das garagens vai topar com a lateral do carro deles. As janelas vão ficando embaçadas depois que desligam o motor, deixando apenas a bateria acionada para que o aquecedor funcione. Ele retrai o banco e inclina todo o encosto. Tenta explicar o mecanismo para Lorna fazer o mesmo. Não lembra em que ponto da explicação começa a cochilar, nem se lembra se Lorna conseguiu inclinar o banco ou também caiu no sono antes disso. Acordam com a ponta de uma chave beliscando o vidro do automóvel. O rapaz da recepção agora aparece de corpo inteiro, segurando um chaveiro de madeira com um número talhado na ponta.

Volta a chover, e antes que possam agradecer pelas chaves, o rapaz dá uma corridinha, arrastando chinelos na superfície molhada do piso de paralelepípedos. Tudo ocorre como se ainda estivessem sonhando. Olha o número 101 escrito no chaveiro e dá a partida no motor, ligando os limpadores do para-brisa. As hastes se movem jogando uma boa quantidade de água para os lados. Lorna apenas se vira para a janela e continua a dormir. Ele sente um mau jeito no ombro. Lorna dorme com a cabeça encostada na borracha do banco traseiro, uma posição desconjuntada de quem parece ter capotado com o carro parado. Ele não recoloca o banco na posição vertical e, encurvado sobre a direção, conduz até a garagem, sem o apoio das costas.

Dá uma volta completa pelo bloco de garagens e finalmente manobra para a vaga. Tem dificuldades para guiar o carro. A porta por onde Lorna irá sair fica praticamente colada à parede. Do lado dele, porém, seria possível estacionar outra metade de um carro. Os faróis iluminam a fachada do quarto, cuja porta está com a pintura descascando. Fica um tempo olhando Lorna dormir. Ela ajeita o corpo e está agora enrodilhada, com o rosto voltado para ele, como um bebê que acaba de se desacostumar a chupar o dedo e dorme, em perfeito desamparo. Ele afaga os cabelos de Lorna e sente a umidade molhar a ponta dos dedos. Lorna não acorda. Pousa a mão no ombro dela que apenas meneia a cabeça, como se estivesse se aconchegando em um travesseiro. Ele a chama pelo nome e ela responde sem abrir os olhos.

— Chegamos?

— Chegamos, e acho que vai te dar um pouco de trabalho sair por esse lado.

Lorna ergue as costas lentamente, com os olhos entreabertos, bocejando. Faz uma careta com todos os músculos da face crispados e tenta abrir a porta. Ele a impede.

— Cuidado. Você vai ter que sair por aqui.

Ele desce primeiro, abrindo espaço para ela. Ela coloca a perna esquerda por cima da marcha e as botas raspam nos botões do painel, soltando um pedaço de lama ressecada do solado.

— Ai, desculpa.

— Não foi nada. Tenta vir engatinhando.

Lorna então coloca as duas mãos no banco do motorista e vem arrastando os joelhos no estofado. O resto de lama lambuza o painel. Ele oferece a mão quando ela chega mais perto. Lorna desce finalmente do carro.

É complicado abrir a porta do quarto com o pesado chaveiro de madeira. Liga a luz e, antes de avaliar as condições da cama redonda, Lorna se joga nela como uma criança em uma piscina de bolinhas. Ela fica de braços abertos, fitando sua imagem no espelho do teto. O espelho ocupa todo o diâmetro do colchão circular. Ele se senta na beira da cama e descalça os tênis. As meias estão encharcadas e exalam um cheiro desagradável. Esconde-as rapidamente dentro dos tênis. O cheiro não diminui. Lorna está na mesma posição, de braços abertos, de olhos fechados. Ele procura um lugar na cama que Lorna não ocupe inteiramente, uma mulher vitruviana desacordada com braços e pernas formando um perfeito xis. Ele se dá conta de que estão prestes a dormir juntos, sem transar, uma forma de intimidade estranha e inédita para os dois. Não teve disposição para abrir o porta-malas do carro nem Lorna se lembrou de pedir que retirasse as coisas dela. Admira a capacidade que ela demonstra de se permitir ir dormir sem sequer escovar os dentes, algo que ele nem pensa em fazer, mais por cansaço que por falta de higiene.

Mas Lorna não dorme ainda. Ela senta na outra beira da cama, tirando as botas que custam a sair pelos calcanhares. As meias estão tão encharcadas quanto as dele, mas as de Lorna não exalam cheiro algum. Ele trata imediatamente de rasgar o plástico que envolve um cobertor disposto no canto da cama e enfia os pés nele, deixando o resto do corpo descoberto.

— Que tipo de máquina eles usam pra plastificar essas coisas? — Lorna pergunta, pegando um dos embrulhos com uma tolha.

— Não sei, mas faz parte da ilusão de que estamos em um lugar limpo — diz ele, testando os interruptores ao lado da cama.

A luz do banheiro, com uma porta de vidro opaco e rachada no meio, liga e desliga. O controle do ventilador de teto está em um criado mudo, junto com um pacote de camisinhas. Lorna se deita ao lado dele e fita o espelho do teto. Os olhares dos dois não se cruzam. Os dele passeiam pelo quarto, conferindo a decoração. Além do criado-mudo, há uma mesinha com copos cobertos por papel filme, um papel impresso com letras coloridas com as normas e tarifas do motel, amendoins e castanhas dispostos em uma fileira de pacotinhos. Há um frigobar dentro do qual ele pode adivinhar garrafinhas de água mineral, dois tipos de refrigerante, achocolatados e tabletes de chocolate. Lorna está com os olhos fitos no espelho.

Em algum momento, os dois adormecem sem desligar a luz.

Acorda com o quarto do motel numa semipenumbra. A porta de vidro opaca do banheiro iluminada, com uma rachadura no meio, é o único indício de que Lorna ainda está ali, já que o lado dela da cama está vazio, com um pouco de umidade que denuncia a roupa molhada. Ele se sente preso à cama, numa daquelas experiências de quase-morte, em que o corpo adquire plena consciência do que há ao seu redor, mas não consegue se mover. Com algum esforço, rola para o lado desocupado da cama e levanta-se, curvado como um neandertal, as pontas dos dedos das mãos quase na altura dos joelhos, os ombros caídos, os olhos sem enxergar nada além do clarão da porta do banheiro, embaçado pelo opaco do vidro rachado.

— Lorna?

O barulho de um secador abafa sua voz.

— Lorna? Tá me ouvindo?

Uma sombra se aproxima e cola na porta.

A voz de Lorna ecoa vários tons acima da dele.

— Desculpa, não queria ter te acordado.

Há uma defasagem na percepção dela da própria voz, com o ouvido exposto há muito tempo aos decibéis do secador, amplificados pela acústica peculiar do banheiro. A sombra volta a ser tragada pela luz.

— O que é que você tá fazendo? — ele pergunta, mas o secador berra antes que ela possa entender.

— Hein?

— O que você tá fazendo? — repete, enfatizando as palavras.

Lorna desliga novamente o secador. Abre a porta do banheiro pelo ferrolho, que se desprende da porta e cai no chão. A cabeça de Lorna surge entre a parede e a porta rachada que ameaça desabar.

— Fiquei com medo de pegar uma gripe — ela diz. — Vim tomar um banho quente e secar as roupas.

— E você encontrou um secador aí?

— Por incrível que pareça, sim. Eu até tinha trazido um, mas tá dentro da mala. Não encontrei a chave do carro pra ir buscar.

A chave do carro ainda está no bolso do jeans dele. Vai até a garagem esfregando os olhos, se acostumando à semipenumbra. A garagem também está meio às escuras, e quando aciona a trava automática do carro o farol tinge as paredes de um laranja intermitente. Dormiram pouquíssimas horas e a manhã não deve ter avançado muito. Abre a tampa do porta-malas e retira a bagagem de Lorna. Não lembrava do peso que as duas malas tinham, apesar do tamanho. Coloca a própria mochila nas costas. Fecha a tampa e ativa novamente o alarme, que faz o seu sonzinho irritante.

Agora é a vez de ele desabar, imitando Lorna assim que ela entrou no quarto. Confere o próprio aspecto pelo espelho do teto enquanto ela termina o banho. Lorna vai voltar para a cama limpa e asseada, e ele se sente coagido a também tomar uma ducha e trocar de roupa. Queria voltar a dormir sem se importar. Mas não está sozinho no quarto e o som do secador está ali para lembrá-lo disso, abafado pelo tecido das roupas que Lorna está secando. Ele precisa bater na porta para avisar que a mala com as roupas já está ali disponível. O som do secador começa a percutir em uma frequência neutra. Mistura-se ao ambiente e vai gradativamente o empurrando rumo à letargia. As pálpebras vão se fechando e ele já não se enxerga mais no espelho.

Quando desperta de novo, Lorna está sentada na beira da cama, com os cabelos presos em uma espécie de coque. Lorna se inclina e revira a mala de rodinhas. O quarto está mais uma vez em uma penumbra desmanchada pela luz opaca que vem da porta do banheiro. A iluminação incide diretamente sobre Lorna, uma figura que salta de um quadro que poderia ter sido pintado por ela mesma. Ele tenta balbuciar algo com as bochechas mergulhadas no colchão, em meio a um bocejo, mas o que sai é um murmúrio confuso que faz Lorna se virar segurando o nó da toalha, na altura dos seios.

— Merda, te acordei outra vez.

Lorna volta ao banheiro, mas o ferrolho ainda está com defeito e a porta fica entreaberta. Ela esquece que o espelho fornece uma visão bem ampla do seu corpo, e ele só se vira para o lado quando ela sai do banheiro inteiramente vestida, com uma camiseta muitos números acima do seu tamanho.

Lorna deita e reivindica uma parte do cobertor. Cochilam um pouco, mas ele sente o calor residual da ducha elétrica no corpo de Lorna, e não consegue mais pegar no sono depois de despertar. Fica de barriga para cima, procurando Lorna no espelho do teto. Toma uma parte do cobertor e as pernas dela agora estão à mostra. A camiseta de malha subiu e não cobre mais a calcinha que ela usa por baixo. A única peça que Lorna usa por baixo da camisa, enquanto dorme. Espia miopemente as coxas dela pelo espelho. Lorna está imóvel, as pernas relaxadas, a ponta do cobertor descendo pela curvatura do joelho direito no qual a luz do banheiro desenha uma pequena cicatriz. Vira-se agora para o lado dela na cama e ao virar-se não há mais cobertor que possa cobrir o corpo de Lorna, que está acordada, esteve acordada o tempo todo, já pode ser puxada pela camisa, descoberta por baixo da camisa, o ventre frio, as pernas quentes se entrelaçando e revelando o que eles dois sempre foram: um homem e uma mulher sozinhos num quarto de motel, a língua dele penetrando a boca de Lorna e o corpo dela se abrindo, cedendo, desabrochando enquanto o dele se enrijece e se retesa. Ele empurra Lorna para o lado e fica por cima. Desliza novamente a mão por baixo da camisa e tem a impressão de que de tão folgada a malha, os dois podem caber lá dentro juntos. Lorna o encaixa entre as pernas. Ele se ajeita por cima dela e ficam um de frente para o outro. Ele a domina pelo braço, aperta um dos seios com força. Puxa a camisa até à altura do pescoço, abocanha o outro seio, a cabeça de Lorna tomba para trás e depois se afunda na nuca dele. Segura o fio da calcinha que se enrosca todo na cintura e puxa o tecido até que sinta menos pano e mais carne. Lorna se endireita e tira a camisa, a semiescuridão do quarto sendo a escuridão de dentro de Lorna, os lábios percorrendo as costelas, o nariz brigando com a ponta dos mamilos, até que Lorna solta os pulsos e cai para trás e o ventre se estica para ele que está de joelhos, livrando-se da última peça de roupa, lambendo-a do umbigo ao queixo. Lorna agarra o pênis dele, ajudando a penetrá-la.

Passam todo o resto do feriado trepando no mesmo quarto pobre de motel da cidade.

# 4.

# The origin of love

Descobre que também foi demitido do jornal assim que volta ao trabalho, na segunda-feira após a viagem. Na redação, a atmosfera é pesada e todos erguem a vista para cumprimentá-lo. O editor levanta, aperta a sua mão e lhe puxa pelo braço para conversarem.

— Aqui não, na salinha.

A salinha é um espaço comprimido entre a redação do jornal impresso e do portal de notícias, um cubículo que mal comporta a mesa em formato oval onde os editores fazem as reuniões semanais de pauta. A parede tem o adesivo com o logotipo da rede de comunicação. Entram em fila, primeiro o editor, depois ele. Senta-se em uma cadeira que fica com as costas apoiadas na parede e espera o editor ligar o ar-condicionado. Lembra-se de quando é admitido no jornal e tem que respirar pela primeira vez o ar rarefeito daquele cubículo. O editor liga a luz da sala, mas não encontra o controle remoto do aparelho de ar.

— Me espera aí que eu vou buscar ali na redação.

Sente o calor abafado da sala. Está suando até o último poro. Já transpira tudo o que transpiraram os outros protagonistas daquela mesma cena, que ele assistiu repetidas vezes pelas janelas de acrílico. A essa altura, sabe que todos já estão, de fato, a par da demissão. Um corredor polonês de abraços e tapinhas nas costas o aguarda. Expressões de lamento, condolências, pêsames na travessia. Palavras que ele sabe de antemão falsas: — Foi um prazer trabalhar com você. Frases que lhe dão náuseas, mexem com o oco do estômago. O repórter demitido sai sempre com a promessa cínica de portas abertas e novas oportunidades no futuro. O editor fica com um risinho nos lábios, um revirar de olhos, um bater de palmas para todos voltarem ao trabalho ou assumirem o risco de serem os próximos. No outro dia, uma outra pessoa aparece. Sempre há uma outra pessoa. Um estagiário. Algum repórter disposto a acumular uma outra função. O show tem que continuar, para todos os efeitos.

O editor volta para a salinha com o controle na mão e senta à cabeceira da mesa. Deve se sentir superior nessa cadeira, mas assume um ar camarada ao ligar o ar-condicionado. O zumbido do funcionamento vem acompanhado de uma rajada fria que passeia pelo pescoço dos dois, onde se acumulam gotículas de suor. O cheiro do mofo da sala vai dando lugar ao frio, que preenche o ambiente.

— Pois bem — começa o editor. — Eu sei que você passou por um momento delicado recentemente, mas você sabe como anda a situação dos jornais por aqui...

Ele engole seco. Perde a coragem que tomou para dizer ao editor que lhe poupe dos preâmbulos. É mais fácil simplesmente continuar a ouvir o discurso sobre as mudanças no projeto gráfico, a redução das páginas dos cadernos, como já não podem se dar ao luxo de ter um redator fixo para seções como as do obituário, das novelas, do horóscopo, coisas que o editor sequer sabia se iam continuar sendo seções daqui para frente. Desculpas e eufemismos cuidadosamente elaborados. O cigarro oferecido antes do tiro de misericórdia. O tapinha dado no ombro antes da punhalada final. Tem uma vontade urgente de reclamar do tempo que passou esperando pelo editor na sala, com o aparelho de ar desligado. De reclamar também do aparelho ligado, que depois do sopro frio agora limita-se apenas a fazer barulho na parede, sem diminuir a temperatura. Reclamar dos anos que passou na redação depois de voltar de São Paulo, do par de sapatênis que o editor usa e que ele espia pela última vez, por baixo da mesa. Das frases idiotas que ao longo de anos ouve se repetirem da boca do editor, e para as quais tem réplicas prontas, mas que nunca chegou a formular oralmente.

Respira fundo e tenta falar pausado, sem demonstrar hesitação.

— Pena. Sou muito grato pela oportunidade profissional que vocês me deram. Quem sabe quando as coisas melhorarem...

Uma resposta pífia, da qual se arrepende antes mesmo de terminar de falar. É um robô recitando um texto padrão de um manual de recursos humanos. "Deixe as portas entreabertas. A vida é a arte de deixar as portas entreabertas, mesmo quando te chutam pela porta dos fundos. Não há por que ter aflição. Afinal, é só um emprego".

— Quem sabe — concorda o editor, de forma protocolar. — Para nós, foi uma honra trabalhar contigo.

O editor lança um olhar de aprovação pela decência com que estão se tratando, a forma admirável como estão conduzindo as coisas. Está orgulhoso em colocá-lo para fora com tamanha competência, uma decisão que não coube a ele e uma função que ele na verdade não tem: está ali só para fazer o serviço sujo, tirar o lixo para fora. O editor ajeita-se na cadeira e coloca as mãos sobre a mesa. Assume um ar de complacência.

— Você vai ter que voltar aqui nos próximos dias, pra acertar umas coisinhas.

O corpo dele ainda está governado pelo automatismo que o traz ao trabalho todos os dias de manhã. Move-se no embalo moroso da primeira passada que o faz aterrissar do sofá ou da cama. Mas há uma falha no piloto automático: agora está tão somente cansado; o corpo já não se move, por mais que precise se mexer. Quer simplesmente ficar ali por mais tempo. Deixar-se abater e enfim cair, cair e seguir caindo, sem aterrissar em lugar algum.

— Bom, pelo menos, segundo me informou o departamento pessoal, a indenização do aviso prévio, fundo de garantia, férias, décimo terceiro e seguro desemprego que vão te pagar totaliza uma pequena fortuna — exagera o editor.

"Porra, como vocês são caridosos", tem a tentação de completar, cheio de sarcasmo. Baixa a cabeça e dá outro longo suspiro. Agradece, mas não sabe se o editor conseguiu ouvir o agradecimento. Diante do suposto silêncio, o editor parece se conformar e arrasta a cadeira para trás. Ele o imita.

— Foi bom trabalhar contigo — o editor repete. E estende a mão pela segunda vez, para que ele aperte.

Apertam-se as mãos e o editor se adianta. Ele o segue.

O editor pergunta se ele não quer "trocar uma palavrinha" com o pessoal da redação. Não, ele prefere não "trocar uma palavrinha" com ninguém. Vai entrar, pegar as coisas dele e ir embora. Diz isso sem um pingo de rancor ou desagrado, a princípio, mas a pancada sai seca.

— Tudo bem, eu pego as coisas pra você. Acho que o pessoal vai entender. Não é fácil encarar todo mundo logo depois. Passa aqui quando você vier trazer tua carteira de trabalho, pra falar com eles.

Não tem certeza se pode dizer que conquistou amigos na temporada no jornal. Talvez o editor seja um. Não tem motivos para suspeitar do contrário. Mas tudo termina assim. Burocraticamente. Sem maiores aporrinhações. As engrenagens vão continuar a funcionar sem ele. Cruzando a catraca de volta, vai bater o ponto por puro costume e interromper a operação no meio. Começa a desprogramar o corpo para uma ação que é extensão de seus movimentos, tão natural quanto mover suas pernas. Quer olhar para trás e mitigar um aceno de despedida da recepcionista, justo ela que não deve saber de nada do que se conversou lá na sala de reuniões. Quer olhar para trás e ver que alguma coisa muda com a sua saída. Ingênuo demais. Estúpido demais. Nada muda.

Volta ao carro, tranca a porta, abre as janelas e espera ter o primeiro choque de realidade ou de liberdade, desde que está fora do jornal. Arranca para contar a notícia a Lorna, mas muda de ideia no meio de caminho para a casa dela. Quer prolongar a sensação de não ter a quem dar justificativas. De que tudo foi jogado para o alto e tenderá a flutuar no irrisório espaço de tempo antes de cair de vez. São nove horas da manhã de segunda-feira. Livre do expediente, tenta prever como vão ser as manhãs de segunda-feira no restante do ano, no restante da vida. O dinheiro que vão depositar na sua conta, descontadas as dívidas do condomínio que finalmente pretende pagar, mal vai durar até o mês de dezembro. Mas se dá ao luxo de fingir que vai durar sim, infinitamente.

No contrafluxo da Epitácio, o trânsito é mínimo e isso é quase um privilégio. Sente-se como um detento em liberdade. Zomba dos outros carros, despreza os motoristas sem sequer se dignar a olhar as expressões de cansaço dos homens e mulheres ao volante, atrasados para a vida medíocre de funcionários que os outros levam, ele não. Ele agora é o garoto que está gazeando a aula em dia de prova. Não teme a repetência. É o herói de gibi que deixa o gato preso em cima da árvore e a dona velhinha desesperada debaixo, gritando por ajuda, para voar e atender a outro chamado mais importante, o apocalipse que se anuncia na queda de um asteroide.

Só precisa respirar longe dali. E nem precisa respirar tão fundo.

Lorna aparece no apartamento dele naquela mesma tarde.

— Já tô sabendo — diz, assim que ele abre a porta, com uma leve indiferença que lhe é característica agora, como se quisesse demonstrar uma curiosidade educada por sua vida, mas evitasse se comprometer com uma situação que não lhe é mais tão alheia. — Falei com o pessoal da redação mais cedo, eles me contaram.

— Eu não falei com ninguém depois que saí— se justifica, abrindo caminho para que Lorna entre. — Pensei em te ligar, mas...

— E como foi? — ela pergunta.

— Me demitiram, ora — ele fecha a porta.

— Assim, sem mais nem menos?

— Assim, exatamente como fizeram com você.

Lorna inspeciona a sala.

A mochila da viagem ainda não foi desfeita e ocupa o lugar do corredor onde antes havia as caixas com as coisas de Mayra, enfim devidamente trancadas no quarto de hóspedes, primeira medida que tomou assim que voltou do jornal.

— Parece que a demissão já te fez mudar algumas coisas por aqui, né? — Lorna insinua.

— Nem deu muito tempo. Na verdade, ainda nem dormi direito desde que... você sabe.

Lorna tira os olhos da mochila e vai sentar-se no sofá, com o olhar buscando o horizonte da varanda.

— Foi melhor pra você — ela conclui. — Você ia ficar ali pra sempre se não te mandassem embora, mesmo gostando do trabalho tão pouco quanto eu. Se você não saísse desse jeito, não sairia de jeito nenhum.

Lorna passa em revista o restante da sala. Não voltou ao apartamento desde a madrugada da fuga, e tenta relacionar a imagem que vê agora com a que viu pela última vez.

— Eles vão te pagar tudo certo?

— Espero que sim.

— Você vai tentar vaga em outros jornais?

Ele não consegue se imaginar de novo em uma baia jornalística, naquela rotina ruminativa, no calvário de pautas impossíveis, perdendo tempo em testes que duram um mês, trabalhando de graça para fechar os buracos das editorias antes de conseguir uma nova chance como repórter contratado.

— Ficar de molho em outro jornal, na expectativa por uma vaga? Ficar esperando o celular tocar até que um dia me ligam e, ok, você tá dentro, tudo pra voltar de novo ao esquema numa editoria nova, com um salário de fome e nenhuma perspectiva de crescer na profissão? Não, acho que é um caminho sem volta, Lorna. Se é pra sair, então, que seja pra valer, como você disse.

— Tá — ela diz, preparando o balde frio da realidade. — Vai fazer o que da vida então, viver de frila?

— Pensei nisso — ele diz, sem muita convicção. — Mas também não vou voltar pros frilas agora não.

— Uma última questão: você vai sobreviver como?

— Não tenho a mínima ideia.

Lorna cruza as pernas no sofá e ri. Ele também se senta e coloca a cabeça no ombro dela, meio hesitante.

— Tô exausto.

Lorna descruza as pernas e ele se deita ali. Gosta das pequenas licenças de intimidade que a viagem permitiu.

— Tô com fome — ela diz.

— Não tem nada na geladeira.

Lorna cola as costas no sofá.

— Vou ao supermercado pegar alguma coisa pra mim então. Não almocei antes de sair de casa.

— A gente podia comer lá no chinês — ele propõe, embora duvide que o restaurante esteja aberto àquela hora.

— A gente só comeu em restaurante durante toda a viagem. Hoje quero cuidar de minha própria comida.

— De jeito nenhum que vou deixar você cozinhar pra mim — ele rejeita, tirando a cabeça do colo dela.

— De jeito nenhum que eu cozinharia *pra você* — diz Lorna, já se levantando. — Vou cozinhar *pra mim*, posso? E você não tá em posição de negar nada de ninguém a partir de agora, vá se acostumando. Ou vai morrer de fome. Eu te chamo quando tiver pronto se você quiser um pouco. Se quiser fica dormindo, fica sem comer. Morre logo.

Lorna sendo Lorna.

Ele pula do sofá e recolhe a mochila. Beija Lorna na boca antes que ela saia pela porta. Leva ao quarto o notebook e um caderno velho em que gostava de escrever, até começar a trabalhar no jornal. Esconde os dois na gaveta das roupas, embaixo das meias e cuecas. Deita e adormece folheando um livro de Hemingway. Tenta se lembrar se é o mesmo que Lorna tirou do plástico quando o visitou pela primeira vez. Sonha com o velho rotundo de barbas brancas, apontando uma carabina para ele. "*Every man's life ends the same way. It is only the details of how he lived and how he died that distinguish one man from another*", diz Hemingway no sonho.

Acorda transpirando e a cabeça dói, como se a carabina do sonho lhe fosse disparada à queima-roupa e a bala tivesse atravessado sua nuca. Lorna está na cozinha quando ele chega à porta. A pia está ainda bastante ocupada, mas com algumas louças lavadas e um espaguete pousado num escorredor. No fogão, uma panela de molho bechamel descansa com a tampa entreaberta. De onde ele está, olha para o quarto de hóspedes e confere se ainda está fechado à chave.

— Você arruma a mesa? — Lorna pede. Ele concorda.

Mesa posta, ela aparece com pratos individuais, uma porção de parmesão ralado e uma garrafa de suco pronto. A comida é simples, porém saborosa. Lorna lava o prato em que ela come e ele faz o mesmo com o seu, embora o desejo seja voltar para cama, levando Lorna junto. Ela veste um short curto e uma blusa de alça. O All Star que calçava está abandonado perto do sofá. Lorna está de pés descalços, e vê-la com tão pouca roupa após a viagem lhe faz lembrar dos dois nus, trancados no quarto de motel por um dia inteiro, enquanto de muito longe ouviam ribombar os fogos de artifício na cidade, anunciando a reabertura do festival.

Deseja agarrá-la ali mesmo na bancada de mármore. As pernas de Lorna estão flexionadas e dá para ver o calcanhar meio sujo. Ele a chama para o quarto, a pretexto do ar-condicionado.

— Ah, muito melhor o clima aqui — Lorna diz, apanhando o livro que ele estava lendo e mais alguns da pilha que se acumula no chão. Deita-se na cama com os livros, sem esperá-lo.

Ele desfaz a mochila, devolvendo ao guarda-roupa as peças que não teve a oportunidade de usar durante a viagem. Depois fica observando Lorna aninhar o travesseiro entre o peito e os cotovelos, enquanto lê. Ela está de bruços e cruza as pernas, suspensas no ar, esfregando os pés um no outro para tirar a sujeira. Ele fecha a última gaveta do guarda-roupa e senta no chão, decidido a espreitá-la quieto. Admira as omoplatas que saltam das alças da blusa cada vez que ela passa a página do livro. Ele então se ergue, as mãos agarrando a batata da perna de Lorna que emerge da leitura, voltando a cabeça para olhá-lo por cima do ombro. Ele percorre com as mãos a dobra por trás do joelho de Lorna e sente o suor resfriado pela temperatura do ar-condicionado. Avança para a parte de trás da coxa e segura firme com os dedos. Ela se vira um pouco, mas volta a fixar os olhos no livro que lia. Ele busca a marca vermelha que o calcanhar deixou na coxa quando ela flexionou as pernas na cozinha, mas a marca sumiu. Aperta o local e substitui por outra. Lorna geme um "ai" que o estimula a continuar, e ela dá um chutinho que faz com que os livros empilhados no canto da cama despenquem no colchão.

Lorna continua dando os chutinhos, agora rindo maliciosamente. Ele segura as coxas e a imobiliza, montando nas pernas. Afasta os livros para o lado com uma mão, enquanto a outra procura o meio das pernas de Lorna, que finalmente larga o livro que lia e puxa o pescoço dele. Os dois têm que interromper o sexo várias vezes para descolar as páginas amassadas que grudam nas costas, com o mesmo suor frio que escorre das dobras das pernas de Lorna.

As folhas se rasgam e vão achá-las depois, embaixo da cama, quando já estão dormindo há muitos dias juntos, na mesma cama de casal.

Antes de transar, Mayra sempre pedia uma massagem. Esgotei o pouco repertório que eu tinha até aprender que as massagens não eram necessariamente um convite ou um prelúdio ao sexo. Durante as sessões, Mayra atingia o mais absoluto estado de relaxamento e dormia enquanto me esfalfava nas costas dela, movendo as mãos em todas as direções possíveis, imprimindo vários níveis de força. Quando (e se) os movimentos culminassem nos fins que eu pretendia, as massagens eram seguidas de iniciativas tímidas da parte de Mayra. Unhas cravadas no meu peito ou um encaixe de pernas um pouco mais ousado.

Mayra se deixava explorar, mas raramente explorava. Repelia o sêmen como se a secreção tivesse propriedades corrosivas. Amava em um silêncio constrangedor. O gozo do qual eu às vezes duvida fazia com que ela: (a) crispasse o cenho como se tivesse alguma preocupação inadiável; (b) cruzasse os pés por trás das minhas costas; (c) fosse tomada por um estado de desconcertante letargia; (d) rejeitasse novas investidas; (e) se virasse, dormisse e só não roncasse porque era interrompida por um ríspido, porém amável "ei, você não acha que devia deixar essa parte do clichê pra mim?"

............................................................................................................................................................................

..................................................................................................Mayra asdfg asdfg asdfg asdfg asdfg asdfg asdfg asdfg asdfg asdfg asdfg asdfg asdfg asdfg asdfgasdfg asdfg Mayra asdf

çlkjh çlkjh çlkjhçlkjhçlkjhMayraçlkjhçlkjhçlkjhçlkjh-çlkhjh

gfdsa gfdsaMayragfdsagfdsagfdsagfdsagfdsagfdsa gfdsa gdfs

hjklç hjklçhjklçhjklçhjklçhjklçhjklçhjklç Mayra hjkl-çhjklç hjklç hjklç hjklç hjklç hjklç hjklç hjklç

Voltam à casa de Lorna para que ela apanhe algumas roupas. Dona Lúcia está de saída, no carro, para entregar as suas encomendas. Ela acena para os dois quando chegam e diz que entrem pela porta da garagem. O irmão de Lorna está no banco do carona com o semblante sonolento. Sobem a escada. Lorna abre duas malas que estão guardadas embaixo da cama, as mesmas que levou para a viagem no feriado: uma para as roupas e outra onde coloca seus moleskines e estojos de lápis de cor, grafite, giz de cera, caneta nanquim e aquarela.

Lorna vai juntando as coisas e ele fica mais uma vez admirando as fotos que estão no mural, lembrando as novas histórias que ela conta nas noites que passam juntos, tentando gravar um pouco mais os rostos dos familiares e amigos.

— Que tal se você me esperasse lá embaixo enquanto eu termino?

Lorna precisa de um pouco de privacidade. Vai até a varandinha do primeiro andar, onde registra a perspectiva que ela tem da piscina. Vê Dona Lúcia fechando a porta da garagem. Fica esperando o carro despontar na esquina, por cima do muro. Volta para o quarto. Lorna passa um pano molhado em uma maleta quadrada, de superfície azul porosa.

— Sabe o que tem nessa mala velha?

Ele dá de ombros.

Lorna puxa uma alça que abre a caixa de uma Olivetti portátil bem conservada, com todas as teclas no lugar.

— A Lettera 82 do meu pai. Essa máquina deve ter quase a tua idade.

E tem. É em um modelo semelhante que ele aprende a datilografar na firma de um tio. Lembra-se de máquinas como essa antes das elétricas e dos computadores 486. O recorde de toques dele é de uns 250 por minuto quando o tio finalmente o deixa datilografar os trabalhos da escola na firma. Na redação do jornal, era um dos poucos a usar mais de três dedos para digitar. Concentrado, ainda mobilizava a atenção dos colegas pela velocidade com que percorria as teclas. Só não tinha mais a prática do mindinho. Esqueceu as posições e o indicador e o médio agora se revezavam no sistema caótico que fazia o professor de datilografia, no início, usar uma grande régua de madeira para lhe chamar a atenção quando ele errava a sequência do "asdfghjklç".

Aproxima-se da máquina e testa as teclas. Elas quase não travam. Pergunta se pode testar em uma folha, mas Lorna avisa que a fita está gasta.

— Eu pensei que podíamos ajeitá-la e levar pro teu apartamento. A lojinha onde meu pai fazia manutenção ainda existe no Ponto dos Cem Réis.

Ele se lembra com nostalgia do barulho frenético das máquinas cadenciando o trabalho na firma do tio. Os funcionários como em galeras no oceano, os tambores repicando e o contramestre gritando "remem!". Lembra-se de tardes sonolentas em que bastava entrar na sala e ouvir o ruído mecânico para se animar e preencher páginas e páginas de texto. Quando já não tinha trabalhos para fazer, copiava o conteúdo dos livros da escola ou criava histórias, livremente. Mostrava tudo ao tio, orgulhoso. A grande frustração era que o primeiro leitor não tinha absolutamente nenhum interesse pelo que ele escrevia. Apenas corrigia com a caneta vermelha as letras que ele engolia na máquina. A grande ambição era provocar um comentário sobre as histórias que criava. Nunca conseguiu nada além do risco implacável da caneta vermelha.

Fecha a caixa e confere o seu peso. Lorna nota que ele se afeiçoa pela máquina e sente um certo ciúme.

— Só te empresto se arranjar a fita. Enquanto isso vai ficar só no fetiche.

O quarto de Lorna está um caos e a garota que está na sua frente não é a mesma que está sempre mudando as coisas de lugar no apartamento dele. Senta-se na escrivaninha de Lorna.

— Você tá meio inquieto.

— Um pouco.

— Pela demissão ou por não saber o que fazer daqui em diante?

— Metade dos dois.

— Você podia usar a máquina pra escrever alguma coisa enquanto eu pinto — diz Lorna.

— É uma ideia.

Lorna fecha as duas malas e ergue a menor. Deixa que ele leve a mais pesada.

— Preparado? — ela pergunta, depois que entram no carro.

Ele mexe afirmativamente a cabeça, mas não tem tanta convicção assim da resposta.

Final dos anos noventa. Mayra era uma garota com seios impúberes por baixo da blusa branca sem sutiã. Atendia no balcão da loja de artesanato da mãe, transformada agora em mercadinho, que acabava de ser climatizada com um sistema de ar-condicionado. Um grupo de colegas da escola chegou para comprar alguma coisa e falar com ela sobre a excursão do final de ano em Natal. Os bicos dos seios de Mayra desenharam-se na blusa devido ao frio. A partir daí, ganhou o apelido de "Flechinha" na escola.

Havia esse trauma. Mas havia também o piercing no umbigo (que eu tentava não achar vulgar) e a enorme tatuagem nas costas (que parecia pintada a nanquim e era uma das coisas que a identificava, inequivocadamente, nos vídeos em que o seu rosto não aparecia). Elas revelavam alguém muito à vontade com o próprio corpo. Eram resquícios da fase meio punk-brega que Mayra relegava ao canto do armário, junto com as camisas pretas puídas de bandas de rock e os apetrechos pontudos de couro e de metal.

Mayra comprara a joia do piercing no mesmo dia em que atravessou o septo do nariz com uma agulha, em um estúdio na frente do cursinho pré-vestibular. Durante muito tempo usou uma argola bovina que tomava o cuidado de reposicionar no interior das narinas sempre que estava na casa dos pais. Teve que pedir permissão aos dois para descolorir o cabelo. Eles autorizaram, desde que colorisse apenas as mechas. Mayra descoloriu todo o cabelo. Arrependeu-se amargamente e se trancou em casa por uma semana. Só saiu usando uma boina para disfarçar a catástrofe.

Era uma adolescente tão estranha que, numa noite em que voltava mais tarde para casa do cursinho, descendo os degraus de um coletivo vazio, levou uma pancada na nuca e se descobriu no chão, atingida por um pé de sapato. "Punk de merda", gritou o motorista, acelerando descalço.

Mayra não andou mais de ônibus por toda a adolescência. Tirou a argola do nariz e tingiu o cabelo novamente de preto.

Nunca mais ousou descolori-lo de novo em toda sua vida.

LORNA ESTÁ COM AS CHAVES. Ele com as compras. É ela quem abre a porta do apartamento. Ele deixa as compras sobre o mármore da pia e combinam que ela vai colocar o frango empanado no forno enquanto ele prepara a mesa para os dois trabalharem. Vão comer durante o processo. O frango empanado ficará pronto em meia hora. Ela vai misturá-lo com o pouco de molho que sobrou do último macarrão e acompanhar o prato com verduras frescas, refeição que pretendem fazer render até a noite, quando vão comer a mesma coisa do café da manhã: um sanduíche de queijo e presunto. E só.

Ele tira a toalha salpicada de molho dos últimos almoços e larga dobrada em uma cadeira. Delimita uma linha imaginária que divide o espaço da mesa pela metade. Define o lugar de Lorna e o próprio, voltado para a parede. Indeciso, inverte as posições. Próximo ao entardecer, Lorna gosta de observar a sala e usar a luz frouxa para fazer estudos de naturezas-mortas nos moleskines. Ele ouve o barulho de Lorna ligando o forno e começa a ficar mais e mais inquieto. Quer estirar-se no sofá, mas se obriga a abrir a maletinha da máquina de escrever. Espera Lorna sair da cozinha. Ela volta com dois copos d'água e pergunta se não é melhor ele preparar o café antes de começarem.

A cabeça pulsa.

Procura o pó, mas o pacote não está onde habitualmente guardava. Demora a encontrá-lo no novo endereço que Lorna arranja para os alimentos em pó. Fica vigiando a capenga cafeteira elétrica. O cheiro traz Lorna até a cozinha.

— Por que você não vem logo? — ela reclama.

— Tenho que ficar vigiando o café.

— Devia ter feito no coador, era mais rápido.

— Só sei fazer aqui na cafeteira.

Lorna volta para a sala e ele enche a garrafa térmica. Agora são os empanados que começam a cheirar. Leva a garrafa junto com duas xícaras para a mesa da sala, para não precisar voltar à cozinha. Lorna muda os lugares na mesa. Vai aproveitar o espelho atrás da cadeira onde originalmente se sentava para tentar fazer um autorretrato. Os estojos de lápis de cor, grafite, giz de cera e caneta nanquim estão derramados sobre a metade dela da mesa, invadindo aquela linha imaginária que ele traça milimetricamente, delimitando o território da máquina de escrever.

— Você não vai precisar das aquarelas hoje? — ele pergunta.

— É verdade, eu tinha esquecido.

— Eu pego pra você.

E vai procurar o estojo de aquarela nas coisas dela, no quarto de casal. Distrai-se com as revistas do curso de desenho que Lorna coleciona e que estão espalhadas perto dos livros.

— Ei, o que diabos você tá fazendo? — Lorna pergunta, da porta do quarto.

— Vim pegar as aquarelas — ele diz.

Lorna o encara fixamente.

— Sabe como eu chamo isso? Pro-te-la-ção.

Lorna vira os empanados no forno. Ele volta com as aquarelas e se senta no seu lugar. Lorna está imersa no que quer que esteja desenhando. Ele coloca uma das folhas na máquina. De repente, começa a achar aquele trambolho anacrônico, uma presença intrusiva. Que ideia escrever à máquina. Fica dando batidinhas com a caneta no papel até que Lorna o interrompe.

— Para de se distrair e começa a datilografar.

Devem ter se passado mais quinze minutos, porque Lorna vai à cozinha tirar o frango do forno. Meia hora é o tempo sugerido pela caixinha de empanados. Tempo durante o qual ele não escreve nada e Lorna esboça um desenho da máquina de escrever do pai. Cada dia desenha uma máquina mais perfeita. A máquina é o totem de algum Deus da inspiração que só serve a Lorna.

O prato com os frangos empanados vem misturado ao molho, com as verduras na borda. Há dois garfos envolvidos em guardanapos. Lorna coloca o prato no centro da mesa e retoma o trabalho. Ela não toca no empanado. Ele come três pedaços. Constrangido, começa a comer os tomates e o alface. Levanta-se e o barulho que a cadeira de madeira faz quando arrasta no chão tira, enfim, a concentração de Lorna. Ele vai até a geladeira buscar a garrafa de suco pronto e dois copos. Serve o suco. Lorna come sua parte dos empanados. Ele come o último que lhe cabe e leva o prato de volta à cozinha, para lavá-lo.

— O que você tá fazendo agora? — Lorna pergunta da sala.

— Lavando o prato — responde, e continua a lavar. — Me ajuda a pensar.

Usa sabão demais para um simples prato. Mas isso realmente lhe ajuda a pensar. Em tudo, menos no que escrever. Volta à mesa. Lorna termina o suco e serve o café. Volta à cozinha para devolver a garrafa e lavar os copos. Fica zanzando entre a cozinha e a sala, a sala e o banheiro. Quando enfim para na mesa é para encher a xícara de café e bebericar, brincar com as migalhas de empanado que ficam incrustadas no vidro da mesa.

Lorna para de desenhar e começa a ler um livro ilustrado, vermelho e surrado, que traz encapado de casa. Lorna e sua imersão no mundo da arte. Ele começa a sentir sono e a cabecear, o café não tendo efeito algum sobre sua preguiça. Debruça-se sobre a máquina. Tenta escrever à mão. Tira a folha da máquina e escreve seu nome à caneta na primeira linha. Logo, tem uma página inteira preenchida por padrões geométricos aleatórios e seu nome repetido infinitas vezes.

Cochila por um breve momento. Desperta com Lorna o chamando. Finge escrever algo. Cochila de novo. Ignora as reprimendas de Lorna e sucumbe ao sono de vez, no sofá. Acorda com Lorna se balançando na rede.

— Tarde dura de trabalho, hein?

Ele esfrega os olhos e se espreguiça. Lorna fica se balançando e olhando para o céu, a luz de um avião que voa muito distante.

— Eu não tenho esse tipo de vista do céu lá de onde eu moro.

— Quer dar uma volta no calçadão? — ele convida, querendo quebrar a monotonia, mas torcendo para ela não aceitar.

— Você costuma caminhar no calçadão?

— Prefiro correr.

— Correr? Você? Sei...

— Acredite ou não, eu costumava correr por horas na praia. Depois parei. Agora eu me contento em olhar os outros correndo pela janela.

— Melhor — Lorna ri. — É mais fácil transformar em um escritor alguém que passa a tarde dormindo no sofá que alguém que passa a tarde inteira correndo na praia. Correr na praia é coisa de gente feliz. Só os infelizes escrevem.

Ele liga a televisão e o tubo de imagem demora a funcionar. Uma mancha arroxeada aparece no meio da tela, como uma aurora boreal que vai se desvanecendo ao som de gritos humanos e grunhidos de zumbis. O DVD está rodando desde sempre, em seu looping infinito, e a imagem clareia revelando a mesma cena do filme. As criaturas invadindo o carro em chamas, tirando pedaços de carne humana de dentro do veículo.

— Que canal é esse? — Lorna pergunta, se aproximando do sofá.

Ele se afasta um pouco para dar lugar a ela.

— Não é canal, é um DVD velho. Eu deixo aí repetindo. Nunca tirei porque nunca consegui ver o filme até o final e os botões do controle remoto e do aparelho estão quebrados. Quase sempre que ligo a televisão, o filme está nessa parte.

— Interessante. Quer tentar ver até o final dessa vez?

— Se você quiser e eu conseguir...

— Ótimo — diz Lorna. — Vou fazer pipoca.

— Tem milho pra pipoca aqui?

— Eu comprei.

O barulho de panelas sendo destampadas e de metal se chocando começa a soar da cozinha. Lorna tem dificuldades para achar a pipoqueira. Uma hora o barulho cessa e a cozinha permanece silenciosa por um breve espaço de tempo, até que a trégua é rompida pelos caroços de milho sendo despejados no fundo de uma caçarola. A geladeira se abre e há um novo hiato, preenchido em seguida pelo cheiro de manteiga e pelo milho espocando. Lorna parece falar sozinha. Ele sabe algumas frases do filme decoradas e também começa a falar sozinho, se antecipando às legendas. Lorna chega com uma bacia de pipoca e um resto de suco pronto.

— O que aconteceu até aqui no filme? — ela pergunta.

— Começa com um casal namorando no cemitério e os mortos saindo das covas. Depois, esse grupo de pessoas se esconde aí dentro da casa. Não sei onde o casal foi parar.

Pega um punhado de pipoca e leva de uma em uma à boca, mastigando demoradamente, tentando fazer passar o sono que o domina de novo. Lorna come em maiores bocados, e termina o suco de um gole só. Quando o filme começa a ultrapassar o ponto em que parou de ver da última vez, começa a cochilar, como se a cena tivesse realmente o poder de induzi-lo ao sono. A cabeça pende no braço do sofá e solta um ronco cavernoso, que faz com que ele mesmo desperte assustado, derramando as pipocas da bacia. Lorna ri sem parar, derrubando também algumas pipocas. O acesso de riso dura tanto tempo que fica envergonhado e diz algum desaforo a Lorna enquanto apanha as pipocas caídas do chão. Tenta manter o corpo ereto no sofá. Cochila e só acorda de madrugada, na cama de casal, ao lado de Lorna.

Não se lembra de como conseguiu ir, ou se ela conseguiu levá-lo, até lá.

Andy Warhol era um dos ícones de Mayra. Eu apenas achava Andy Warhol superestimado, um charlatão que tinha se dado bem. Não entendia patavinas nem de arte nem de moda, mas diferente dela sabia que não eram a mesma coisa e que talvez por isso Andy Warhol não me passasse, não me descesse goela abaixo. Era o gênio dos amiguinhos de Mayra, que mais de um século depois ainda faziam pastiche de pop art e acreditavam estarem revolucionando o mundo, reinventando a roda.

Achavam que moravam em Nova York e improvisavam vernissagens no banheiro de casa. Vendiam relógios com a cara da Audrey Hepburn reproduzida em estêncil, ao preço de trinta reais, exibidos por trás do balcão de um bar escuro da Antenor Navarro. Relógios que eram comprados por sujeitos que bebiam Heineken só porque a garrafa era verde, tinha uma estrela vermelha no meio e combinava mais com as cores de suas camisas customizadas com o rosto de Che Guevara e o símbolo da revolução na boina. Tudo comprado num brechó perto do Pavilhão do Chá sem a menor conotação ideológica.

Se perguntassem quem era aquele cara na camisa eles diriam "quem?".

Andy Warhol (e como eles enchiam a boca para falar, arredondando as sílabas com o inglês fajuto que aprenderam em seis meses de Cultura Inglesa) era o câncer que se espalhava nas telas desses diletantes, artesãos de meia-tigela que Mayra venerava, atribuindo minhas críticas aos ciúmes que eu supostamente sentia do seu primeiro namorado.

Esse primeiro namorado de Mayra, a quem fui devidamente apresentado numa daquelas vernissagens de banheiro, reunia todos os atributos detestáveis do "Artista Contemporâneo". Era um misto de Mick Jagger e Kate Moss na aparência. Um carinha mirradinho e magricela, tatuado, com aparência de sujo e trejeitos particulares. Elevava a androginia às raias do paroxismo, o que fazia com que todas as amigas de Mayra (e a própria Mayra inclusive, eu só fui desconfiar depois) quisessem dar para ele.

Pagavam pau para um sujeito vegano com cara famélica que perambulava pela noite sem dar um sorriso, feito um vampiro desgarrado. Um cara que achava que o estêncil era o suprassumo da cultura urbana e que sempre citava Banksy em suas aparições. Dali a semanas, Banksy se tornaria outro ícone de Mayra e de suas amigas, que tatuavam garotas de vestidinhos esvoaçantes e balões vermelhos escapando pelo antebraço. Imagens que entrariam oficialmente para o catálogo de todos os tatuadores da cidade dali a meses.

A história de Mayra e do artista começava e terminava anos atrás, quando o nosso jovem Andy Warhol dos trópicos ficara localmente famoso e trocara a sua tímida aspirante a musa pela autêntica musa do universo underground da cidade. A nova namorada, que passara Mayra para trás, era uma balzaquiana que já não se parecia mais em nada com a representação que faziam dela nos grafites apagados dos muros decadentes da cidade.

Acontecia nos grafites o inverso do mito de Dorian Gray. Os muros registravam toda a juventude e beleza que hoje faltava no corpo castigado pela festa, uma que nunca chegou a terminar. A figura esguia, cheia de piercings em lugares inomináveis, cabelos em mutação constante, com cores que não tinham correspondentes nem na natureza nem nas cartelas da indústria cosmética, sempre despertou a inveja mordaz de Mayra, que devia estar tentando imitá-la naquela sua fase punk, em que descoloria o cabelo e enfiava metais por todos os buracos.

A inveja rapidamente se transformou em uma rivalidade íntima que só terminou com a sua derrota. A derrota de Mayra, óbvio, que veio quando um grupo de grafiteiros que nada tinha a ver com a história achou uma parede vazia na frente da sua casa e retratou a rival, cuja imagem agora lhe batia invariavelmente à porta todas as manhãs, quando ela saía para a faculdade.

A partir dali, o antagonismo tornou-se aberto e explícito. Mayra até arranjou outro namorado na época, mas ainda pesava sobre ela a tragédia da noite em que topou por acidente com o ex, acompanhado da musa. Já refugiada atrás das câmeras, aprendendo a manusear as lentes que usaria para forjar uma imagem de si mesma que em nada lembrava a da garota ingênua, mirrada e largada em um canto pelo artista, Mayra não viu alternativa senão recolher-se à sua insignificância e apontar a câmera para os dois.

Clicou freneticamente, deixando metade dos presentes em estado de perplexidade e a outra metade sentindo qualquer coisa próxima da pena. Era não somente o reconhecimento público da sua impotência diante da situação como também uma declaração formal de sua desistência. A musa do artista virava também a musa de Mayra depois do episódio. Para horror de seus pais e do então novo namorado, que não se sentiam à vontade com a reconciliação.

Mayra e o artista voltaram a fazer amizade e a sair juntos, devidamente acompanhados pela musa de ambos.

Desse segundo e inconformado namorado, Mayra não falava muito. Era amigo do seu irmão mais velho e começou a paquerá-la nas visitas que fazia diariamente à casa com o pretexto de jogar Guitar Hero com o amigo de faculdade.

Inicialmente, os pais gostaram da mudança que se operava em Mayra por causa desse rapaz. Da bolsa de Mayra, um pedaço de couro duro com tachinhas de metal que imitava um travesseiro sadomasoquista, já não saíam mais os cigarros "suspeitos" que ela arranjava com as amigas "suspeitas" da universidade.

Mayra ia se tornando mais caseira. Via filmes no computador e escrevia nas paredes do quarto frases como *Life is a party, dress for it*. Desenhava dentes-de-leão ao vento, se despetalando e se convertendo em pássaros, imagens como a que tinha tatuada nas costas e que escapavam pela nuca, cobrindo uma série de sinais da infância. O irmão passava a enfrentar as maratonas de Guitar Hero sozinho com o Playstation.

Os pais faziam gosto do namoro, que acontecia dentro de casa com um menino tão bom, crânio do curso de computação na universidade. "Um traíra", dizia o irmão mais velho nos almoços em família, lamentando a perda do amigo.

Era o melhor que podiam desejar para Mayra, que mudava de roupas, aposentava o preto punk e adotava os vestidos que agora ela mesma desenhava e costurava, no estúdio da mãe.

Voltar ao escafandro era a primeira metamorfose de Mayra.

E não duraria muito, como todos estariam prestes a descobrir.

Lorna o acorda cedo para que vá ao jornal dar baixa na carteira de trabalho. Já faz dias que ligam da empresa insistindo que ele compareça ao exame demissional e assine alguns documentos. Ele protela a ida sem nenhuma justificativa plausível. Lorna o convence a pegar o carro, lhe dar carona até a casa da mãe e depois resolver o assunto na empresa. Lorna tem que ir no ateliê abandonado recolher o material que precisa para voltar a pintar com sua preceptora. Uma artista famosa na cidade que aceitou orientá-la em troca de alguma ajuda na assessoria de sua galeria.

Ele sai da cama nu, tremendo de frio, e quando está no banheiro ouve Lorna desligar o ar-condicionado e deixar o quarto. Pede que ele vá ao supermercado comprar pão para o café. Ele vai se arrastando, usando uma bermuda de poliéster e uma camisa recém-lavadas.

Na passagem pela guarita, o porteiro olha incrédulo para ele.

— O senhor caiu da cama! — diz o homem, acionando o mecanismo da porta.

Ele tenta ser gentil com o porteiro. Aproveita a conversa para avisar que a moça que vem visitá-lo com frequência agora mora com ele. E tem a chave do apartamento.

— A Dona Lorna, né? — complementa o porteiro, como se já a conhecesse.

— Ela mesma. Ela tá passando uns dias aqui. Hoje pode ser que ela volte para o apartamento sem mim, num outro horário. Pode deixá-la entrar.

— Sim, senhor — o porteiro concorda, segurando a porta para que ele passe.

O supermercado está cheio de gente na fila do pão, algumas pessoas com roupas de praia, comprando o café da manhã depois de caminhar pelo calçadão. Pede dois pães salgados e dois doces. Não sabe ainda qual é o preferido de Lorna. Paga com o cartão que traz solto no bolso lateral da bermuda, aliviado em constatar que a parte do salário que recebeu antes de demissão ainda não se esgotou e que logo mais vai voltar da empresa com o valor das indenizações. Lorna emprestou-lhe o dinheiro para pagar a última parcela do condomínio atrasada ("Fica como se fosse a minha parte nas despesas", ela disse) e o carro já foi estacionado na garagem de novo, depois de uma lavagem completa.

Na rua, o sol castiga os que atravessam a pista. Ele cruza a avenida com os olhos quase que completamente fechados, ainda desacostumado com a luz. Volta para o apartamento e deixa a sacola de pão na mesa, a toalha ainda com os respingos do molho de macarrão que quase todo dia comem no almoço.

Lorna já está vestida no banheiro, penteando os cabelos. Ele passa pelo corredor e sente o piso gelado do ar-condicionado que, durante a madrugada, vaza pela fresta da porta. O piso escorrega um pouco.

— Tá molhado aí — Lorna adverte. — Eu entrei sem toalha e tive que procurar uma depois do banho.

Ele espera que Lorna saia do banheiro para tomar uma ducha quente. O calor elimina qualquer resquício térmico da atmosfera refrigerada. Veste-se para ir ao jornal com a habilidade de quem fez isso por anos e a calma de quem quer acreditar que faz isso pela última vez. Lorna prepara a mesa. Coloca as fatias de queijo e presunto em um prato. O café chia na cafeteira elétrica e o líquido transborda pelo filtro de plástico.

Já que vai deixar Lorna em casa antes de ir ao jornal, evita a rodovia e pega o caminho da praia. Quer ver o mar. Não era uma imagem na qual ele costumava reparar, quando saía para o trabalho. Com Lorna no banco do passageiro, porém, admira o verde que resplandece coalhado de surfistas deitados nas pranchas, esperando pelas ondas. O pouco trânsito e a impossibilidade de passar da terceira marcha pelas muitas lombadas, até a entrada da cidade, o convidam a se deleitar ainda mais com a paisagem. Os vidros estão fechados e o ar-condicionado do carro ligado.

— Como é que você aguenta tanto ar-condicionado? — Lorna reclama, desligando o ar e baixando o vidro. — De madrugada, eu quase tirei da tomada. Só que você estava num sono tão calmo e isso é tão raro que eu aguentei o frio.

Ele abaixa a viseira e segue ultrapassando os carros até o mirante, idêntico ao da rodovia, que demarca o limite da cidade. A vista não é mais do mar, mas das casas de praia que os novos ricos da década passada constroem, quando o lugar deixa de ser uma erma plantação de cajueiros. Os carros começam a sair das garagens e as pessoas se posicionam nos pontos de ônibus, com óculos escuros como os de Lorna, que tapam todo o rosto e dão a falsa impressão de um fim de semana prolongado. É uma segunda-feira. Tudo volta ao normal para a maioria das pessoas. Nos semáforos, não são apenas os sinais que estão vermelhos, mas os rostos dos motoristas, queimados pelo sol, irritados com o sol, contaminados por uma febre urbana que os tira da cama e os obriga a trabalhar na cidade que é o idílio tropical dos aposentados.

Desvia para o bairro de Lorna e as praças do Bessa começam a aparecer com suas quadras incipientes de cimento e academias para a terceira idade. Deixa Lorna na porta da casa e se despede com um beijo que arranha a bochecha e vai parar em uma parte ainda não acessada do pescoço. Lorna fecha a porta e imediatamente se apoia na janela.

— Agora que a gente tá junto você bem que podia me beijar direito quando a gente se despede no carro, não?

Chega ao apartamento no início da tarde. Lorna desenha na mesa. Uma travessa com metade de uma lasanha de forno e um prato com queijo endurecido nas bordas está esperando por ele no móvel de centro.

— Não aguentei te esperar pra almoçar — Lorna diz, sem interromper o movimento das mãos.

Ele deixa o comprovante do exame demissional do lado da máquina de escrever e desvia do móvel de centro para desabar no sofá.

Lorna pausa o trabalho para se alongar na cadeira.

— O exame demorou tanto assim?

— Na verdade não demorou nada — ele diz. — Foi a médica que se atrasou.

Levanta do sofá e vai esquentar a lasanha no forno. Lorna permanece pensativa na frente dos cadernos, se balançado nas pesadas cadeiras de madeira como se estivesse em uma gangorra de parque. Ele senta em um banquinho da cozinha e fica esperando o forno aquecer a comida. Volta para a sala com a lasanha no prato, o queijo menos endurecido nas bordas.

Lorna está trabalhando de novo.

— Rendeu muito hoje? — ele pergunta.

— Normal — Lorna diz, com a caneta nanquim em movimento.

A lasanha é das congeladas, que Lorna incrementa com folhas de manjericão e um pouco de orégano. Tem gosto de plástico. A carne esturricada deixa pedaços nos dentes. Depois de comer, lava o prato sujo e os talheres. Esquenta um pouco de água para jogar na travessa e desprender o resto da comida do fundo. No caminho para o banho, constata que a porta do quarto de hóspedes está aberta. Como Lorna terá achado a chave? Tenta adivinhar o que está mudado. Tem a impressão de que as coisas que esconde lá não estão mais nos lugares, como dunas que se movem à ação do vento e se rearranjam em outro lugar, assumindo nova forma. As duas camas do beliche estão forradas com lençóis novos. Fecha a porta bruscamente. Lorna ouve o barulho.

— Nem adianta ficar chateado — Lorna diz. — Você vai precisar me ajudar a arrumar esse quarto aí. Tem certas coisas que *imagino* que nem sejam suas.

— Depois a gente vê isso, Lorna — ele diz, e se tranca no banheiro.

Lorna continua falando sozinha da sala. Ele está prestes a entrar no box quando Lorna bate à porta.

— O que foi agora? — ele grita.

— Eu perguntei se você não se importa se eu colocar um cavalete nesse quarto, agora que tenho que começar a praticar pintura a óleo.

Ele abre um pouco a porta e se encosta na parede.

— Achei que você fosse fazer esse tipo de pintura lá na galeria com a tua preceptora.

Lorna revira os olhos.

— Eu quero treinar antes. Não quero passar vergonha quando for pra valer.

Ele fecha a porta e começa a escovar os dentes para não precisar continuar aquela conversa.

— Bom, vou considerar como um "não, eu não me importo, Lorna" — diz ela, se afastando da porta.

Embaixo do chuveiro quente, sente a sonolência que vem dominando seu corpo nesse horário. Brincar de escritor hoje vai ser de novo uma tortura. Lorna está guardando a louça da cozinha enquanto ele termina de se arrumar.

— Aposto que você já ia vir aqui procrastinar, né? — diz Lorna, secando a travessa limpa. — Você tem trabalho a fazer ali na mesa.

— Hoje você está implicante, né, Lorna?

— Sim, não vou deixar você ficar em paz enquanto não começar a escrever.

Na mesa, Lorna acompanha atenta a todos os seus movimentos. Ele se empertiga na cadeira, datilografa sem muita segurança. Fica salpicando as palavras no papel. O barulho da máquina não tem mais o poder inspirador de outros tempos. Ao contrário: agride os seus ouvidos. No apartamento pequeno, ecoa como o barulho de panelas caindo. As posições desvirtuadas dos dedos demoram a achar as letras, as teclas distantes demais umas das outras.

Se, no computador, ele só não digita com os mindinhos, aqui ele só usa três dedos porque tem que imprimir mais força ao bater nas teclas. Ao surrá-las, melhor dizendo. A máquina responde à altura, dando pulos e ameaçando quebrar o vidro da mesa. Lorna pede licença para colocar uma toalha embaixo da Olivetti. Ele dobra o papel no rolo metálico para que Lorna não leia o que está escrevendo.

— Que mistéeeerio... — ela diz, sacudindo os dedos.

Quando termina uma folha e quer sair da mesa, Lorna lhe puxa pelo braço. A certa altura da tarde, está datilografando qualquer coisa só para que Lorna fique ouvindo o barulho da máquina. Tornam-se reféns do barulho. O transe só é interrompido pelas folhas de papel que ele tira e amassa, deixando as bolinhas longe do alcance de Lorna, na lixeira. Não aguenta mais ver as bolinhas se acumularem na lixeira.

— Não, de novo não — diz Lorna, quando percebe que ele vai deixar o trabalho e ir dormir.

— Não dá, Lorna. Eu vou pro quarto. Não tá rolando.

Lorna o persegue pelo corredor.

— Me diz do que vai adiantar você dormir de novo a tarde inteira?

— Meu corpo não tá respondendo, Lorna, é como se eu estivesse vendo aquele filme no DVD e cochilasse no meio.

— Só que isso não é um filme, é a tua vida — ela insiste.

Ele para bem diante do quarto de hóspedes.

— É a minha vida, você tem razão. E ela parece mesmo com esse filme que se repete infinitamente e não há nada que eu possa fazer a respeito disso. Retroceder, pausar, avançar, tudo isso é impossível porque o aparelho tá quebrado.

— Pois então conserta o aparelho, porra! Por que você insiste em guardar todo o lixo da tua vida? As coisas desse quarto, por exemplo — ela abre a porta e mostra as caixas espalhadas. — Você não acha que Mayra ainda ocupa espaço *demais* aqui dentro, entre a gente?

Ele prende a respiração. Lorna volta para a sala. Agora é ela quem desaba no sofá. Ele fica parado na porta do quarto. Luta para não castigar ainda mais as unhas que roeu enquanto tentava trabalhar na máquina. Lorna espera que ele volte para a sala, que ele diga alguma coisa. Ele fica imóvel diante do quarto.

Lorna então dispara pelo corredor. Vai até o quarto de casal e volta de sandálias calçadas, com os óculos escuros no rosto e a carteira nas mãos.

— Vou dar uma volta na praia.

— Eu vou com você.

— Não vai nem a pau.

Sozinho no sofá, ele estira o corpo, pendendo para o lado. Tenta agora induzir aquele estado torpor que tão naturalmente se apossou dele no chuveiro, como em todas as tardes. Mas perdeu o sono, as pernas estão balançando de forma autônoma e esfrega os dedos da mão, ralando as pontas das unhas umas nas outras. É tudo uma questão de tempo, logo vai se acalmar e adormecer. Porém, o tempo passa e ele pensa nas palavras de Lorna, no espaço que Mayra ocupa entre eles, no apartamento. Fecha os olhos. As pálpebras insistem em se abrir e passear pela sala, se detendo por algum tempo na mesa onde Lorna estava trabalhando, na máquina de escrever repousando como um animal que cochila. É injusto que as coisas ao redor descansem e ele não.

Vai até a lixeira e desamassa uma bolinha de papel. Passa os olhos pelo texto. Ao final da página, letras repetidas se sucedem como fossem reticências em forma alfabética. Entre uma ou outra ideia concatenada, distingue o nome de Mayra. Rasga a folha. Depois se arrepende. Junta os pedaços de papel como peças de um quebra-cabeças. Há um tubo de fita adesiva em algum lugar do apartamento para colar aquilo. Antes, Mayra costumava comprar fita adesiva para quando usasse um dos seus vestidos decotados. Um truque feminino. Ela grudava a fita dupla face na parte interna do tecido, na linha da costura, para ajudar a fixar o decote no busto. Ele gostava de descolar o vestido do busto de Mayra e roçar o nariz pela marca reta e singela da fita. Gostava de sentir as diferentes texturas da pele, levemente umedecida pelo suor na altura do pescoço e grudenta embaixo daquele equador imaginário, com o resquício de aderência da fita. Gostava da maciez dos seios de Mayra e do cheiro de roupa limpa do vestido.

Procura o tubo de fita adesiva entre as caixas do quarto de hóspedes. O que encontra é o caleidoscópio que Mayra lhe deu de presente quando ela voltou de uma viagem a São Paulo, sozinha, anos depois de ele mesmo ter se mudado da cidade para vir encontrá-la aqui. Mayra comprou a lembrança na Augusta, da banquinha de um camelô peruano. "Agora a Augusta está diferente", ela disse. "Nada daquilo que você me contava quando voltou".

É um caleidoscópio artesanal, malfeito, com um pequeno buraco na ponta por onde se enxergam pedaços de canudinhos coloridos formando padrões geométricos. A lateral está rasgada porque Mayra ficou tão fascinada com os caleidoscópios ("Era o meu sonho de infância ter um"), que não percebeu que cada um deles vinha com uma frase escrita no papel que o envolvia. "Pareciam todos iguais por fora", ela justificou. "Peguei o primeiro que apareceu". Era uma frase sobre esquecimento, que nada tinha a ver com a história dos dois, temperada pelos erros flagrantes de português do camelô peruano. Ele achava a frase de mau agouro e tinha arrancado dali de propósito. Tenta se lembrar do que dizia a frase. Esquecimento. Talvez hoje aquilo fizesse algum sentido.

Porque não há mais carinho na lembrança de Mayra. Até a luxúria vai se dissipando à medida que ele segura o caleidoscópio como um toco de madeira e tenta parti-lo em dois para jogar no lixo. Sente os espelhos internos do objeto se espatifarem e remexerem dentro da estrutura reforçada por várias camadas de papel. Não é suficiente: precisa ver o objeto partido em dois, examiná-lo por dentro, como se assim estivesse partindo também Mayra, indo ao âmago dela, daquilo que os aproximou e os afastou.

O papel cede justamente na parte da frase rasgada. Pedacinhos de canudo saltam e uma ponta do espelho rasga a palma da sua mão, que solta o caleidoscópio fraturado no chão, um chão repleto de caixas, de padrões geométricos se desmanchando em gotas de sangue que agora desenham figuras mutáveis no chão. As gotinhas vão se movendo conforme ele aperta a palma da mão tentando conter a pequena hemorragia. Vai até o banheiro e deixa um rastro fino de sangue atrás de si. Um rastilho de pólvora rubra como a de uma bomba que estoura na mão de um vândalo.

Coloca a mão embaixo da água corrente do banheiro e sente uma ereção inoportuna, o pênis espremido entre o corpo e o mármore manchado da pia, salpicado de sangue. Tenta se tocar com a mão ferida. A mão que tocou o âmago de Mayra e que sangra embaixo da pia. O pênis vai ficando vermelho e a palma da mão dói. O rosto no espelho é muito mais de dor do que de prazer. Um acesso de choro o motiva a continuar com ainda mais força. Já não tem mais como saber se o pênis também sangra ou se só está manchado pelo sangue da mão. Como também não sabe se o seu choro é de raiva ou de autocomiseração. Uma profunda apatia o impede de ir adiante com aquilo. Lava a mão que arde com sabão e o pênis vai recuando, vermelho, enrodilhado. Fecha a mão em torno de algumas dobras de papel higiênico. Limpa o piso do banheiro e o mármore da pia com uma toalha. Precisa limpar agora o corredor e o quarto, recolher os estilhaços do caleidoscópio antes que Lorna volte.

Ouve passos ao sair do banheiro.

— O que diabos aconteceu por aqui? — Lorna pergunta

A toalha que ele carrega está pegajosa.

— Nada, eu só me cortei.

— Deixa eu ver — diz Lorna, segurando a mão dele e tirando o pedaço de papel higiênico que a envolve.

O sangue no papel vai ficando mais vivo.

— Que porra foi isso?

— Foi uma coisa à toa, Lorna. Eu tava mexendo em um negócio ali que se quebrou.

— Eu vou comprar gaze ali embaixo — ela diz, revirando a bolsa em busca da carteira. Depois vacila. — Ou melhor, caralho, vai você sozinho. Eles mesmos podem te fazer um curativo lá. Cansei de bancar tua babá.

— Deixa de besteira, Lorna. Não é pra tanto — ele diz, e volta a cobrir a ferida com o papel higiênico.

— Legal, agora você tem um bom motivo pra parar de usar a máquina de escrever — ela diz, largando a bolsa na mesa.

— Eu cortei a palma da mão só, não a ponta dos dedos. Ainda posso escrever.

— Porra — Lorna insiste, vendo o sangue pingar. — Agora me diz como foi isso.

— Eu já disse: tava mexendo em uma coisa e me cortei.

— Isso eu já entendi — ela diz. — Quero saber que coisa era essa que tu tava mexendo.

Ele vira a mão e tenta movimentar os dedos. As linhas da palma abrem ainda mais o corte. É como se tentasse pescar um ouriço do mar com as mãos.

— Era um caleidoscópio.

— Um caleidoscópio — ela diz. — Um que tava entre as tralhas do quarto?

Ele balança a cabeça afirmativamente.

— Entre as coisas de Mayra?

— Eu tava arrumando aquelas coisas.

Lorna parece medir cada palavra.

— Aí decidiu destruir o caleidoscópio?

— Foi.

— Você não acharia mais saudável jogar logo tudo fora ou entregar essas merdas que interditam o quarto lá na casa dela?

— Saudável? — ele repete, fazendo a cópia da careta de quando sente o corte. — Isso não é nenhuma dieta, Lorna.

Lorna o deixa sozinho na porta do quarto.

— Pra onde você tá indo?

Ela suspira, com enfado.

— Limpa essa merda aí, ok? Dá um destino a essas coisas — ela põe de volta os óculos de sol e agarra a bolsa que tinha deixado sobre a mesa. — E para de se tremer, tá ridículo.

Ele nota o tremor na mão cortada. Recolhe do chão os pedaços de espelho como se tirasse um vaso quebrado debaixo de um tapete. Ouve o baque seco da porta. Quando todos os pedaços maiores são recolhidos, varre o pó cortante. Tenta segurar a pá, mas o ferimento não deixa. Segura com a mão esquerda, que também treme.

Leva todo o vidro para a área de serviço. Derrama os destroços do caleidoscópio na lixeira, entre as bolinhas de papel amassado. Inspeciona mais demoradamente as caixas, no quarto. Os discos que Mayra esqueceu no apartamento e os que lhe deu de presente estão todos empilhados. No topo, a trilha sonora de *Hedwig and the Angry Inch* que ela gravou para ele e encapou com um desenho feito à mão. O andrógino de Platão voa sobre um fundo azul pintado de lápis de cor, com um planeta, um sol e uma lua coabitando um mesmo céu, em aparente harmonia.

*Last time I saw you*
*We had just split in two*
*You were looking at me*
*I was looking at you*
*But I could recognize,*
*'Cause you had blood on your face,*
*I had blood in my eyes.*

"Sangue nos olhos". Lentamente fecha a porta do quarto e se vê pela primeira vez trancado com o fantasma vivo de Mayra.

# 5.

# Cadáveres usurpados de um apocalipse impossível

Com o quarto de hóspedes esvaziado, não há por que deixar ali mais do que uma cama montada. Desmancham os móveis sem nenhuma utilidade, para abrir mais espaço. As carcaças de madeira maciça ficam na dependência, onde guardam as roupas sujas, que agora se revezam para lavar em uma máquina comprada à prestação, primeira aquisição que fazem juntos, dividindo as despesas. Lorna instala o cavalete de pintura perto da janela do quarto e uma mesinha de escritório onde deixa os próprios livros, que trouxe de casa, além de bisnagas de tinta a óleo, um vidrinho com terebintina, a paleta de pintura e uma caixa de sapato com os pincéis.

Continuam a trabalhar juntos na sala e, para não desarrumar a mesa, comem agora no chão, onde Lorna estende um tapete que pega emprestado com a mãe. Dona Lúcia usa o velho ateliê da filha como depósito agora. Visitam a mãe de Lorna aos domingos e voltam carregados de comida de milho, que serve de alimento ao longo da semana inteira. Quem iria imaginar que, depois de anos comendo pamonha e canjica à vontade, Lorna sentiria saudades daquilo? Sempre abre uma trouxinha de pamonha à noite, quando veem filmes no aparelho de DVD, consertado na mesma banquinha em que ele arranja as fitas para a máquina de escrever.

Para se manter sem emprego por mais uns meses, ele vende o carro e deposita o dinheiro na conta corrente junto com o fundo de garantia e o seguro desemprego que vem recebendo. Além da prestação da lavadora, divide com Lorna o condomínio, a conta do restaurante chinês em que estão almoçando e as despesas de supermercado. Lorna sugere que ele venda também o notebook, já que ultimamente não está usando. Ele reluta. O notebook permanece guardado à chave numa das gavetas do armário.

Lorna fica com a incumbência de sair para pagar as contas. Ele, de fazer o supermercado. Ela cozinha. Ele lava. É esse o trato.

Calculam que o dinheiro que têm é suficiente agora para abastecê-los até o fim do ano. Lorna ganha pelo trabalho de assessora na galeria. O pouco salário é compensado pela evolução na pintura, que já rende alguns quadros comissionados na galeria e outros que compõem a nova decoração do apartamento. O cheiro incômodo agora é o da terebintina do quarto, mas a síndica, o porteiro e todo o prédio gostam de Lorna e toleram tudo o que vem acontecendo de pouco usual no sexto andar.

Pela manhã, quando não precisa ir à galeria, Lorna se recolhe ao quarto para pintar com as portas e as janelas abertas. Ele tenta se aquecer na máquina de escrever, mas geralmente só começa a produzir quando vai se aproximando a tarde. Lorna então abandona o quarto e almoçam no restaurante chinês. Pedem um prato comercial para os dois. O que sobra levam para requentar na hora do jantar. Assim gastam o mínimo com o almoço e o que sobra aproveitam em outra refeição. Depois sobem e se sentam um diante do outro, ela com os moleskines, ele com a máquina de escrever que rejuvenesce, com a recente atividade.

O ferimento da mão demora a cicatrizar. Passa várias semanas com a gaze enrolada, um curativo que Lorna ajuda a trocar diriamente, acompanhando o desenvolvimento da ferida. É doloroso datilografar sentindo o corte se abrir milímetro a milímetro, a palma da mão sendo alfinetada cada vez que curva um pouco o pulso no teclado. É duplamente difícil escrever, agora. Além do bloqueio psicológico, há o físico. Mas, por puro masoquismo físico e psicológico, a dor da mão direita oblitera a sonolência e ele passa a escrever mais. E melhor.

Lorna o obriga a ir até a farmácia. Constatam que o corte infeccionou. Há pus na ferida e o farmacêutico sugere que interrompa o que quer que esteja fazendo com a mão. Ele acha exagero, mas redobra os cuidados. Embora ainda continue a escrever, de início usando somente a mão esquerda, depois dando adeus às recomendações do farmacêutico e continuando a exigir da mão.

Tenta acompanhar o ritmo de Lorna, que pinta a todo vapor.

Decidem que precisam comemorar a nova vida que levam. Nunca foram juntos à praia, e a paisagem que se desenha na varanda os convida esta manhã para isso. O sol está quase a pino e Lorna espalha uma grossa camada de protetor solar nas costas. Descem pelas escadas, já que não há elevador de serviço no prédio e usam o mínimo possível de roupas. Querem mergulhar tranquilos, sem deixar nenhum pertence na areia. Ele não leva nem as sandálias.

O sol o impele a caminhar na grama do canteiro que divide as duas avenidas, apressando o passo e procurando as sombras dos postes como pontos de apoio para se livrar do calor da calçada. Lorna vai atrás dele, ela sim de sandália no pé. Quando vão atravessar o asfalto, o acostamento está tão quente que se derrete em piche. Esperam os carros passarem e, quando a pista está livre, Lorna dá uma corridinha, mas ele a ultrapassa, o chão em brasa queimando a sola dos pés. Pula com um pé só, feito um saci, alternando o direito e o esquerdo, e Lorna se diverte com aquilo.

Na areia, Lorna permanece de sandálias e ele dá uma nova corrida perneta até o mar. A areia está só alguns graus menos quente que o asfalto, mas há o prêmio de molhar os pés e desabar na primeira onda da arrebentação. Lorna fica para trás e ele sente o alívio dos pés em contato com a água. A primeira onda já o derruba e ele fica submerso até a cintura. Está boiando quando Lorna chega, segurando as sandálias na mão. Ela chapina água no rosto dele e ele imerge subitamente. Agarra Lorna pelas coxas, derrubando-a em uma onda que vem quebrar perto dos dois.

Lorna larga as sandálias e a onda as leva para a beira do mar. As sandálias dançam por ali. Ficam abraçados, vendo as poucas pessoas que estão na areia perto do meio-dia. Permanecem dentro do mar até que o protetor solar fica gasto. As ondas levaram o par de sandálias de Lorna para um ponto mais distante, que parece inalcançável de onde estão os dois, boiando, lado a lado. As cabeças se chocam e eles saem do mar de mãos dadas para recuperar as sandálias.

Ele volta parte do caminho correndo e outra parte pisando na grama do canteiro. Fura o pé no espinho de um cacto que se esconde entre a grama. Lorna ri de tudo atrás dele, desembaraçando os cabelos impregnados de maresia. Tiram o excesso de sal no chuveiro do prédio e ficam um pouco na sombra da garagem. Não carregam toalhas e se enxaguam ao ar livre.

A breve corrida para fugir do sol acelerou os batimentos a ponto de o coração parecer querer sair pelo nariz, embebido pelo sal do mar. Estão completamente fora de forma. Lorna também ofega, o peito arfando com gotículas da água do chuveiro estagnadas na superfície da pele e do biquíni meio sujo de areia. Duas poças d'água se formam em volta deles. Sentem que já é hora de subir para vestir uma roupa e sair para almoçar.

Nas escadas, Lorna vai subindo na frente. Ele se mantém três degraus afastado, admirando a maneira como os quadris de Lorna se movem ao subir as escadas. Lorna nota que ele se distancia deliberadamente e quando passam do térreo para o primeiro andar, ela se vira para ter certeza de que o olhar dele se fixa atrás dela. Lorna protege-se no corrimão da escada, feito de cimento. Sorri maliciosa, mas não espera que subam até o apartamento para provocá-lo ainda mais deixando cair uma das alças do biquíni. Ele se aproxima comprimindo o corpo dela contra o corrimão, agarrando-a pela cintura de uma maneira tão impetuosa que tem que segurá-la para que ela não caia no vão entre as escadas.

Lorna se posiciona no último degrau do andar. Abre as pernas e ele se abaixa, sentindo os joelhos ralarem nas quinas das escadas. Enquanto chupa os mamilos de Lorna, ela deixa cair a cabeça para trás e percebe que a porta corta-fogo está aberta. Tenta chamar atenção puxando os cabelos dele, concentrado em afastar a parte de baixo do biquíni. Lorna dá um jeito de se desvencilhar do abraço e sobe os degraus segurando o biquíni, mostrando a marca que o cimento cru do corrimão deixou nas suas costas, uma linha vermelha que tem seu antípoda diminuto nos joelhos dele. Vão comparar estas mesmas marcas mais tarde, na cama.

Por ora, ele segue atrás dela e a empurra contra a pesada porta de metal, cujo baque ecoa pelo hall do primeiro andar. Se alguém tentar abrir a porta vai encontrá-la travada, impelida pelo vigor dos corpos do outro lado. Não há câmeras por ali, então o risco de serem descobertos é mínimo, exceto se alguém já estiver subindo ou descendo as escadas. Nos dois casos vão ouvir os passos antes. Terão tempo de disfarçar. Pede que Lorna volte a amarrar a parte de cima do biquíni por segurança. Lorna quer ajuda. Ele faz um nó cego e apressado bem no meio da linha horizontal em carne viva que o corrimão imprimiu nas costas dela. Enfia os dedos entre as pernas de Lorna e ela se curva. Penetra Lorna por trás e ela encosta a bochecha na porta fria, cuja temperatura ele sente na ferida da palma da mão. Gozam demoradamente e as pernas fraquejam. Quase despencam sobre o cesto fétido de lixo que está ao lado. Sobem os outros cinco andares apressados, vão direto para o quarto e transam de novo. Depois dormem a tarde inteira, sem almoçar, com a porta fechada e o ar-condicionado ligado.

Desde então o ritual é esse: reservam sempre uma manhã para tomar banho de mar e transar na escadaria. Na segunda vez, Lorna finge não perceber que ele repete exatamente as mesmas etapas até agarrá-la agora no segundo andar, com a mesma fúria de antes.

— Hoje será no segundo andar? — ela diz, puxando-o pelo braço para a porta corta-fogo.

Depois da terceira vez, no terceiro andar, quando estão finalmente trancados com o ar-condicionado na máxima potência e os lençóis ainda meio molhados de suor e do banho de chuveiro da garagem, ela pergunta:

— E quando chegarmos ao sétimo andar, como é que vai ser? O prédio só tem sete andares...

— A gente passa a subir imediatamente pelo elevador — ele sugere —, e a fazer o caminho inverso até embaixo.

— E até quando acredita o senhor que podemos continuar nesse ir e vir do caralho? — Lorna brinca.

Ele embarca na citação:

— Toda a vida.

Os pais de Mayra estavam separados há mais de dez anos, mas continuavam a dormir sob o mesmo teto, eventualmente sobre a mesma cama. No emaranhado de histórias que ela me contava sobre a separação, algumas pontas se soltavam e era preciso que eu mesmo as juntasse para só então conseguir amarrá-las e puxar, num só fio, todo o grande novelo que era o passado de Mayra.

Primeiro foram as anedotas dos casos extraconjugais que o pai mantinha na surdina, num esconderijo em que Mayra penetrou muito cedo, de meias calçadas, caminhando na ponta dos pés. Para o pai de Mayra, aquela criança desengonçada roubava o seu celular para usá-lo de minigame ou passar trotes para os colegas de colégio. Revirando as mensagens de voz e de texto, porém, Mayra já tinha idade suficiente para desvendar os códigos cifrados envolvendo dias, lugares e horários, e associá-los ao significado da palavra "affair" que acabava de aprender pela coleção de revistas Marie Claire da mãe.

Mayra, que consultava as revistas para roubar os moldes de roupas e fazer vestidinhos para as suas bonecas, agora usava toda aquela bibliografia e glossário para ingressar no mundo das tramoias adultas. Tornava-se participante ativa na separação dos pais depois que contou tudo para a mãe, que ignorava as traições do marido. O pai jamais a perdoou e não fazia questão de fingir o rancor que guardava da delação.

Depois foi a crônica da bancarrota da família, antes possuidora de uma famosa loja de artesanato com sucursal no shopping. O negócio foi sucumbindo pela má administração dos pais, cuja sociedade foi afetada pela crise matrimonial e pela tragédia do Plano Collor, que erradicou a opulência da família, narrada por Mayra como um conto de fadas infantil com castelos da Disney erguidos na areia da praia de Camboinha e paixões secretas pelos príncipes encantados com quem ela dividia sala nos melhores colégios particulares da capital. Príncipes que ela via agora desfilarem, gordos, inchados e com o botão do terno italiano prestes a voar nos olhos de alguém, ao lado das esposas igualmente gordas e inchadas e com penteados extravagantes erguidos nos salões da alta sociedade em que Mayra era convidada a discotecar.

Mayra ainda se deslumbrava com as regras daquele jogo social do qual fora severamente excluída, sendo obrigada a mudar de colégio e de praia nos auspícios da adolescência. Como DJ, cumpria a missão secreta de recuperar o prestígio que lhe foi recusado naquela época. Nos bailes de debutantes que animava, encontrava a festa de quinze anos que não teve quando chegou àquela idade. Nos casamentos perfeitos da burguesia, o matrimônio dos pais que ela julgava ter arruinado sozinha. Nos espelhos das salas de recepção, Mayra se enxergava em sua versão patinho feito, coberta com o vestidinho barato feito pela mãe, desmanchado por ela e customizado ao seu gosto. Nos álbuns de fotos, lembrava dos fotologs de sua rede canapé de contatos, com as imagens das férias de Miami das quais jamais participou, férias estas que passou ajudando no balcão da única loja da mãe que restou em Tambaú.

Uma loja que era constantemente pilhada, em assaltos que desafiavam as aparências mantidas pelos pais de que tudo ia bem, tudo estava sob controle, a família ainda podia pelo menos viajar até o Paraguai e voltar com a mochila cheia de produtos piratas, quando tudo melhorasse.

A garota com dois cabides de roupas nas mãos, esperando por mim em pleno aeroporto, foi a imagem das boas-vindas que guardei no retorno a essa terra para onde prometi não voltar nunca destruído, sem ter onde cair morto. Eram tempos em que Mayra, o patinho feio, ganhava suas primeiras penas de cisne.

No portão de desembarque, ela transferiu os dois tailleurs que eu ainda não sabia por que diabos ela carregava na ocasião, para um só cabide. Andamos de mãos dadas (ela hesitante, eu trêmulo por segurá-las) até o táxi, e do táxi até o shopping onde ela fazia o seu primeiro "job" em uma revista. Revista que ela dizia ser de arte contemporânea, mas que não passava de um catálogo de moda. Era o tipo de emprego-boia que Mayra fabricava para se salvar sozinha do naufrágio, para abandonar o quartinho com paredes brancas desenhadas a giz de cera que dava para a suíte dos pais, para as brigas constantes, para a falta de privacidade, para as reformas incalculáveis no quintal de casa, a derrubada da olaria da mãe artesã para construir quitinetes alugados entre os estudantes que ela se envergonhava de encontrar frente a frente, nos corredores do curso de comunicação.

O novo império de Mayra, só seu, ficava longe de tudo isso. No novo império, seu nome fantasia era outro, ela estava limpa no Serasa e não seria usada mais como firma para um novo negócio que ia se afundar, de uma família já inundada em dívidas.

Transpus os umbrais desse novo império quando entrei naquele táxi e virei um espectador do programa "Um Dia na Vida de Mayra": o rosto empipocado de espinhas, a aba do navegador que não parava de piscar, a razão pela qual eu encarava cinco horas de avião e uma passagem de tarifa cheia, sem data de retorno, para me sentar na frente de um provador feminino, como tantas outras vezes faria, analisando com que desenvoltura *gauche* Mayra convencia os lojistas a emplacar esta ou aquela peça de vestuário no editorial da revista-de-moda-que-queria--ser-de-arte-contemporânea.

Eu me detinha em cada pormenor do corpo daquela menina. A leve penugem que se eriçava ao redor do pescoço quando ela era contrariada por algum lojista. Os antebraços finos que suspendiam os cabides como a asa quebrada de um anjo caído.

Mayra em três dimensões, tão incorrespondente à única dimensão que eu até então conhecia: a da voz ao telefone. A voz com o meu sotaque perdido. Uma familiaridade e uma estranheza que me deixavam perplexo, condenando minha própria alienação em aceitar ser cúmplice de alguém que eu supunha acordar todas as manhãs, olhar pela janela do quarto e não ver uma rua na sua frente, mas uma passarela. Uma menina que eu estava esperando que fosse mais alta, que tivesse mais corpo, que fosse mais bonita talvez, pelo reflexo confuso das vitrines do shopping.

Pensava naquele instante que deveríamos estar na praia, eu que não gostava da praia mas tinha saudades de ver o mar; tinha voltado também para fazer isso: ver o mar imbuído daquela familiaridade e estranheza que, depois de anos distante, eu percebia agora se desprender de tudo, lançando um novo germe de encantamento sobre as coisas que eu já conhecia.

Mas o encantamento que crescia na verdade, à minha revelia e me arrebatando, cada vez que olhava para Mayra, era aquele que me fazia descobrir nela sempre um detalhe novo, a revoada de pássaros escapando pela nuca, o modo como ela tentava andar sempre ligeiramente à minha frente, dando passos de costas e se desculpando por não ter conseguido cancelar o compromisso de trabalho justo no dia da minha chegada, justo no primeiro encontro depois de tantas e tão intermináveis conversas pela internet.

Almoçamos ali mesmo, na praça de alimentação do shopping, e Mayra concordou em tomar um ônibus até a praia. Era impossível pagarmos outro táxi para tão longe, então escolhemos as cadeiras do fundo de um coletivo e retomamos o assunto da última conversa pela internet, interrompida por causa da queda de conexão ou pelo sol raiando nas nossas janelas, em faixas diferentes do horário de verão.

Música, talvez. Beatles. Rolling Stones.

O primeiro beijo trôpego durou várias paradas em pontos de ônibus, em incontáveis sinais de trânsito, em infinitas faixas de pedestres que acabavam de ser pintadas e que os motoristas dos carros ainda nem começavam a respeitar. O primeiro beijo trôpego durou esquinas que surgiam, estabelecimentos comerciais que abriam suas portas ao longo dos anos em que eu morei fora, fora dessa cidade de um novo temperamento desconhecido que Mayra prometia me ajudar a desvendar. O primeiro beijo trôpego durou o tempo que eu tentei mensurar depois, refazendo o mesmo trajeto em um *déjà vu* de olhos fechados, cegando para a praia e me abrindo para o mar que existia dentro dela.

Mayra me levava para cafés de três mesas fadados a se acabar, como o relacionamento dos casais que os frequentavam e que não eram mais os mesmos de antigamente. O café de hoje era o bar de ontem que seria o teatrinho de amanhã. Onde sentava um João que namorava uma Maria que agora estava com uma Teresa que não ficaria com ninguém no final.

Uma coisa roubando o passado da outra, invadindo o futuro da anterior. Lugares e pessoas novos que eu só reconhecia porque um dia já tinham sido coisas velhas. Coisas velhas ainda lembradas porque um dia já foram coisas mais velhas ainda.

"Todo mundo nesta cidade já se comeu por tabela", eu dizia para Mayra. "Todo mundo aqui tem o cheiro do outro impregnado, já penetrou na intimidade do outro ainda que de forma tardia, ainda que o outro já não estivesse mais ali. Não há nada virgem nessa cidade. Essa cidade está aberta, deflorada, exposta sem nenhuma vergonha e discrição. Não há pudores nessas ruas. Tudo aqui é obsceno. Até um inocente bolero de Ravel", eu dizia vendo o sol se derretendo nas águas do Sanhauá. Eu dizia quando nos dávamos conta de que éramos velhos conhecidos apesar do pouco tempo juntos. Quando nos dávamos conta de que já nos procurávamos em mesas de sinuca muito antes de eu ir embora e só ter ido embora por não tê-la encontrado muito antes. Por tê-la encontrado finalmente já fora do lugar, uma prova inconteste de que a busca não findaria jamais se não tivesse findado naquele instante. De que a volta à cidade foi uma simples consequência da ida. Um movimento que nos empurrou um ao encontro do outro, inextricável e desgovernadamente.

Na volta da praia, convidei Mayra para subir ao velho apartamento de veraneio. O velho apartamento em que eu passaria um verão que se prolongaria por mais um outono e iria durar por mais um inverno, mais uma primavera, outros novos verões. Era um convite impossível de calar, sem razão, sem ousadia nem cortesia, que Mayra aceitou sem a hesitação de anos depois, quando o amor já vinha se corrompendo e já não era mais aquele que amamos repetidas vezes, saturando e exaurindo aquilo que éramos quando por milagre nos encontramos.

Já não pode mais adiar a ida à cidade para a manutenção da máquina de escrever. Acordam cedo, contrariando o hábito de trabalhar até tarde da madrugada e levantar no meio da manhã, com o sol já alto. Lorna desperta mal-humorada porque também é dia de comparecer à galeria de arte. Faz isso sempre que uma nova exposição entra em cartaz. Ela se tranca para o banho e ele sai para comprar pães no supermercado. Dois doces e dois integrais, que descobre ser a preferência de Lorna. Faz o café como ela gosta, coado, mas Lorna não toca na bebida. Come metade de um pão em silêncio e deixa o resto no prato. Ele come o pedaço que sobra antes de jogar as migalhas do prato dela na lixeira. Arruma-se enquanto Lorna fica organizando os estudos que tem que levar para a preceptora. Quer impressionar a mestra. Convencê-la de que já pode participar da próxima coletiva, no fim do ano. No meio do banho dele, Lorna bate a porta e ele desliga o chuveiro quente para ouvi-la, do outro lado.

— Você tá precisando usar o banheiro? — ele grita.

— Não, mas por que você tá demorando tanto? — Lorna se queixa por trás da porta.

Está cedo, mas Lorna tem horário fixo e conta com o atraso dos ônibus, agora que já não dispõem de um carro. Ele se apressa em deixar o banheiro livre. Nunca saíram juntos de casa pela manhã, para pegar o ônibus. É uma novidade na rotina dos dois. Ele resolve vestir uma roupa um pouco mais elegante.

— Agora só faltava você me colocar um sapato — ela diz, com um certo ar irônico.

— Estava pensando em colocar mesmo — ele replica. — Você acha que seria exagerar muito?

— Exagerar muito? Nunca te vi assim tão arrumado nem quando a gente trabalhava no jornal — ela diz, com o mesmo ar cáustico.

— O que foi? Você não gostou?

— Você vai parecer um missionário com essa roupa e a maleta da máquina — conclui, e deixa ele falando com as paredes, calçando um tênis no lugar do sapato.

Lorna está vestida com uma camisa de manga comprida, como se quisesse esconder o corpo.

— E você, não vai sentir calor com essa roupa?

Ela não responde. Não dá uma palavra até o ponto de ônibus. Ele acha melhor não incomodá-la. Descontado o mau humor matinal, ela tem as razões dela para estar nervosa. Faz mais de dez anos que não expõe seus quadros. Os esboços enrolados em um tubo, pendurado nas costas, lembram a bainha de um espadachim. Eles provam que Lorna não perdeu a mão, mas segundo ela a preceptora tornou-se ainda mais exigente, pelo tempo que a pupila passou afastada de sua arte.

Lorna mal se despede antes de subir no ônibus. Pegam linhas diferentes até a cidade. O ônibus dele demora a vir depois que o de Lorna parte. Quando vem, o coletivo contorna ruas e avança a Epitácio lentamente, invadindo a faixa à esquerda e empurrando os motoristas menos habilidosos no meio-fio. Tomar partido dessas pequenas mostras de hostilidade urbana de dentro do ônibus, como passageiro, e não de dentro de um carro, como motorista, é um papel novo que lhe agrada desempenhar, xingando junto com os demais passageiros da janela, cúmplices da manhã turbulenta lá fora. Por pior que seja a viagem, para os outros braços que se penduram junto com os dele nas barras do ônibus, ela é outra novidade que anima a sua rotina. Claro que nem ousa confessar isso às cabeças que pendem e sacodem com a maré convoluta do trânsito. Para elas, o tédio da vida só começa ali. E nada, principalmente a felicidade de alguém livre das agruras diárias de um operário, alguém que pode se dar ao luxo de se manter um tempo desempregado, aliviaria o desconforto de estar de pé, apertado, numa linha lotada da Praia até o Centro.

Perde a parada quando o ônibus desvia e segue um itinerário que não é o que costumava cumprir de carro para o trabalho, durante anos. Desce na parada do Lyceu, o trânsito afogado até ali. Logo está atravessando as ruas em que costumava deixar o carro quando trabalhava no jornal. No caminho, se dá conta de que pode ser interessante combinar de almoçar com Lorna em um lugar diferente, hoje. Não quer que o costume de ficarem trancados comece a encarcerá-los um no outro, sobrecarregando relacionamento. Disca o número dela. O celular chama três vezes e o sinal é interrompido pela gravação da caixa postal. Lorna recusa a ligação. Já deve estar na galeria.

No apartamento, quando volta, o quarto de casal está fechado. No quarto de hóspedes, o cavalete de Lorna apoia uma tela inacabada, só com os traços do grafite. O cheiro da terebintina do vidrinho e dos pincéis mergulhados é forte. Não quer correr o risco de acordar Lorna, irascível como ela levantou esta manhã. Procura alguma coisa para comer. Encontra um pote de isopor com o resto de um yakisoba ainda quente. Supõe que Lorna voltou cedo da galeria e almoçou sozinha no restaurante. Ele nem utiliza o prato para comer. Mata o resto do macarrão com a colherinha de plástico que vem dentro da sacola, direto no pote de isopor.

Passa o resto da tarde tentando escrever na máquina, que teve as peças de metal limpas e a fita bicolor trocada na loja do Ponto Cem Réis. É um dos dias em que mais solta a mão. Ouve um barulho vindo do quarto de casal e espera Lorna sair de lá. Não distingue mais barulho algum, como se ela tivesse apenas aberto a janela e voltado para a cama. Pensa em ir bater na porta do quarto, mas está inspirado ainda. Nem se levanta quando Lorna finalmente abandona o quarto e vai direto à cozinha.

Lorna ouve o barulho da máquina, sabe que ele está ali, mas vai direto à cozinha, e não o cumprimenta. Ele então sente que há algo de errado. Interrompe o trabalho e aguarda um pouco. Lorna continua lá dentro da cozinha. Ele se levanta da cadeira, espicha os ossos se alongando e estala os dedos das mãos. Na porta, encontra Lorna com o notebook dele na mão.

— Você viu que liguei várias vezes para o seu celular e não consegui falar com você? — ele pergunta, despistando, fingindo não notar a tensão que ela demonstra tentando ligar o computador numa tomada.

Lorna encara a tela do notebook, ainda em processo de iniciar. Trinca os dentes em silêncio. A mandíbula de Lorna se projeta junto com o queixo. A comissura dos lábios se curva para dentro como um sinal de parênteses invertido.

— O que foi? — ele torna a fingir, e torna a perguntar.

Lorna estende uma folha de papel, ele lê.

— Então é esse tipo de coisa que você anda escrevendo?

Lorna rasga a folha de papel e amassa as duas partes contra o peito dele. Tem a violência de um lutador que puxa uma briga, desferindo o primeiro golpe no oponente para que ele reaja. Ele dá dois passos para trás e os pedaços da folha de papel deslizam, indo cair embaixo do fogão. Segue Lorna, que atravessa o corredor feito um raio. Ela se desloca para a varanda e não se vira quando ele a chama pelo nome, assustado com aquela reação.

Lorna afasta a mão dele quando tenta apoiá-la no ombro dela. A rede está armada na varanda e ele tem que erguer o tecido para ficar perto de Lorna, que mantém o olhar fito em lugar nenhum. As pupilas estão dilatadas, perdidas em qualquer ponto do mar onde, à noite, ela diz ser capaz de ver as luzes dos lampiões que os pescadores levam consigo nas canoas, reluzindo como estrelas caídas.

— Não acha que tá exagerando, não? — ele diz. — São só lembranças. A maioria inventada. Por que você não atendeu minhas ligações mais cedo?

Lorna tenta conter a raiva.

— Não me parece invenção — Lorna diz, entre dentes.— É por isso que você anda tão concentrado ultimamente, vivendo nesse mundinho paralelo. Se trancando no banheiro, se vestindo diferente, como se Mayra ainda fosse um espelho que você se recusa a jogar fora. No fundo, você ainda não a esqueceu. Escreve sobre ela porque ainda gosta dela, não desapegou. Tá afundado nessa história até o pescoço.

— Não é nada disso, Lorna.

Ela afasta a mão dele que insiste em se apoiar no seu ombro, agora cravando as unhas na cicatriz da palma da mão. É uma parte sensível da pele e o contato com as unhas tem a dor de uma ferida aberta. Ele uiva. As unhas dela saltam como as de um gato e cravam agora no próprio braço. Lorna se arranha como se não tivesse controle do que está fazendo. Ele percebe, na mesma área da pele que ela agora arranha, antes oculta pela camisa de manga comprida que vinha usando, manchas de pequenos riscos, cortes discretos não tão antigos assim.

— Lorna, o que é isso? — ela cresce quando ele enfim a segura pelos ombros. Lorna julga que ele está prestes a sacudi-la, e se endurece como se avisasse que não permitiria tal coisa jamais. Ele sacode a cabeça como se repudiasse aquele pensamento. — Eu gosto de você. Não estou afundado em história nenhuma além da nossa, pelo amor de Deus! A gente passa o tempo todo juntos aqui nesse apartamento...

— Não faça disso um empecilho — ela diz, se esquivando dele e da rede, ameaçando ir embora.

— Lorna, quer se acalmar e aproveitar pra me dizer que negócio é esse aí no teu braço?

— Não é nada — ela responde, indignada, jogando-se no sofá e escondendo as marcas.

Ele ajeita uma cadeira que se deslocou durante a briga, pronto para sair da posição de inquirido para inquiridor.

— Responde. Que marcas são essas?

— Ora, você tem seus próprios cortes e cicatrizes. Me deixe com os meus.

Ele se senta no braço do sofá. Um equívoco. Está perto demais e Lorna reage se erguendo, tropeçando no tapete, caminhando sem direção e balançando as mãos irregularmente, ora arranhando os próprios braços, como se os coçasse violentamente, ora apertando-os. A pele está roxa com a marca de seus dedos.

— Tô me matando lá na galeria, aguentando a frustração de ver meu trabalho ser recusado, aí volto pra casa, e esse é o tipo de coisa que encontro na tua mesa.

Lorna está de costas. Ele tenta chegar perto, mas desiste e desliza para o sofá. Tem a impressão de que Lorna seria capaz, ou pelo menos teria a disposição, de pegá-lo pela gola da camisa, arrastá-lo até a varanda e empurrá-lo de lá, mas Lorna sai pisando forte para o quarto e se tranca novamente. Ele se desloca para respirar na varanda. Tem que decidir se deve seguir Lorna até o quarto ou esperar que ela se acalme sozinha, lá dentro. Esse tipo de briga é inédita entre os dois. Têm os terremotos deles desde que começaram a morar juntos, nenhum dessa magnitude. Lorna deixa mossas nos pulsos dele também. Ela nunca age com violência, mas o primeiro ataque vai longe. Lorna está cega de raiva e surda aos apelos. Ele resolve ganhar tempo. Caminha um pouco pela sala, tira o notebook da tomada e esconde junto com as novas páginas em que está trabalhando, que Lorna felizmente não tem o desplante de ir ler durante a discussão. Tenta salvar a página dividida em duas metades, atirada embaixo do fogão, na cozinha. Sente um misto de prazer e de ódio por si mesmo quando relê o texto. Convence-se de que o texto teve o poder de materializar Mayra em alguma forma física que voltou a habitar aquele apartamento e a premeditar as ações que levaram àquela briga. A folha de papel esquecida na mesa. O atraso no Centro da cidade. As chamadas que fez e Lorna não atendeu. O retorno de Lorna ao apartamento antes que ele chegasse. A leitura justamente daquele texto. Daquele exato texto.

Chama por Lorna na porta do quarto. Ela não responde. Desiste, por fim. Lorna não sai do quarto e a noite chega. Ele vai dormir no sofá e se dá conta de como as costas estão desacostumadas com o estofado. Só mesmo alguém tão empenhado em se autoflagelar como ele, nos primeiros tempos sem Mayra, poderia suportar uma madrugada de sono ou de insônia naquele sofá. Acorda no lado oposto àquele em que adormeceu. Não sente as forças restauradas. A vontade que tem é de permanecer a manhã inteira no sofá, aquele móvel parasitoide que dia após dia grudava nele, hospedeiro, e tirava suas forças.

Vai ao banheiro e percebe que a porta do quarto de casal está destrancada. Lorna não está lá dentro. O primeiro pensamento é de que ela foi realmente embora. Corre até o quarto vizinho para ver se as coisas de Lorna ainda estão lá. Todas estão, o que lhe dá um certo alívio, mas não prova nada. Lorna pode ter voltado para casa e só depois retornar para pegar suas coisas. Está desorientado. Caminha pelo apartamento maldizendo Mayra. Insultando Lorna. A mente se alterna entre as duas. Lorna e Mayra. Mayra e Lorna. Duas faces de uma mesma moeda rodando, de forma ininterrupta, testando sua sorte.

Senta na cama do quarto de hóspedes. O quarto de Lorna e do seu cavalete. O quarto que antes foi dos restos de Mayra, dos despojos da pouca vida que compartilharam. Fica observando a tela incompleta no cavalete. A cada relacionamento, está fadado a levantar-se da cova em que cada mulher o enterra depois de passar por sua vida. Ou seria o contrário? O que é cada mulher que amamos, cada relacionamento que vivemos, senão um morto-vivo, a viver-morrer cada vez que chega ao fim?

Ouve o farfalhar de sacolas de plástico na porta da frente.

Lorna.

Encontram-se na sala. Ele tem ganas de abraçá-la por voltar, por perdoá-lo, por não tê-lo abandonado mais uma vez. Ela, porém, mantém-se séria, segurando a sacola com pães quentes, o aroma de forno quente se desprendendo dali.

— Aquilo é só passado, então? — Lorna pergunta, ainda sem encará-lo, com os olhos no pão, como se eles fossem murchar dependendo da resposta.

— Lorna...

Ele a abraça, e ela relaxa como se todo o seu corpo tivesse se mantido inflexível até ali, um bloco de pedra rígido e inquebrantável.

Comem do pão e do café que ele faz, de novo do coador, como Lorna gosta. Dessa vez, ela bebe uma copiosa xícara e elogia, diz que está bom. Voltam para cama e dormem juntos durante toda a manhã. Ele acorda bem antes de Lorna. Tenta fazê-la despertar para o trabalho, mas ela diz que vai ficar um pouco mais na cama. É a primeira vez que os papéis se invertem e é ele quem insiste para que Lorna o acompanhe até a mesa. Não se sente no direito de cobrar nada dela. Lorna se vira para o outro lado da cama e ele prefere não começar outra briga.

A pergunta de Lorna sobre o passado ainda pesa na sala, sem nenhuma resposta.

Mayra terminou por telefone. Eu estava debruçado no parapeito da varanda, com o celular grudado no ouvido, numa posição decerto alarmante para quem olhasse para o alto e me visse naquele momento, mas a única posição que me permitia conciliar uma maior potência do sinal da operadora, uma menor incidência da brisa marinha na captação do microfone do aparelho e um médio risco do suicídio iminente (fosse ele voluntário ou não).

Examinando nossa relação em retrospecto, conhecendo Mayra da forma como eu a conhecia, não deveria me surpreender a maneira pouco cortês com que tudo chegava ao fim. Mayra me ligando como quem desmarca um compromisso ou um encontro, repetindo tudo o que tivesse que repetir caso eu não estivesse realmente escutando a sua voz, devido ao chiado.

Uma declaração formal, confirmada pausadamente, numa nova inflexão mais firme que nada tinha de exasperada, que tinha a textura inabalável de uma certeza, cada pausa tornando a decisão ainda mais calma, ainda mais obstinada.

Os dias se seguiram anestesiados pelo trabalho na redação. Uma única lembrança de Mayra era capaz de me demover do estado de apatia que o rompimento me provocou, e demorei a entender o sentido dessa recordação específica, tão banal, em meio a tantas outras potencialmente mais devastadoras que eu tentava, em vão, evocar ao longo da semana.

A imagem que me ocorria sempre, e que me desconcertava como se eu estivesse mais uma vez debruçado sobre o parapeito, obrigando Mayra a repetir a sentença final que eu preferia não ter ouvido duas vezes, era a dela diante do espelho do seu quarto numa dessas noites em que trocava de roupa infinitamente, descobrindo que mais um vestido sacado do armário já não lhe servia mais, ou por não caber em seu novo corpo ou por não ornar com o sapato comprado para aquela festa.

Mayra escolhia a roupa com a qual iria se maquiar, um vestido que por uma hora ou duas seria o eleito da noite, por decreto, mas que minutos antes de sair ela descartava sumariamente, com um breve olhar de desprezo dirigido ao espelho, escalando o Everest de outros vestidos atirados no colchão de sua cama e descendo de lá com uma outra peça, um troféu provisório, uma opção anteriormente rejeitada mas que agora, agora sim, era a sua escolha definitiva.

Eu, eu começava a pensar, eu era como um daqueles vestidos na mão de Mayra.

Duramos o tempo de uma maquiagem, Mayra e eu. O tempo que ela precisou para descobrir que estava pronta, e que tudo o que lhe restava fazer antes de ir embora era se olhar uma última vez no espelho e tirar do corpo tudo aquilo que, ela acabava de saber, já não tinha mais serventia nenhuma para o futuro.

Torna-se mais cauteloso com o que escreve, sempre às voltas com o receio de que Lorna se depare com os textos sobre Mayra. Conserva cópias datilografadas de outros textos, rascunhos tolos e triviais que deixa sempre à vista, embaixo da máquina de escrever ou dentro de uma pasta de couro que Lorna lhe deu de presente. O que escreve em segredo, nos cadernos, nas cópias datilografadas em apenas um lado da folha, esconde dentro de embalagens de papel A4, pacotes que ele volta a lacrar com cola e que nem parecem ter sido abertos. O notebook está agora em um desses pacotes.

Guarda o estoque dentro da estante da sala, num lugar em que Lorna não mexe porque conserva a própria coleção de moleskines e papéis especiais numa gaveta da mesa de escritório, no quarto de hóspedes. Lorna tem sempre à mão resmas de papel canson e couché, um material a que ela recorre cada vez menos, ao passo que dorme cada vez mais, queixando-se de uma enxaqueca que ataca todas as manhãs e persiste à noite, mal tendo ela saído da cama. Quanto menos pinta, mais a Lorna que ele conhece desaparece e dá lugar a uma Lorna zumbificada, distante e ferida. O ritual dos dois na escada é interrompido bruscamente na manhã ensolarada de um fim de semana.

— Tenho que terminar umas coisas aqui, você se importa? — ela o dispensa, deixando o quarto de casal e trancando-se no de hóspedes ainda com a roupa de dormir.

Ele vai à praia sozinho. Toda a rotina de atravessar a avenida e de se banhar no mar perde um pouco do sentido sem Lorna por perto. Subir e descer as escadas sem ela é um calvário. Sabe que Lorna não conseguiu convencer a preceptora a deixá-la participar da coletiva na galeria. Que precisa de um tempo sozinha para reencontrar a própria arte e readquirir a confiança no seu sonho. Mas ao chegar no apartamento o que ele encontra geralmente é uma Lorna deitada na cama, sem disposição. Toma então um banho frio e volta para a máquina de escrever.

A cama de casal já se impregna com o cheiro de Lorna. Um cheiro que não é mais dela nem da terebintina. Um cheiro que ele não conhece mais. A campainha toca numa manhã em que ele descansa da máquina de escrever e fica lendo aos pés de Lorna, mergulhada num sono pesado, na cama. Vai abrir a porta, uma nova porta que compraram numa marcenaria às margens da rodovia, voltando de carona no carro do marceneiro, que veio instalá-la. Pelo olho mágico, vê a síndica com a cara de esquilo, segurando um papel na mão na falta de uma noz.

Desde que chegou no apartamento e angariou a simpatia da síndica, é Lorna quem trata diretamente com ela. Ele se dá enfim a liberdade de desfrutar do título de *persona non grata* do condomínio em paz. Lorna assume o controle de tudo, das taxas do condomínio às reuniões. Mas agora, para infelicidade dele, a síndica bate à porta e Lorna está dormindo, não pode atender. Ele não tem escapatória.

— Bom dia — diz a síndica, antes que ele abra a boca.

— Oi — ele responde.

A síndica mudou desde a última vez que a viu. Ainda usa os mesmos tamancos barulhentos que deixam as panturrilhas salientes, mas substituiu a roupa de *jogging* por um macacão de malha azul com um decote que deixa entrever as dobras das axilas, duas bolsas lipídicas que lhe provocam engulhos do café da manhã solitário que tomou.

— Tudo bem com Lorna? — a síndica pergunta, inspecionando o apartamento por trás dos ombros dele.

Como sempre, ele tem que se colocar diante da síndica para que ela não entre.

— Nossa, como sua sala tá diferente. Bonita. Parabéns.

A roupa da síndica pode ter mudado, mas o senso do que é inapropriado continua nulo.

— Lorna está bem, obrigado — ele diz. — Dormindo, ainda. Mas posso avisar que você esteve aqui e pedir que ela passe no seu apartamento mais tarde.

— Ah... — ela lamenta, recuando um pouco e se equilibrando nos tamancos, se abanando com os papéis nas mãos.

— Esses papéis são pra gente?

— Ah, esses papéis... — a síndica parece se lembrar do porquê de estar ali, do motivo pelo qual bateu na porta dos dois. — Então, é uma nova fatura do condomínio, que tá um pouquinho atrasado de novo.

— Como assim tá atrasado?

— Ah, não há de ser nada — a síndica diz, entregando os papéis para ele. Antes que ele feche a porta, ainda arrisca: — Você manda um abraço pra Lorna?

Ele assente. A síndica aperta o botão do elevador. Continua falando enquanto espera a cabine:

— Posso dizer uma coisa? Ela é uma menina muito boa. Responsável. Gostei muito dela ter vindo morar aqui com você. É uma das melhores vizinhas que já tive. Muito simpática. Pena que não tenho visto muito nas últimas semanas. Aconteceu alguma coisa?

Ele conhece o tom da síndica, cheio de lacunas entre as frases. "Ela é uma menina muito boa, *ao contrário de você*. Responsável, *diferente de você*. Gostei muito de ela ter vindo morar aqui com você, *apesar de você não merecer alguém como ela, quem sabe ela não te dá um jeito na vida*. Ela é uma das melhores vizinhas que já tive, *nada parecido com canalhas como você que vêm parar aqui no prédio e se comportam como os pombos do teto, fazendo sujeira e cagando na cabeça de gente séria como eu*. Muito simpática, *direita, como tem que ser*. Pena que não tenho visto muito nas últimas semanas *para adverti-la sobre com quem ela está lidando*. Aconteceu alguma coisa? *Espero que você não a tenha matado. Todo mundo sabe que você é um doente e pode fazer uma besteira dessas qualquer momento*." Algo assim.

— Não, ela só está se sentindo meio indisposta e com enxaquecas.

— Enxaquecas? — A síndica parece um boneco de corda com o mecanismo acionado. — Eu já tive muita enxaqueca na vida. Peça pra ela passar lá no meu apartamento mesmo. Eu tenho um segredinho que é batata. Não falha nunca comigo. Desde que eu comecei a usar que dor de cabeça nenhuma me derruba e...

Ele bate a porta e dá duas voltas na chave para garantir.

Fica pendurado no olho mágico, certificando-se de que a síndica irá embora. Ouve um "grosso" precedendo o toc-toc dos tamancos e reverberando na cabine do elevador. O barulho dos calçados vai ficando mais difícil de se ouvir até que o silêncio domina o ambiente. Deixa os papéis perto dos moleskines de Lorna e volta à história que escreve, que vai avançando à revelia da leitura dela. A última embalagem de papel A4 está quase cheia. Lorna passa tanto tempo no quarto que ele já tem a liberdade de organizar os escritos na mesa, separando o que não tem qualidade do que acha que pode ser bom.

Aproxima-se a hora do almoço no chinês e Lorna ainda não se levantou. Acha melhor acordá-la. Abre a porta e ela está completamente enrolada nos lençóis, da cabeça aos pés, o ar-condicionado ligado no máximo. Desliga o aparelho e se senta na cama. Coloca a mão por baixo do lençol e procura a ponta do dedão de Lorna. O dedão está gelado, e ele o envolve com a palma quente da mão, com a sua cicatriz, dando voltas na ponta do pé, massageando. Lorna tem um pequeno sobressalto. Coloca a cabeça para fora do casulo. Parece um bicho da seda deixando o emaranhado dentro do qual atravessa todo o seu ciclo de vida, do nascimento à morte. Uma crisálida que ele acabou de romper, intruso. Passa as mãos pelas pernas de Lorna. Gosta de fazer isso desde a primeira vez dos dois naquela cama. Checa os joelhos. As coxas dela, que estão mais finas. Lorna emagreceu nos últimos dias, mas os pequenos entalhes no braço, aos poucos, estão sumindo. Lorna estira as pernas e as articulações estalam. Ela geme um pouco mais e se vira para o outro lado, com os olhos fechados.

— Uma manhã, ao acordar de sonhos inquietos, Lorna deu por si na cama transformada em um inseto gigante que não queria sair do casulo — ele diz, tentando acordá-la da forma mais doce que encontra.

Lorna nem muda de expressão. Puxa o lençol e se vira. Fica de bruços. Ele abre a janela para ventilar um pouco o quarto. Ela volta a dormir. Ele deita na cama, sobre o corpo dela, e a beija no pescoço, onde ela tem cócegas. Lorna dá outro gemido e dessa vez abre um pouco os olhos.

— Eu traria o café da manhã na cama, mas já tá na hora do almoço.

— Droga — ela resmunga.

— Vamos, eu te espero tomar um banho.

— Você vai, eu como qualquer coisa aqui — ela diz.

Senta-se à turca, os cabelos desgrenhados caindo por cima dos ombros.

— Vamos, Lorna, você precisa tomar um pouquinho de sol. Nunca mais fomos à praia. Você tá até pálida.

Ela se arrasta para fora da cama e ele começa a recolocar o lençol de elástico no colchão. Lorna o acusava de ter o sono inquieto, mas sempre que ele acorda, agora, o lençol amanheceu tão esticado quanto estava na noite anterior. Basta, contudo, deixar Lorna sozinha em seu cochilo matinal para que toda a cama se desfaça rapidamente.

Lorna se demora no banho. Ele bate na porta. Ela não responde. Ele insiste.

— Já vou! — Lorna grita, meio ríspida.

Lorna sai do banheiro com a cara amarrada e ele já está no sofá, impaciente. Os garçons podem estar fechando as portas do restaurante chinês a esta altura. Ela não se arruma muito. Coloca uma roupa que geralmente usa dentro de casa, calça as sandálias e apenas desembaraça os cabelos, que de tão molhados deixam em sua blusa uma colina úmida invertida.

O chinês ainda não está fechado. Há duas mesas juntas, ocupadas por estudantes de um cursinho pré-vestibular que acaba de abrir por perto. Ele se aventura no self-service por força do hábito, enquanto Lorna se serve das únicas coisas que vai comer ao longo do dia: um rolinho primavera passado e dois sashimis do bufê japonês do restaurante. A falta de apetite de Lorna os obrigou, há muito tempo, a parar de pedir o menu à la carte. Não levam mais o restante da comida para jantar no apartamento. A comida sempre estraga no outro dia.

Ele se serve fartamente de frituras. Está correndo todos os dias na praia, pelo menos uma hora, e não precisa mais se preocupar com os quilos a mais. Várias vezes tenta arrastar Lorna para as corridas. Na primeira vez que ela foi, caminhou a maior parte do tempo. Ele ia e voltava no calçadão, batendo palmas quando passava por ela, incentivando, mas Lorna desdenhava e nunca mais concordou em acompanhá-lo.

— Você precisa se alimentar melhor, Lorna — ele diz, ao sentarem.

— Tô cansada dessa comida.

— Se você quiser a gente pode pensar em outra coisa. Procurar um PF aqui pelas redondezas, uma comida mais caseira. Talvez fique até mais barato no final.

— Pode ser — ela confirma, desinteressada.

— A propósito, a síndica apareceu hoje lá no apartamento cobrando o condomínio.

Lorna continua brincando com um pedaço de rolinho primavera que boia no recipiente com molho agridoce.

— Eu te dei a minha parte, não foi? — ele continua. — Você esqueceu de pagar esse mês?

— Vou ao banheiro — ela diz, cortando a conversa e levantando abruptamente.

Ele paga a conta do restaurante e voltam para casa depois que Lorna retorna do banheiro. Ela se senta no sofá, imersa em seus pensamentos, e depois na varanda, de onde ele a perde de vista, concentrado no trabalho. Lorna não se sentará à mesa naquela tarde. Nem se sentará diante do cavalete, no quarto. Ele está absorvido demais na escrita para chamá-la. Quando vai à cozinha passar um café, Lorna já está no quarto, o ar-condicionado desligado. Está deitada na cama, com a barriga para cima, olhando o teto. Ele se aproxima e alisa os seus cabelos. Lorna está ardendo em febre.

— Lorna, você está se sentindo bem?

Ela nada responde.

— Vou buscar o termômetro agora.

Ele acha o termômetro na farmacinha, que Lorna abastece com idas esporádicas à drogaria. Encontra cartelas do antidepressivo, que ele deixou de tomar há meses, com alguns comprimidos faltando. Suspeita que foi Lorna quem os tomou. Sente-se culpado por ter descuidado dela. Por ter sido negligente e deixado aqueles remédios ao seu alcance, permitindo que se automedicasse daquela maneira. Leva o termômetro para o quarto e enfia embaixo das axilas dela, sem mencionar a descoberta. Aguarda um pouco.

— Você já tava nesse estado hoje de manhã?

— Só um pouco entrevada — Lorna diz.

— Poxa, você devia ter me falado.

Lorna deita de lado e puxa uma almofada, para ficar entre as pernas. O termômetro marca 38 graus. Ele não tem a mínima ideia do que o número quer dizer. Uma febre alta, até então, para ele, só é alta quando os médicos ou alguém diz que é.

— Quantos graus? — Lorna pergunta.

— Um pouco acima dos 38.

— Não é tão alta — ela diz. — Deve ser besteira.

— Bom, eu vou trazer algo pra você beber. Vou trazer umas compressas também. Deve ser alguma virose.

Põe água na chaleira para aquecer. Procura um antigripal na farmacinha. Lastima ter ligado o ar-condicionado à noite, com Lorna provavelmente já gripada. O sentimento de culpa e negligência se alastra em uma só torrente.

No quarto, pede que Lorna se endireite na cama. Tira a almofada que está nas pernas dela e apoia nas costas. Lorna bebe um pouco do chá fazendo cara feia e ele deixa a xícara ao lado da cama. Arruma um lençol limpo e cobre os pés de Lorna. Fica sentado segurando sua mão e só solta quando lembra que deixou a chaleira esquentando mais água para as compressas.

Uma toalhinha de rosto seca no varal, com um cheiro agradável de amaciante. Lorna está cochilando. Embebe a toalha na água quente, torce o pano para tirar o excesso, dobra e pousa delicadamente sobre a testa dela. Os olhos de Lorna se entreabrem. Ela respira pausadamente. Troca as compressas a cada dez minutos. Lorna cai no sono. Cogita ligar para a mãe dela. Não tem a mínima ideia do que fazer se a febre piorar.

Resolve se desobrigar de escrever naquele dia. Fica lendo até o entardecer ao lado de Lorna, na cama, verificando a febre periodicamente. A temperatura está inalterada e ela dorme profundo. Anoitece e não há mais luz alguma para ler. Transfere-se para a sala e fica com os ouvidos atentos a qualquer indicativo de que Lorna despertou. Lendo no sofá, ele adormece e tem pesadelos com Lorna. Sonha que, numa madrugada, enquanto os dois dormem, ela se levanta, vai até o armário da cozinha e procura uma faca meio cega, com a ponta meio torta, que raramente usam. Acorda sem saber o que Lorna iria fazer com aquela faca, no sonho. À porta do quarto, pergunta se ela está bem. Lorna responde que sim, com a voz meio mortiça. Diz que vai chamá-lo se sentir alguma coisa.

Ele recolhe todos os materiais improvisados de enfermaria, enfia a xícara de café quase inteira na bacia com a água e enxuga com a toalhinha o próprio rosto, suado do pesadelo. Precisa preparar o jantar dos dois. Está com muita fome, mas imagina que Lorna, apesar de não ter comido quase nada no almoço, está sem apetite. Abre o armário e encontra suco de caixinha e algumas sopas em pó que Lorna gosta de tomar, que parecem fáceis de fazer. Leva a sopa em uma tigela, o suco em um copo. Lorna mal toca na comida.

Ela está mole na cama, mas bem menos quente. Faz com que Lorna beba todo o conteúdo do copo de suco. Prepara o seu próprio jantar e come. Sente falta do macarrão requentado do chinês. Espia Lorna, que cochila. Está quieta. Retorna para a leitura e adormece no sofá. Não consegue vigiar Lorna de madrugada.

Não se lembra mais de nenhum outro pesadelo envolvendo os dois.

No sonho, uma crosta verde se formava embaixo da torneira e nas bordas do ralo da pia. Eu tentava esfregar com a superfície dos dedos e desejava firmemente unhas maiores que as carcomidas pelo hábito de roê-las. O lodo dava novas cores ao branco riscado pelas marcas enferrujadas de um vazamento que eu não sabia como consertar. Abria o registro e a água escorria gelada pelas minhas mãos. Atirava um pouco na face e molhava os cabelos. Usava os dedos como pente. Evitava me encarar no espelho, então abria o armarinho e encontrava um feixe de grampos de Mayra. Passava a achar esses grampos nos lugares mais inusitados e mais banais, marcando a página de um livro, fixado feito mastro em um sabonete, na fresta entre a mesa de canto e a parede, na lateral do colchão e debaixo da cama.

Pegava um grampo e raspava a gosma da pia.

Acordava ou me olhava no espelho.

De algum lugar de dentro dele, Mayra me espreitava escondida, com olhos de fome.

CONTINUA OBRIGANDO LORNA a tomar os antigripais mesmo depois que a febre passa. Recuperada, ela permanece na cama e pede que ele leve alguns livros para o quarto. Separa uns livros de arte e os volumes do curso de desenho. Ele retoma a rotina, entre sessões de escrita à máquina e corridas no calçadão da beira-mar. Nos intervalos, abastece Lorna com a comida que traz em marmitas. Ela come pouco e não tira os livros do lugar. O aspecto está mais saudável, mas os olhos estão meio baços. Lorna está constantemente despertando de um sono de décadas.

Só se levanta da cama no terceiro dia depois do acesso de febre, dessa vez bem cedo, e diz que vai dar uma volta na praia. Ele se oferece para acompanhá-la, mas ela recusa a companhia. Quer ficar um pouco sozinha ou deixá-lo um pouco sozinho, depois de três dias em que é praticamente alimentada na boca.

Lorna volta antes que o sol fique mais forte, com os restos de um sanduíche que levou embrulhado. Termina o sanduíche no prato, sem sentir o sabor, deixando migalhas no sofá. Ele lava a louça na pia. Torce para que ela não caia no sono novamente. Espiona Lorna enquanto enxuga os talheres, com os panos de prato na mão. Lorna assume o lugar dela na mesa de trabalho. Ele comemora em silêncio aquela vitória e se apressa para guardar os pratos e acompanhá-la.

Lorna faz rabiscos nas bordas do moleskine. Desenha as escadas helicoidais que se multiplicavam nos quadros dela. Quando preenche toda a borda, recheia o miolo do caderno. Brinca com linhas que vão se transformando em degraus. Dá forma a homenzinhos sem rostos, tão diminutos quanto perfeitos, que sobem e descem as escadas em fila. O trabalho é bonito e caprichoso. Lorna é uma artista e imprime o talento dela em tudo que faz. Ele para de datilografar por um momento para admirar os traços. Finge ler o que ele mesmo escreve. Lorna completa a página do caderno e passa para outra folha, que enche com luminárias brilhando vividamente no papel.

Os passeios solitários dela, na praia, se tornam um hábito. A irritabilidade de Lorna passa. Ela para de pintar no cavalete, mas preenche moleskines e mais moleskines com formas aleatórias que dançam no vazio, se movimentam diante dos olhos e vão se transformando de formas abstratas a figurativas. A tranquilidade dela tem um ar cansado. Lorna se recolhe muito cedo para o quarto, como um pássaro. Os horários dos dois já não batem e eles passam a se cruzar na casa como dois desconhecidos.

Encontra a fatura do condomínio atrasada na pilha de moleskines de Lorna. Já estão em um novo mês e a fatura não foi paga. Ele puxa o papel e os cadernos tombam, revelando desenhos de Lorna inéditos para ele. Há alguns muito mais sombrios que os que ele a vê esboçar na mesa. Folheia as páginas dos moleskines e há areia entre eles. Então Lorna está desenhando também nos passeios matinais à praia. As escadas, homenzinhos e flores góticas dão lugar à imagem de um mar agitado com ondas bravias. Sente uma angústia inexplicável vendo as paisagens feitas com caneta rollerball preta, com linhas cabeludas e fortes, que impõem um baixo relevo na página. A tinta cola e decalca no verso da outra página.

Reagrupa os moleskines para Lorna não perceber que ele mexeu ali. Fica com o papel do condomínio nas mãos. Lorna volta da praia e lhe dá bom-dia.

Ele a abraça e a traz para o sofá.

— Aconteceu alguma coisa?

— Tipo...? — diz Lorna.

— Tipo, por exemplo... — ele tenta formular a pergunta mentalmente, pisando em ovos, sem querer ser indelicado — ... você ficar sem dinheiro pra pagar o condomínio?

Lorna pousa a bolsa que leva a tiracolo numa cadeira e solta a mão dele.

— Não aconteceu nada — Lorna diz. — Eu só me esqueci de pagar mesmo.

— Certeza, Lorna?

- Claro, você acha que eu desviaria tua parte do dinheiro ou mentiria pra você por causa disso?

A mandíbula dela começa a se projetar. Mau sinal.

— Lógico que não — ele já sabe como lidar melhor com a situação. Precisa afastar qualquer suspeita de que esteja cobrando algo. — Não teria nenhum problema também se você tivesse ficado sem o dinheiro da tua parte. Era uma coisa que poderia se arranjar perfeitamente. Mexeria um pouco com o nosso esquema, mas...

— Hum. A questão toda é de "esquema", então? — ela diz, apática.

— Não, claro que não. Eu até poderia pagar sozinho, poxa, é só que...

— Você lembra de como tava tua vida antes de eu aparecer?

Ele para um pouco e respira.

— Olhe, eu não tô querendo brigar, sério.

— Então não brigue. Deixe isso aí que mais tarde eu pago.

Lorna apanha uma toalha na área de serviço e se tranca no banheiro para um longo banho. Ele larga o papel da fatura dentro da bolsa dela, que se pendura no espaldar da cadeira. Durante toda a tarde, Lorna não sai de casa. Ele não a procura à noite. Só na manhã seguinte, ela surge e lhe dá um beijo na face. É uma trégua. Ele se desarma. Conversam sobre as saídas dela para a praia.

— Não rola nada de mais — ela diz. — Eu apenas me sento na areia e fico vendo o mar até o sol começar a me incomodar.

Antes que possa abordar o assunto dos desenhos, o telefone celular dela toca. Lorna rejeita a ligação. Imediatamente, é o celular dele que começa a tocar. Dona Lúcia, claro.

Lorna não quer atender a mãe.

Ele estranha a reação e atende.

— Vocês nunca mais vieram me visitar — cobra Dona Lúcia.

Promete que vão em breve.

Dona Lúcia pergunta por que o celular de Lorna está sempre desligado quando ela telefona e se a filha está por perto.

— Está tudo bem com ela?

Lorna se afasta e gesticula. Não quer falar com a mãe, mas ele não sabe mentir para Dona Lúcia. Já está se despedindo dela e passando o telefone para Lorna em meio aos gestos afoitos.

Lorna bate o pé, emburrada.

— Oi, mãe — atende, em tom de enfado.

Lorna vai para o quarto com o telefone e fecha a porta. Ele não consegue ouvir a conversa, que dura alguns minutos. Quando Lorna sai do quarto, cheia de má vontade, entrega-lhe o celular de volta.

— Ela quer falar com você.

Apanha o telefone.

— Lorna está bem mesmo? — pergunta Dona Lúcia, do outro lado da linha. — Estou achando ela um pouco desanimada.

Ele tenta afastar as preocupações. Conta da febre que ela teve. Talvez Lorna se sinta ainda um pouco frágil. Dona Lúcia o repreende por não tê-la avisado. Faz com que ele prometa que vai ligar imediatamente se algo do gênero acontecer de novo. E que vão visitá-la no próximo domingo. Não podem deixar de visitá-la no próximo domingo. Sem falta.

Confesso que eu ainda alimentava a esperança de que tudo fosse se resolver quando Mayra me telefonou novamente perguntando se podia vir ao apartamento buscar suas coisas. Dias antes de terminar, ela havia reunido todos os seus pertences espalhados e transferido para o quarto de hóspedes, uma mudança que só fui notar depois que já estava feita e que cheguei burramente a pensar que era o feliz preâmbulo de sua saída definitiva da casa dos pais. Ela iria finalmente se mudar para o meu apartamento, o nosso apartamento.

Como um moribundo redigindo o seu testamento, porém, Mayra cuidava do fim da relação planejando toda a burocracia posterior ao desfecho muito antes de dar o ultimato. Na surdina, tinha feito a seleção para um programa de trainee em São Paulo e acabava de ser classificada para a segunda fase das provas, algo que só fui saber àquela altura, depois de ter sido dispensado. A ironia era que o programa de trainee era justamente em São Paulo, e caso fosse aprovada, Mayra iria me trocar pela mesma cidade da qual um dia renunciei para ficar com ela.

Mayra chegaria ao apartamento dentro de uma hora para recolher suas coisas. Ela não tinha carro, e perguntei se não queria que eu a buscasse e ajudasse a levar tudo de volta para a casa dos pais. Não pretendia facilitar a sua saída de minha vida, mas sim ganhar um pouco mais de tempo com aquela oferta.

Antes da notícia da aprovação, Mayra não me dera nem um motivo suficientemente honesto para o nosso rompimento. Se o problema era o deslocamento para São Paulo, ora: eu estava disposto a voltar para lá e retomar os contatos que deixara pendentes quando saí. Obviamente, Mayra intuiu os riscos de aceitar a minha ajuda com o carro e os seus pertences, e o perigo de ter uma conversa mais demorada olho no olho. Agradeceu polidamente a oferta e disse que já tinha *alguém* que podia ajudá-la com aquilo.

Eu não sabia se era o esforço em tornar gentil aquela recusa, mas Mayra deixava escapar que por trás daquele *alguém* havia muitos significados ocultos.

Fiquei por mais ou menos uma hora na varanda, esperando pelo carro de *alguém* deixar Mayra na calçada do meu prédio com uma pontualidade incomum para os hábitos de sua passageira. O carro era um sedã prateado, e dificilmente imaginava *alguém* muito jovem dirigindo um carro enorme daqueles, o que diminuiu minhas ansiedades.

Era bastante improvável, mas talvez o próprio pai de Mayra tivesse trocado de carro e a estivesse ajudando, fazendo as pazes agora que sabia que a filha, em breve, poderia ir embora para outra cidade se livrando de outro namorado vagabundo do qual não gostava.

Me plantei na varanda até ouvir o interfone, mas apenas Mayra desceu do sedã, que se manteve estacionado na frente da guarita do prédio e não baixou sequer os vidros, mantendo-se hermeticamente fechado e termicamente isolado do calor daquele sábado.

Fazia uma semana que Mayra me deixara, mas já parecia outra pessoa. Tinha pintado os cabelos num tom de vermelho à Jessica Rabbit e bastava imaginá-la banhada por alguma luz, com um pouco mais de maquiagem e uma roupa diferente da que ela então usava (mais casual, mas nunca inteiramente casual – o que era quase o seu lema ao se vestir no dia a dia), para se ter a visão exata do que o senso comum chamaria de uma "mulher fatal", bem ali na minha frente.

A impressão era reforçada por alguma obliquidade em sua atitude, um menosprezo quase geométrico, que se irradiou em tangentes quando a recebi na porta e não pude evitar que se encaminhasse direto para o quarto de hóspedes, onde foi dispondo seus objetos pessoais em folhas de papelão que havia trazido debaixo do braço e que milagrosamente ela transformava em caixas sob meu olhar incrédulo, tentando adiar o momento em que ela me deixaria ali, alegando a falta de algo que pudesse comportar tudo dela que ficaria para sempre comigo.

Talvez tenha sido uma reação física àquele menosprezo, aos cabelos vermelhos ou ao próprio afã de então ajudá-la de uma vez por todas a se extirpar de mim – quem sabe com um pouco de autossacrifício eu não acabaria oferecendo a minha própria carne para ela, e algo de mim ficaria pelo menos nas suas unhas quando ela fosse embora –, mas logo era eu quem estava despejando o meu ódio naquelas caixas, os presentes dados por Mayra, as recordações (todo amor tem a sua infância, e eu fui uma criança colecionando relíquias dentro das gavetas), trocando gritos com Mayra, protestos contra Mayra, até que todo o nosso passado pesou sobre os seus braços, e antes mesmo de esvaziar todo o quarto, antes mesmo de levar todas aquelas caixas para o elevador, ela largou todo aquele arquivo morto no corredor e deixou o apartamento de mãos vazias, se enfiando na cabine do elevador que ainda estava parado no andar, sem que eu tivesse tempo de detê-la.

Voltei para a varanda e vi mais uma vez o sedã prateado estacionado lá embaixo, *alguém* esperando lá dentro que Mayra descesse com as caixas que acabava de abandonar pelo corredor.

Mayra despontou lá embaixo, pela escadaria da guarita, de mãos vazias, os cabelos vermelhos em convulsão. Até que as portas do prédio e do sedã se abriram ao mesmo tempo, e do sedã prateado *alguém* jovem demais para dirigir um carro daqueles saiu de lá e amparou Mayra, conduzindo-a pela calçada.

Uma mulher muito bonita, mais ou menos da sua idade, que a colocou dentro do carro e, pouco antes de abrir a porta do motorista e arrancar dali, olhou para o alto com seus óculos escuros e me viu, na varanda do sexto andar, com os ombros curvados pela derrota.

É UM SACRIFÍCIO FAZER LORNA levantar da cama no dia da visita à casa da mãe. Lorna veste jeans e não há como não notar que a calça está folgada na cintura. Ele empresta um dos cintos e uma das camisas de estampa para que ela coloque por cima, cobrindo a fivela. Lorna se perde dentro da camisa. Está miúda e tem o aspecto doentio, mas a cartografia de cortes e arranhões no braço parece ter se apagado definitivamente. No caminho para o ponto de ônibus, ela vai parando para dobrar as barras das calças, que ela pisa e estraga com a parte de trás dos coturnos.

— Você tá tão magrinha que Dona Lúcia vai achar que tô te matando de fome — ele diz.

— Não exagera.

O ônibus demora mais ainda aos domingos. O dia é quente e Lorna se abana com a palma das mãos. Ele compra uma água-de-coco em uma banquinha do outro lado da avenida. Saem de casa sem tomar café para chegar cedo e dar a Dona Lúcia o prazer de lhes servir um lauto banquete. Lorna puxa um dos canudinhos do coco e beberica.

— Tá azedo — ela diz.

— Nem achei.

O itinerário da linha não passa tão perto da casa de Lorna. Vão ter que caminhar sob um sol infernal. No ponto de espera, Lorna sua em bicas e pede que ele se coloque entre ela e o sol, bloqueando a claridade enquanto o ônibus não chega. Ele sugere que Lorna se sente por trás do painel de propagandas, único lugar onde faz alguma sombra. Lorna recusa a sugestão para ficar ali, protegida do sol pelo corpo dele. Ele brinca se deslocando ora para direita, ora para esquerda. Ela o acompanha com o corpo. Na terceira vez que faz isso, ela lhe dá um tapa no ombro e pede para ele parar. O ônibus surge no horizonte e algumas pessoas que estão esperando pela condução nas guaritas dos prédios, a uns cinquenta metros da calçada, aparecem correndo. Dão com a mão e o ônibus para. Lorna se sente um pouco tonta e ele a segura pelo ombro.

— Tá tudo bem — ela diz, e volta para a pequena fila que se forma na parte de trás do veículo.

Mal sobem e o motorista já acelera. Ele tem tempo de segurar firme nas barras, fixando o corpo para que Lorna tenha onde se apoiar se se desequilibrar. Lorna, no entanto, consegue se agarrar na estrutura que abriga o cobrador, o infeliz que dá o sinal para que o motorista parta sem que os passageiros tenham todos subido. O cobrador bate com uma moeda de um real na barra de ferro, provocando um som que retine nos ouvidos dos passageiros. Lorna lança um olhar de ódio para o cobrador.

Pagam a passagem e passam na roleta. Vão cambaleando até achar um lugar. Ela se senta na única cadeira vaga, atrás dos assentos para idosos. Ele viaja de pé e se curva um pouco para dar um beijo na cabeça de Lorna, mas o carinho passa despercebido pelos solavancos do ônibus. Ao lado dela, senta-se um homem de meia-idade de camisa regata e trajes de banho. O homem desce no ponto seguinte. Lorna se desloca para perto da janela e tenta abri-la. Força o trinco, mas a janela não se move. Ele a abre com uma só mão, antes de se sentar.

Do ponto onde descem, são alguns quarteirões até a rua de Lorna. Seguem de mãos dadas pela calçada. Veem as pessoas passando com as bicicletas rumo à beira-mar e os moradores das imediações já quase nus, com cadeiras de praia dobráveis nas costas e guarda-sóis já abertos, fazendo graça. As crianças de sunga correm perigosamente no meio da rua, ainda sem muito movimento de carros. Na altura do Bar dos Homens, Lorna começa a passar mal de novo. O bar está fechado, mas é possível entrar na área coberta, que abriga cadeiras de plástico encaixadas umas dentro da outras, envolvidas por uma corrente de ferro nos mastros de madeira da varanda. Encosta Lorna na coluna de cadeiras e pega uma folha de papelão que protege o topo para abaná-la. Não deviam ter saído de casa sem comer nada. Não em um dia tão quente. Lembra que há uma padaria por perto e recomenda que Lorna fique onde está, não se mova por nada. Corre para comprar uma barrinha de cereal e uma água. Lorna está plantada no mesmo lugar, com as mãos jogadas por cima da cadeira do topo. Ele abre a embalagem da barrinha e tira um pedaço para que ela mastigue. Ela morde e cospe.

— Que porcaria — diz.

— Açúcar, Lorna. Sua glicose deve ter baixado.

Lorna aceita a água, tenta abrir a tampa da garrafa plástica, mas não consegue. Ela desensaca a camisa e enxuga a garrafa. Tenta girar a tampa com as mãos envolvidas no tecido. Inútil. Ele tenta fazer o mesmo. Sem sucesso. A garrafa passa de mão em mão até que conseguem abri-la.

Lorna toma metade da garrafa de um só gole.

— Vamos agora — ela convoca.

— Tem certeza de que não quer ficar na sombra mais um pouco?

Lorna lhe puxa pelo braço.

— Já estamos perto, não tem necessidade.

Da esquina, veem a casa de Dona Lúcia, com o muro de tijolos aparentes e o primeiro andar. O quarto de Lorna está com as janelas abertas, como se ela ainda morasse lá. Pelas colunas vazadas da varanda, entreveem prateleiras e caixas depositadas, onde antes ficava instalado o ateliê.

A campainha da casa ainda está quebrada e ele usa a ponta da chave do apartamento para fazer barulho no portão. Para a surpresa dos dois, o portão se abre automaticamente.

— Veem? Finalmente eu consertei — diz Dona Lúcia do outro lado, com o controle na mão.

— Agora que eu não tô mais aqui pra abrir a porta, né, mãe? — diz Lorna, dando um abraço nela.

— Como você tá magrinha, minha filha, eu tô com medo até de te quebrar — comenta, sorrindo.

Ele sabe que olhar de mãe é infalível. Lorna parece mesmo quebradiça. De uma hora para a outra, vem a súbita impressão de que algo muito errado aconteceu com ela embaixo do seu nariz e não teve a sensibilidade de perceber. Mães conhecem dessas coisas. Dona Lúcia não vai perdoá-lo.

— Minha filha, faz séculos que você não dá notícia.

— Eu bem que falei pra ela deixar o celular ligado, Dona Lúcia — ele diz, dando um abraço na sogra. — Mas sua filha anda meio teimosa, mais do que o normal, eu diria.

Dona Lúcia chama os dois para dentro. Ele vai entrando e Lorna se detém um pouco na beira da piscina. Dona Lúcia modificou a configuração dos móveis dentro da sala e a estante com a televisão está agora em uma parede mais distante da escada. Os quadros também mudaram de lugar. Estão agora na sala de estar, de frente para a Bíblia aberta na estante.

— Mudou os móveis, Dona Lúcia? — ele pergunta, caminhando pela sala que parece até ter ficado mais espaçosa.

— Sim — ela contorna o móvel de centro. — Achei que assim ficava mais ventilado.

Não vê o menor sinal do irmão de Lorna. A porta do quarto está fechada. Deve estar dormindo ainda. Apoia os braços na meia parede que divide a cozinha da sala de jantar. O cheiro do café de Dona Lúcia chama à mesa. Dona Lúcia abre alguns potes de biscoito.

— Cadê Lorna?

— Vou ali chamá-la — ele avisa, seguindo para a garagem.

Lorna está de pé na frente da piscina, olhando para dentro d'água. Deve estar se lembrando do pai.

— Sua mãe tá chamando — avisa, envolvendo a cintura de Lorna cuja circunferência agora lhe permite quase duas voltas com um só abraço.

— Diz a ela que eu já vou.

Tenta enxergar na piscina o que Lorna enxerga. Mas a lembrança é só dela. Inacessível para ele. Volta para dentro da casa e senta à mesa. Dona Lúcia não irá se aquietar até que os dois estejam lá, se refestelando. A mãe de Lorna fica indo e voltando do fogão, com a xícara diminuta de café numa mão e o cigarro aceso na outra.

— E a menina, como vai? — ela começa.

— Meio aérea, Dona Lúcia, pra falar a verdade.

A mãe coloca a cabeça para fora da cozinha e vê se Lorna já vem.

— Ela não vem?

— Ela disse que já vinha. Deve estar com saudades da casa.

— Ela tá tão magra. Aliás, vocês dois estão — recomeça a mãe. — O irmão dela também, por mais que coma não sai daquele corpo.

— Ele não acordou ainda?

— Ele tem me ajudado com a cozinha e com as vendas desde que Lorna saiu. Eu tive uma conversa com ele. "Veja o exemplo da sua irmã", eu disse. "Ela tá correndo atrás das coisas em que ela acredita, já até saiu de casa. Você não devia ficar pra trás." Tá dormindo agora, daqui a pouco acorda — Dona Lúcia traz para a mesa um bolo pronto que acaba de tirar do plástico — Eu me preocupo com Lorna. Eu pensei que ela ia desandar quando o pai morreu, e ela tem sido uma fortaleza desde então. Eu também tento ser. Mas só eu sei como é difícil não me deprimir, sozinha aqui nessa casa. Vocês dois são jovens. Sei que estão lutando com essa ideia maluca de ser artista, cada um do seu jeito, e que precisam se trancar um pouco. Mas vocês quase não saem. Quase não vêm mais aqui. Isso não deve fazer bem pra nenhum dos dois — Lorna aparece por trás da meia parede. — Senta, minha filha — Lorna dá um sorriso singelo. — Eu tava falando que vocês precisam vir aqui com mais frequência, eu tava ficando com saudades.

— Não foi por falta de insistência minha, Dona Lúcia — ele se defende, buscando a cumplicidade de Lorna.

Ela se serve um pouco de cada coisa que está na mesa. Não vai comer quase nada, mas pelo menos está se esforçando para não preocupar a mãe.

— E quando é que você vai fazer um outro quadro pra mim? — Dona Lúcia apoia a mão no ombro da filha.

— Estou tentando terminar um — murmura Lorna.

— E você — Dona Lúcia beija a filha e se volta para ele. — Aquela máquina de escrever que vocês levaram daqui, ainda dá vencimento?

— E como dá, Dona Lúcia — diz ele, engolindo o que está comendo. — Tenho me dado muito bem com ela.

— Se dá melhor com a máquina que comigo, mãe.

— Tenho certeza que não é assim, minha filha — Dona Lúcia contemporiza. — Não seja injusta.

Lorna o olha cinicamente. Dona Lúcia larga a filha, vai até a porta que dá para o quintalzinho e fica fumando o seu cigarro, usando a xícara como cinzeiro.

— Bons esses biscoitos aí? Estou pensando em revendê-los também, mas... não sei ainda se...

— Aprovados — ele diz.

Para surpresa dele, Lorna come todos os que coloca no prato.

— Certo — Dona Lúcia diz. — Vocês levam um lote deles hoje, então.

Terminam de comer em silêncio e Dona Lúcia os chama para o primeiro andar, para verem como ficou o ateliê de Lorna depois da reforma que o transformou em depósito. Dona Lúcia instalou prateleiras na parede ao fundo, onde coloca os suprimentos mais leves. As sacas de milho, mais pesadas, ficam ainda no antigo quartinho do térreo. É mais prudente, já que subir e descer a escada é meio inviável com peso das caixas. O quarto de Lorna está do mesmo jeito, com os painéis de fotos nos seus lugares. Lorna se senta e fica examinando as coisas dela. O olhar perdido, o mesmo que dirige para a sala do apartamento, a varanda, o mar, a piscina, todas as coisas ultimamente. Começa a acreditar em Dona Lúcia. O isolamento está afetando Lorna.

Descem do quarto porque o irmão de Lorna acaba de acordar. Lorna o abraça demoradamente e fica assistindo ao rapaz tomar o café. O mesmo olhar vago, sem significado. Montam uma mesa de plástico na beira da piscina e Dona Lúcia traz uma garrafa de refrigerante. No isopor, algumas cervejas. É a primeira vez que produz fogo rapidamente na churrasqueira. Espeta algumas linguiças e dá início ao churrasco observando mãe e filhos conversarem. Lorna vai se animando e logo é aquela Lorna por quem se apaixonou na viagem para a serra.

A hora do almoço se aproxima e Dona Lúcia vai preparar o salpicão. Lorna não quer entrar na piscina. Entram ele e o irmão dela. Ficam um na frente do outro sem dizer uma palavra, já que é Lorna quem faz a ponte entre os dois, normalmente. Ele pergunta das entregas, de como está sendo ajudar Dona Lúcia com o negócio. O irmão de Lorna responde a tudo monossilabicamente. Aliviam-se quando Lorna se senta na beira da piscina, com a cerveja na mão.

Na rua, o domingo avança cheio de música alta e de vizinhos gritando uns com os outros pelos muros.

Na hora da sesta, Dona Lúcia quer armar a rede, mas Lorna prefere dormir no próprio quarto. Sobe antes dele, sem chamá-lo para ir junto. Ele a encontra lá em cima, rearranjando um espelho na parede. Ele se senta na cama e espera que Lorna se deite. Ela, porém, se senta na cadeira da escrivaninha, ao seu lado.

— Lorna, que tal se viajássemos novamente? — tem a ideia ao mesmo tempo que a propõe, em voz alta. Lorna fecha os olhos e boceja. — Te vejo tão triste pelos cantos, tão diferente da Lorna que eu conheci, da Lorna daquela viagem... — Ela se mantém calada, de olhos fechados. — Você se arrepende do passo que a gente deu?

Lorna abre os olhos agora.

— Não é nada disso — ela diz. — Pensei em uma coisa hoje. Eu não me sinto mais em casa por aqui. Tudo parece muito pequeno. Como quando você reencontra a casa em que viveu durante toda a sua infância. Mas eu nem vivi aqui na infância e morava nesse quarto até alguns meses, lembra?

Ele assente e puxa Lorna para a cama.

Ela se deita ao lado dele e ele se aninha em torno dela.

— Mas podia ser bom a gente viajar — diz Lorna depois de um tempo, como se cedesse só para retomar o fio da conversa.

— Sua mãe não emprestaria o carro dela? — ele pergunta.

— Acho difícil. Ela precisa do carro pras entregas. Mas posso falar com ela se você quiser.

— Não sei — ele boceja. As pálpebras pesam. — Pensando melhor, talvez não seja boa ideia. Não teríamos condições de compensar sua mãe caso acontecesse algum problema com o carro.

Adormece antes de Lorna. Quando acorda está sozinho no quarto, cercado pelas fotos dos murais. Rola ainda um pouco na cama antes de descer. Já está escuro, mas nada impede que passem a noite ali. Desce a escada com cuidado. Todas as luzes estão desligadas e ele nunca encontra facilmente os interruptores naquela casa. Apenas a luz do quarto de Dona Lúcia está ligada, e dá para ouvir a voz de Silvio Santos narrando alguma pegadinha e a risada alta da mãe e dos filhos, fazendo eco à gargalhada e aos bordões do apresentador. Não quer interromper o momento de intimidade familiar. O domingo está fazendo bem a Lorna, fica feliz por isso. Pega um copo com água na cozinha. A dinâmica dentro do quarto não se altera com a movimentação na cozinha, e imagina os três deitados na cama de casal da mãe, cada um embaixo de uma asa da grande ave, assistindo à televisão. Decerto uma cena bonita. Vai se aproximando do quarto, dá umas batidinhas na parede e pergunta se pode entrar.

— Você precisa ver isso — diz Lorna, do computador, apontando para a televisão ao lado da cama onde estão deitados a mãe e o irmão.

Quando entra, vê Ivo Holanda em mais uma enrascada. O irmão de Lorna dá gargalhadas enquanto o pobre homem clama pela ajuda da produção.

— Ele sempre se dá mal — diz Lorna.

Ela está consultando a internet no computador de Dona Lúcia. Aproxima-se e uma das abas de acesso é rapidamente fechada.

— Eu tava vendo o e-mail — ela diz, tentando despistar.

Ele recua incomodado com a atitude.

Dona Lúcia registra a cena e coloca panos quentes.

— Não acham melhor irmos todos para a sala? Estava pensando em fazer pipoca.

— A minha eu quero doce! — comemora infantilmente o irmão de Lorna.

Dona Lúcia sorri. Vão todos assistir ao Programa de Silvio Santos no sofá da sala.

— Pelo jeito vamos dormir aqui hoje, né? — ele pergunta para Lorna.

— Tudo bem pra você?

— Tudo bem — ele diz.

Dona Lúcia traz dois baldes de pipoca. Um dos baldes divide com o filho, o outro deixa para Lorna e para ele. Silvio Santos continua o mesmo de sempre, conduzindo quadros idênticos aos do programa antigo, com o microfone chumbado no peito. Só parece mais velho e mais libertino.

No intervalo, Dona Lúcia se lembra do ódio que o pai de Lorna tinha em vida pelo apresentador.

— Ele preferia mil vezes o Faustão.

— Só havia alguém que ele odiava mais que o Silvio Santos: o Roberto Carlos — acrescenta Lorna.

O irmão de Lorna fica calado, com a boca cheia de pipoca.

— Mais refrigerante, filho? — pergunta Dona Lúcia.

Ele não consegue distinguir com quem Dona Lúcia está falando. Sente-se em casa ali. Parte daquela família. Estende o copo e aceita o refrigerante de bom grado. O irmão de Lorna adormece no colo da mãe antes que o programa termine. As mãos sujas de sal seguram a barra do vestido de Dona Lúcia, que afaga os cabelos do filho. Recolhe as bacias de pipoca e os copos para lavar na cozinha.

Lorna se dirige à mãe.
— E a inscrição dele no vestibular?
— Não fiz. Seria dinheiro jogado fora.
— Mas mãe...
Acha melhor deixar as duas a sós e lavar também as louças que restam do almoço, junto com os baldes de pipoca. Lorna está preocupada com o irmão, que não passou no primeiro vestibular e, no ano do segundo, largou o cursinho. A mãe evita o assunto. Acorda o filho para levá-lo para a cama e impedir que Lorna retome a discussão.
— Você trata ele como uma criança, mãe.
Dona Lúcia acende um cigarro. Ele sente o cheiro da cozinha. Lorna sobe a escada. Ele ganha ainda um tempo arranjando as louças no escorredor.
— E você, moço, saia dessa pia agora mesmo! — reclama Dona Lúcia, da sala.
Enxuga as mãos e vai até lá, sorrindo.
— Lorna subiu, Dona Lúcia?
— Deve ter ido dormir. Nem deu boa-noite — resmunga.
— Ela é assim mesmo. Bom, boa noite para a senhora — ele diz.
Dona Lúcia se levanta, afasta o cigarro do corpo e lhe dá um abraço maternal.
— Que bom que vocês estão se dando bem, apesar de tudo.
Ele sorri para ela e sobe a escada. Encontra Lorna trocando de roupa. Veste um baby doll puído, de quando era adolescente. Uma das poucas peças que não leva para o apartamento porque não cabiam mais nela. Agora que emagreceu, ficam no tamanho ideal do seu corpo.
— Você quer que eu peça uma bermuda do meu irmão pra você vestir? — Lorna pergunta, olhando para a roupa dele.
— Não, tudo bem, eu me viro com a que eu usei na piscina.
A bermuda de náilon estendida na janela já está seca. Lorna liga o ventilador. Deitam-se.
— Enquanto você dormia eu acessei a internet — diz Lorna.
— Eu vi isso.
— Fazia tempo que não conectava.
— Sei.
— Pensei sobre aquela viagem que você propôs. Recebi um e-mail sobre um outro festival aqui perto. Tão organizando uma van. O que você acha?
— De quem era o e-mail?

— Uma lista que eu assinava.

— Hum.

Lorna ainda está tensa com a questão do irmão. Ele não quer puxar briga nem se indispor com ela depois da discussão com a mãe.

— Ótimo — ele diz. — Você acha uma boa ideia a gente ir?

— Eu só pensei — diz Lorna.

— Pode reservar lugar. Você conhece o pessoal da van?

— Mais ou menos.

— Legal.

Dormem abraçados, mas acordam virados, cada um para um lado da cama.

A rua de Mayra estava mudada desde a última vez que passei por ali. O entroncamento que tornava todo o caminho mais difícil estava fechado. Não havia mais a fila de carros esperando que os motoristas que viessem na mão contrária desacelerassem e dessem a vez. Desci a ladeira a meia velocidade, evitando que a casa surgisse de supetão na minha frente. As narinas inflavam. O sangue corria o corpo como um caldo envenenado.

Depois da primeira lombada, tive o vislumbre do final da rua e do início da Pedro II. Depois da segunda lombada, estava na frente da casa de Mayra, também mudada como o resto da rua. A pintura ia agora do branco esmaecido para um verde reluzente, destacando uma faixa pendurada na entrada com os anúncios da oficina de artesanato da mãe e do aluguel de quitinetes para os estudantes. O sedã prateado estava estacionado muito junto do muro, sobre a calçada, impedindo a passagem dos pedestres. A placa era de outro estado. Ninguém que não estivesse frequentando a casa de Mayra estacionaria ali daquela maneira, bem debaixo da placa de proibido estacionar.

Os pensamentos me fustigaram como os faróis dos veículos que subiam na mão contrária. Fiz uma curva rápida e estacionei na clínica médica da esquina. Todas as vagas estavam desocupadas no horário. Manobrei o carro para colocá-lo de ré, de modo que conseguisse vigiar a casa, com o portão fechado e uma única luz iluminando o terraço. Sabia que teria pouco tempo até que o vigilante da clínica estranhasse minha presença e viesse verificar o que era que eu fazia dentro de um carro parado no estacionamento, com os faróis desligados e o motor funcionando.

Na outra calçada, porém, o vigilante não se movia, sentado em uma cadeira de plástico com o encosto virado para a frente. Inclinava-se perigosamente no encosto que se vergava ao peso dos seus bíceps, menos musculosos do que gordos. O vigia sentava-se de forma desengonçada, como um homem-feito montando em um pônei, e mexia no celular, bovinamente compenetrado.

Abri o porta-luvas do carro e conferi se o canivete suíço estava ainda ali. O vigilante cochilava na outra calçada com o peito esparramado na cadeira e os braços relaxados, os bíceps como dois pudins molengas.

Me imaginei vandalizando aquele sedã, aquela casa onde não era mais bem-vindo. Simulei tantas vezes os rasgões nos pneus e na faixa pendurada que fiquei exausto só de pensar, e a ideia já não me pareceu mais tão tentadora. Dei a partida no carro e passei em frente à casa de Mayra mais uma vez. Tudo permanecia inalterável. O horário de pico do trânsito passava. Gravei mentalmente as letras e números da placa do carro, só por garantia, e voltei para o apartamento.

A excursão é logo mais, à noite. Vão embarcar na van estacionada em um posto de gasolina no cruzamento da Epitácio com a Ruy Carneiro. Precisam ir de ônibus até lá. Quando Lorna ligou para combinar o preço, prometeu um adicional na volta para que o motorista deixasse os dois na porta do prédio. Ele está otimista com a perspectiva de cair na estrada com Lorna novamente, agora sem a responsabilidade e os riscos de dirigir. Podem se divertir à vontade, beber à vontade, sem nem precisarem se manter despertos no retorno. Podem dormir um no ombro do outro e só acordar já entregues, na frente do prédio.

Às dez da manhã, deixa Lorna dormindo e vai tirar o dinheiro para a viagem no caixa do banco. O pacote que compram com a empresa de turismo inclui ida e volta na van, além dos dois ingressos para a pista do centro de convenções onde acontece o festival. É um evento meio tradicional no circuito de bandas alternativas da região. Vão na primeira noite, mais pop, em que um show internacional abre tradicionalmente a programação. Os Guillemots vêm para a primeira turnê no Brasil.

Separa a roupa que pretende vestir à noite. Uma calça meio baixa e uma blusa preta que nem é tão justa nem tão folgada. Lorna dorme até a hora do almoço e não está preocupada em se preparar para o passeio. O único comentário que ela faz a respeito da viagem é na cama, na noite anterior, quando ele sugere que saiam com uma certa antecedência para comprar bebidas no supermercado. Lorna diz que não há pressa, que podem muito bem se dar ao luxo de conseguir bebidas no posto de gasolina. Vira-se para dormir, dando um boa-noite que bate na parede e ricocheteia de volta, na cara dele.

Ele ainda pretende escrever um pouco mais antes da viagem. Está prestes a concluir o que começou meses atrás. A viagem será também um prêmio pelos meses de empenho nisso, no que quer que isso venha a se tornar. Põe o ponto final na história pouco depois do almoço. Lorna está no banho. Ele aproveita a ausência dela para juntar as últimas páginas datilografadas ao arquivo secreto que permanece guardado nas embalagens de papel A4, junto com o notebook, camufladas no estoque da estante. Quando voltar passará tudo para o computador.

Está eufórico quando Lorna sai do banho.

Ela fica se arrumando dentro do quarto a tarde toda. Quando se aproxima a hora de pegarem o ônibus, ele abre a porta e flagra Lorna sentada na cama, mexendo no celular. Fecha a porta, não sem antes olhar com gravidade para ela. Demora-se no banho. Sai perfumado e com a firme determinação de não se estressar com Lorna.

Ela o observa. Ele pergunta o que é e ela balança a cabeça, com um ar de indiferença, voltando para o quarto, onde se tranca novamente. Ele fica esperando por Lorna na sala, preocupado com a hora. Senta na rede da varanda para tomar um vento e não suar a camisa, o que é impossível com o calor que faz, apesar do sol já se pondo. Tira a camisa e estende no espaldar de uma das cadeiras. Inclina-se no parapeito da varanda e recebe a pouca brisa que vem da praia. Quando já está prestes a bater na porta do quarto, Lorna sai de lá bonita como há muito não a via, com os velhos coturnos à mostra. Lembra-se de uma Lorna que vaga com ele pelos bares do Centro da cidade em um passado nem tão distante. Elogia Lorna e veste a camisa para irem embora.

— Espera, ainda tenho que me maquiar — Lorna diz, abrindo uma bolsa diante do espelho da sala.

— A gente vai se atrasar, Lorna.

— Não vai — ela diz. — Tem sempre um ou outro que se atrasa mesmo e o motorista costuma dar essa margem de tempo antes de sair com a van.

Ele volta a tirar a camisa, contrariado. Fica sentado na rede vendo Lorna se maquiar, outra coisa que ela não faz há muito tempo. Lembra-se de Mayra no carro, com a mania de descer a viseira do banco do carona para se olhar no espelho e passar o lápis de olho enquanto ele manobrava por avenidas cheias de declives e bocas de lobo, com medo que ela furasse a própria íris com o lápis. As duas se alternam na lembrança e ele se sente confuso. Lorna termina a maquiagem. Passa um batom muito vermelho e esfrega os lábios um no outro. Parece mais corada com o blush. As texturas da roupa que escolhe a deixam menos magra. Por alguns segundos, antes de pegarem o primeiro ônibus que aparece no ponto, poderia afirmar que, antes de sair do quarto e se postar diante do espelho, Lorna trocou de lugar com aquela presença material de Mayra, que se escondia ainda em algum lugar do apartamento e agora embarcava ao seu lado no coletivo.

A van está estacionada em uma ruela por trás do posto de gasolina, um ponto estratégico onde ficam alguns dos táxis que transitam durante o dia, da Praia ao Centro. Dentro da loja de conveniência, encontram uns casais com bolsas térmicas depositadas em cima das mesinhas de alumínio da lanchonete. Um sujeito muito jovem sai para fumar perto das bombas, ignorando o perigo. Nenhum frentista o repreende.

— Se tudo isso vai se explodir por causa desse moleque que pelo menos estejamos bêbados — ele diz a Lorna, tentando animá-la.

Compram um pequeno suprimento de cerveja. Ele abre o freezer e saca duas long necks da marca de que Lorna gosta. Mostra as garrafas para o caixa já abrindo a sua.

— Tem que pagar primeiro — avisa o caixa.

— Sem problema — ele diz. — A gente pode continuar bebendo dentro da loja?

— Por mim, tudo bem — responde o caixa, indiferente, esfregando os códigos de barras das cervejas em uma máquina leitora —, desde que paguem primeiro.

Aproximam-se de uma das mesinhas e cumprimentam os casais que estão sentados. Lorna dá um gole da cerveja e olha para além da vitrine, fora da loja, como se procurasse alguém. Ele termina a long neck muito antes do previsto e vai ao freezer pegar outra. Lorna conversa com uma das meninas da mesa, que tem uma enorme tatuagem de diamante no pescoço. Só quando ele termina a sua segunda long neck é que Lorna termina a primeira. De comum acordo, decidem que ela será a guardiã de todo o dinheiro que levam. Transfere todas as notas do seu bolso para o de Lorna e fica só com o cartão do banco.

Mais pessoas chegam para a van. A garota com o diamante tatuado no pescoço conhece o grupo que chega. Um deles é o seu namorado, um cara grande que tem uma barba de bode descendo quase até a altura do peito. No rosto, porém, na altura das bochechas, a barba foi escanhoada com esmero. É um publicitário ou coisa assim. A garota com o diamante tatuado trabalha em uma loja no shopping. A turma aumenta e eles são todos apresentados. Lorna aparece com outra cerveja na mão e cumprimenta todo mundo. Todos estarão na mesma van dali a minutos.

Chega a hora da partida. Ele conta o número de pessoas aglomeradas. Treze, no total. A van tem quinze lugares e faltam, portanto, duas pessoas. Vão para o beco onde o veículo está estacionado e ficam esperando os retardatários. Além do rapazinho que não para de fumar à distância e do casal, há cinco caras que parecem de uma mesma família. Descobre que são, na verdade, de uma mesma banda. Foram eles que contrataram a van e estão com uma lista numa prancheta, fazendo a contagem das pessoas pelas cabeças que despontam dos bancos. Há também um segundo casal, bem mais jovem que o resto. Eles são mais reservados, mas não tímidos. Têm aquela empáfia natural de uma certa idade, de se achar melhor do que o resto do mundo, sobretudo se o mundo for uma van com um monte de gente meio velha e estranha. Foram os primeiros a entrar. O motorista é um sujeito bonachão, que veste a camisa da empresa de turismo e conhece alguns dos passageiros que estão sentados no banco da frente, com a lista. O rapazinho fumante está no seu terceiro cigarro, perto da porta. Faltam ainda as duas pessoas. Alguém saca o celular e liga para os faltantes. Descobre que eles estão em um táxi, no meio do congestionamento. Vão chegar em quinze minutos. Na Epitácio, os carros estão parados do outro lado da pista, esperando o fim do mundo.

— Pega eles no meio do caminho — o rapazinho sugere.

— O acesso para a rodovia fica muito perto daqui — diz o motorista —, não vamos chegar nem próximo ao táxi no meio desse congestionamento.

— Era só uma brincadeira — o rapazinho diz, baixinho, em meio a baforadas.

Tomam um susto quando um táxi estaciona bem do lado da van e descem de lá dois ex-colegas do jornal. São os passageiros que faltavam. Trabalham na televisão: ele no marketing, ela na produção. Estavam trabalhando até aquele horário, razão do atraso.

Lorna sorri para eles.

— Todos prontos? — pergunta o motorista. — No meio do caminho, eu vou parar em um outro posto de gasolina pra gente fazer uma pausa. Será a única parada durante toda a viagem. Peço que vocês usem o banheiro lá nesse posto e comprem o que quiserem. Podem escolher o que botar no DVD — os passageiros da fileira da frente tiram uma valise da mochila —, só não entra forró. Mas duvido que vocês gostem. De resto, vamos aproveitar. Aqui estão as pulseiras — e distribui as pulseirinhas rosas que vão usar durante no festival. — Boa viagem pra nós.

— Não tinha pra homem? — pergunta o rapazinho.

Os caras da banda vão passando os DVDs musicais, dizendo em voz alta os títulos para submeter a uma votação. Todos parecem ser referências obscuras que só eles mesmos conhecem. Quando falam em Black Rebel Motorcycle Club o publicitário de barbicha atrás diz "opa!".

— Esse aí eu comprei enganado achando que era o Black Label — diz um dos caras.

Só o publicitário entende a graça. Alguns franzem a testa e o publicitário explica que o Black Label Society é uma banda de heavy metal criada pelo guitarrista do Ozzy Osbourne. A Black Rebel Motorcycle Club é a que vão ver agora no DVD.

— São bem diferentes.

O DVD começa a rodar e é de um show de uma turnê pela Alemanha, Irlanda e Escócia. A primeira música se chama justamente *Berlin*. Não dá atenção ao vídeo. Lorna parece gostar. A van corre pelo lado livre da Epitácio e embica para a rodovia.

— Tá muito alto pra vocês? — pergunta o motorista.

Está, mas ninguém ousa dizer nada. Lorna se põe a par das novidades do jornalismo com a ex-colega da televisão. Ele não está interessado em saber de nada, mas tem que ouvir as últimas. Quem mais foi dispensado no passaralho de demissões. Quem está comendo quem. Por sorte outras pessoas conversam. As histórias se cruzam como o som da banda Black-alguma-coisa no contrafluxo da rodovia. Ele repara no jeito como o motorista dirige a van enquanto Lorna resume o trabalho dela na galeria. O rapazinho fumante está meio inquieto, na fissura de fumar outro cigarro. O ar-condicionado está em um nível bom e o casal meio besta conversa baixo, falando das expectativas do show mais obscuro da noite. A ex-colega da televisão segue perguntando sobre a demissão dos dois e Lorna acha educado continuar respondendo.

O DVD está se repetindo e as conversas desanimaram, quando o motorista resolve fazer a parada prometida no posto.

— Quinze minutos, galera.

O rapazinho fumante saca um cigarro de maconha do bolso.

— Isso pode? — pergunta a ex-colega do jornal, discretamente.

— Pode acender, motô? — pergunta o dono do baseado.

É o máximo de cautela que se pode exigir de alguém que não vê problemas em fumar dentro de um posto de gasolina.

— Só durante a pausa, pra não dar problema lá na frente — diz o motorista.

O dono do baseado abre a janela, dá uma tragada funda e passa pro vizinho, que também traga. O baseado roda e vai parar na mão dele. Por que não?, ele pensa, encorajado pelas cervejas que bebeu, e dá um trago fundo, sem se importar com a expressão de repúdio de Lorna, que até fumaria, mas acha aquilo errado da forma que está acontecendo, em uma van também com gente careta, que não fuma. Ele ainda comete o erro de oferecer para ela, que recusa peremptoriamente. O publicitário se levanta e pede o baseado. Uma brasa cai no colo de Lorna.

— Porra, desculpa — diz o publicitário.

Lorna se emputece mas não diz nada. O cheiro de maconha sobe nas duas fileiras de trás. A garota com o diamante tatuado abre a janela e abana, para a fumaça sair. Até o casalzinho caçula metido a besta está fumando.

— Isso chega até aqui de novo? — pergunta um dos passageiros da frente.

O cigarro volta para a frente e ele aproveita para dar mais um trago no caminho, a despeito da reação de Lorna e dos ex-colegas do jornal. Lorna está corada, o rubor de sua vergonha ou de sua raiva combinando com o vermelho do rosto dos dois ex-colegas, que também estão prestes a perder a paciência. Os passageiros da frente só têm tempo de mais uma rodada até o motorista tomar a guimba da mão de um deles.

— Era só o que me faltava, o motorista também fumar — diz o ex-colega.

Mas tudo o que o motorista faz é apagar a brasa no cinzeiro da van e devolver a bagana para o rapazinho.

— Agora só lá no festival, ok? — diz, e volta a acelerar o carro.

Como o cigarro foi e veio, as conversas agora vão e vêm, da frente da van para a parte traseira, e os assuntos apenas resvalam nele, em Lorna e no grupo de ex-colegas do jornal. O publicitário tem uma bolsa térmica em que guarda umas cervejas e compartilha, querendo retribuir o cigarro. Nem Lorna nem os ex-colegas aceitam. Ele resolve pegar uma, só para limpar a barra de todos. Parece funcionar, porque voltam a ser incluídos nas conversas. Aos poucos recuperam o moral que até o casalzinho metido a besta lhes roubara entre a turma. Arrepende-se por não ter ido urinar no posto. Bebe muita cerveja e já se sente um pouco alterado. Lorna não para de falar com a ex-colega, sem fazer questão de disfarçar que o está desprezando muito, por aquilo e por tudo o mais.

Que noite estranha, ele pensa. E decide que a primeira medida ao chegar no festival é desaparecer com Lorna, se ela permitir, de perto de todas aquelas pessoas.

O centro de convenções fica no campus de uma universidade, em um bairro distante da outra cidade. O congestionamento na chegada é grande, mas já calculado. Estão adiantados uma hora. As primeiras atrações são mais fracas e ninguém se importa em perder. As últimas bandas são as mais aguardadas, e dificilmente eles vão sair do festival antes do último show, de madrugada.

Parados em meio a uma fila de carros, o motorista explica as regras do retorno:

— Qualquer um que se desgarrar do grupo e não aparecer na volta vai ter meia hora além do horário combinado para se apresentar. Essa é a tolerância máxima. Depois disso, cada um que se vire. Por causa disso, o pagamento da van vai ter que ser deixado comigo antes de vocês entrarem no festival.

Lorna tira algumas notas do bolso e entrega para o motorista. A van vai lentamente chegando mais perto do centro de convenções.

Pessoas descem dos carros para ir andando até a entrada. O motorista sugere que façam o mesmo e diz que vai deixar a van no estacionamento por trás do centro de convenções. Os passageiros da frente descem e a porta corrediça da van se abre. O rapazinho fumante acende de imediato um novo cigarro.

Ele dá a mão a Lorna, que a segura resignadamente. Os dois ex-colegas permanecem perto deles. O publicitário e a menina com o diamante tatuado ficam remexendo a bolsa térmica, antes de descer, atravancando o caminho dos dois adolescentes enjoadinhos.

Distanciam-se e perdem quase todos de vista. Lorna, contudo, acha melhor voltar e registrar o número do motorista no celular, já que não salvou o contato da primeira vez que ligou, do apartamento. Combinam que vão encontrar os ex-colegas na frente do centro de convenções. Cruzam com a garota da tatuagem e o publicitário de barbicha quando voltam para a van, parada no meio do trânsito. Veem os dois estranhinhos atravessando a fila de carros e caminhando pelo outro lado. Lorna não lhe dirige a palavra por todo o percurso. Pega o número do motorista e seguem, junto com uma fauna de outras pessoas que coalham o gramado do campus. Gente predominantemente jovem e em grupos, com latas de cerveja na mão e um sentimento de rebanho à procura de uma fonte de água, migrando todos para um mesmo lugar. Guiam-se pelos dois canhões de luz que se movem alternadamente, iluminando a nuvem de poluição que cobre a cidade à noite. O campus fica no caminho de um aeroporto e imagina os pilotos dos aviões se deparando com aqueles dois focos luminosos nas nuvens. O campus é bem arborizado, com árvores de copas largas e raízes em que tropeçam abrindo atalhos por entre o bosque. Fogem dos carros a espreitá-los, das buzinas rugindo feito leões no estouro da manada.

Na rampa do centro de convenções, um batalhão de garotas-propaganda de uma operadora de celular, com roupinhas coladas laranjas e pernas à mostra, distribuem abanadores da marca, tentando atrair a atenção de filas que se formam entre as bilheterias e os portões do festival. Localizam os ex-colegas que os estão esperando conforme o combinado, na frente do centro de convenções. Nenhum dos ocupantes da van está perto deles.

Ele está apertado e quer saber urgentemente se há banheiros para se aliviar antes de cruzar os portões. Pergunta e todos dão de ombros. Avisa a Lorna que vai procurar a informação e pede para que ela vá localizando o portão de entrada.

As garotas-propaganda o presenteiam com um abanador.

— Você quer participar da nossa campanha?

— Não, eu só quero saber onde é o banheiro.

A garota-propaganda olha com uma cara feia e aponta para o lado da rampa. Não vê banheiro algum por ali, mas resolve seguir a indicação da moça. Cai em um jardim com a grama meio esturricada. Avista finalmente uma dezena de banheiros químicos contornando a área do centro de convenções, a muitos passos de onde as pessoas se aglomeram. Quando consegue chegar lá, tem uma visão do estacionamento já meio lotado e do lugar onde as vans ficaram paradas. Os banheiros estão meio sem função ainda, e poucas pessoas passam perto deles. Entra em uma cabine ainda muito limpa. Urina, jogando o abanador que a garota-propaganda lhe dá de cortesia dentro do buraco aberto, com uma mistura química que cheira a chiclete, o mijo molhando a logomarca laranja da operadora de celular. Imagina que esses banheiros vão ficar muito mais sujos no final do festival, quando todo mundo tomar o rumo para as vans.

Volta para a frente do centro de convenções e reencontra Lorna e os outros.

— Que demora — Lorna reclama.

— É longe pra caramba — ele diz.

As filas crescem e pegam o final de uma delas. Ninguém na fila, porém, usa a pulseirinha da mesma cor que a deles. Perguntam que fila é aquela e descobrem que é a da bilheteria. O ex-colega vai até o fim da rampa ver como a multidão está se organizando. Quase não há fila para quem já tem as famigeradas pulseirinhas rosas.

Os casais se separam no momento da revista. Elas vão para a direita, onde mulheres com luvas pretas revistam as bolsas; eles para a esquerda, onde dois brutamontes sem luva apalpam os homens. Reagrupam-se já no saguão do centro de convenções, um hall circular com um jardim interno no meio, por onde durante o dia deve entrar uma luz natural muito bonita. As pessoas se espalham por ali, um lugar imenso, dividido em vários ambientes.

Há na entrada um balcão de informações com pessoas trajando o uniforme do festival. Uma tenda onde o público é convidado a fazer alguma macacada na frente de uma câmera, tudo para ver sua imagem digitalmente transportada para um cenário animado, reproduzido em um telão.

Circulam pelo jardim interno e veem o portão de um teatro, separado do hall por duas cortinas que balançam pela ação do vento que entra pela abertura do teto. Há tendas e mais tendas por ali. Tendas de venda de camisas oficiais do evento. Tendas de venda de discos das bandas que estão se apresentando. Tenda de venda de bottons. Tenda de venda de comida e, finalmente, a tenda maior e mais procurada. A tenda da venda de bebidas. Ao lado do banheiro. Ele grava bem a direção dessa.

Os shows no teatro ainda não começaram. O espaço tem grande capacidade e não há lugares marcados. Ao longo do hall, diversos pufes foram espalhados. O público se joga e fica esperando a programação começar. A decoração é moderninha, obedecendo ao padrão laranja da operadora telefônica, uma das patrocinadoras do evento. Lorna e a ex-colega se sentam em um dos pufes. Ele e o outro ficam de pé olhando o movimento. Toca a música alta de um clipe exibido em telões sincronizados. Ele não consegue ouvir o que Lorna e a ex-colega conversam. Está curioso, mas não consegue se concentrar em nada.

O hall vai ficando pequeno para o número de pessoas e algumas entram no teatro. O telão anuncia o primeiro show. Permanecem ali nos pufes. A primeira banda é irrelevante. Lorna e a ex-colega olham para um lado, onde identificam rostos conhecidos que não são os de passageiros na van, mas de gente que também pegou a estrada para o festival. Estão em outra cidade, em outro estado, mas há tantos conhecidos que é como ir a um show no Centro Histórico. Só é possível mesmo mudar de ares se enfiando em um carro e dirigindo quilômetros a mais, como fizeram da outra vez. Lembra-se das pessoas que conheceram na outra viagem, das promessas que fizeram de entrar em contato com elas, que nunca se concretizaram. Quer cutucar Lorna e fazer essa observação, mas Lorna está absorta no meio de outra conversa. É uma má ideia escolher justo um festival daquele tipo para se divertir. Não vão conversar, não vão se reconectar. Mas o que fazer? Ir a uma praia? Já não moram ao lado de uma? Não têm a oportunidade de conversar e se conectar diariamente, dentro do apartamento? Quem sabe Lorna não se empolgue muito mais em recuperar a conexão com o mundo ali? Recuperar a conexão que perdeu com o mundo a partir do momento que passaram a morar juntos?

Todas essas questões passam pela cabeça dele e a única resposta que lhe ocorre é comprar mais cerveja. Pede que Lorna lhe dê um pouco do dinheiro que ela guarda. Lorna não ouve quando ele tenta mexer os lábios. Há um retardo entre o que pensa, a voz que sai e o movimento da boca. Repete que quer o dinheiro. Lorna lhe devolve o dinheiro e pede que compre uma cerveja para ela também.

A tenda das bebidas tem um atendimento péssimo. Compra-se uma ficha de um lado e só com a ficha o sujeito que abre o freezer pode servir as cervejas do outro lado. Não seria mais simples dar o dinheiro diretamente ao sujeito do freezer? Abre uma das cervejas e fica um tempo olhando Lorna de longe. Passeia os olhos pelo telão e vê a abertura do show da bandinha insignificante.

Mais pessoas afluem à entrada do teatro. Perto do balcão de informação, mais gente da cidade. Gente do jornal agora. Gente que trabalhava com ele na época do jornal. Dá outro gole na cerveja. Sente uma pressão no ouvido como um avião que perde altitude. Aviões como os que passam toda hora por cima do centro de convenções, duelando com os dois canhões de luz nas nuvens poluídas, por cima de todo esse verde. Inclina a cabeça e mastiga. A pressão passa como se a cabeça esvaziasse. Deve estar bêbado ou a maconha finalmente fez o seu efeito porque ali, entre a gente que vê se aproximar do balcão de informações, com uma pulseira de uma cor diferente da dele e uma máquina fotográfica muito maior do que ela pendurada no peito, pensa reconhecer Mayra. Mayra encostada no balcão. Mayra escondida atrás de uma câmera fotográfica esquadrinhando cada canto do hall.

Dá outro gole na cerveja. Lorna já não está mais sentada no pufe, mas em pé com os dois ex-colegas. Lorna também parece dar pela presença de Mayra, e imediatamente olha para ele, e os olhares se cruzam e ela sabe que ele sabe. Ele parte para o encontro de Lorna com a cerveja na mão e o desafio de arrastar o grupo para dentro do teatro enquanto Mayra ainda está na entrada, fotografando a tudo e a todos. Lorna nota a pressa.

— Que tal se a gente entrasse no teatro? — ele diz, apertando o braço de Lorna com as mãos geladas pelo contato com a cerveja.

— Não estou muito a fim de ver esse show — Lorna o repele, o afasta. — Vamos ficar aqui por enquanto — ela diz, e volta a se sentar confortavelmente no pufe.

Pode não ser apenas uma fantasia. Porque Lorna parece saber o que está acontecendo. Lorna quer dar tempo para Mayra se aproximar. Quer ver quem dos dois vai falhar primeiro. Quem dos dois vai dar o braço a torcer. Pode não ser coisa da sua cabeça, Mayra ali. Ele olha para o olhar passivo-agressivo de Lorna e olha para a entrada do hall, e pensa estar vendo Mayra com sua bermuda curta, pernas brancas à mostra, a bolsa da câmera muito maior que ela à tiracolo, rolos e mais rolos de filme lá dentro, filtros e lentes de câmeras que ela troca com uma habilidade descomunal, flashes iluminando as pessoas que passam, todas as pessoas que param, pedem para olhar a foto, conversam com ela, fazem uma selfie com ela, enquanto ela anota alguma coisa em um bloquinho, e volta a fotografar obsessivamente, como um cíclope, um olho só que gira e gira e logo também vai pousar sobre eles.

Ele pressiona as têmporas.

— Vamos, Lorna.

— Qual é a pressa, porra?

O casal de ex-colegas se vira perplexo e ele também senta no pufe ao lado de Lorna. Talvez assim se esconda, talvez assim diminua a probabilidade de ser visto por Mayra. Lorna se vira. Põe o cotovelo nos joelhos, apoia a mão no queixo e espera. Espera até que a comitiva do jornal os veja e venha cumprimentá-los. Ele termina a cerveja. Os ex-colegas acenando. "Vocês por aqui também?". Amassa a latinha com raiva e a cicatriz da palma da mão lhe dói. Mayra não veio junto com o comboio, não está mais em lugar nenhum. Mayra está morta, e ele respira aliviado quando todos seguem para o teatro.

Tenta segurar o braço de Lorna, mas ela o dribla. Ele olha para trás e pensa ver Mayra, não, com certeza, vê a turma de amigos de Mayra, os de sempre, mauricinhos e patricinhas flanando pelo circuito alternativo dos festivais. Cruzam as cortinas pretas e do outro lado estão os portões do teatro arreganhados, engolindo o público para os degraus da plateia onde todos estão de pé, alguns mais baixinhos em cima das poltronas. Ideia de jerico fazer um festival de rock no teatro de uma universidade. Claro que por mais que a bandinha indie do palco não consiga levantar ninguém do chão todos vão fazer questão de ficar de pé, achando o evento um acontecimento histórico como Woodstock. No outro dia, a universidade que se vire para ajeitar os estofados detonados pelos tênis imundos.

Tenta fazer esse comentário para Lorna, mas de novo seus lábios estão descoordenados da voz. É o ex-colega do jornal que se vira e pergunta:

— O quê?

Mas ele não lembra mais o que dizia. Da metade para trás da plateia, há uma clareira de poltronas vazias e é lá que se sentam. Ele se afunda na poltrona. Teme que Mayra os veja de longe e venha com a turminha se sentar por perto. As costas das pessoas se erguem diante dele e pelo vão dos ombros identifica um vocalista magrinho com uma blusa de fazendeiro do Arkansas. Lorna se levanta, mas ele fica sentado. O show não demora muito para acabar e esperam os mais afoitos se deslocarem para o hall enquanto a produção do festival prepara o palco para a próxima apresentação. O ir e vir do hall para o teatro é demorado pelo subir e descer das escadas. Ele tropeça nas pessoas que se sentam no caminho, como pedintes. Ideia de jerico. As pessoas indo e vindo do teatro ao hall para visitar as tendas dos patrocinadores, interagir com os patrocinadores, engordar a conta bancária dos patrocinadores.

Pensa localizar Mayra agora no canto esquerdo do teatro, ao fundo, com os amigos. Lorna não a vê. Vagam cadeiras mais à frente e ele puxa a turma para se afastar o máximo possível do lugar onde pensa que Mayra está. Onde Mayra deve estar. Onde Mayra certamente está. Não sabe se Mayra o localiza, mas a impressão que dá é a de que a câmera dela está constantemente à espreita. Que a lente teleobjetiva imensa, agora acoplada à câmera, está fitando as nucas deles e rindo do esforço que ele faz de se manter afastado, o mais afastado possível do raio de ação de Mayra.

Lorna não para de falar com a ex-colega e ele não fala com ninguém ou com todos ao mesmo tempo. A mente está confusa e precisa de mais uma cerveja. Apalpa o bolso e encontra o troco das notas que Lorna lhe deu. Vai comprar mais cerveja, ou vai mesmo é verificar se Mayra está sob controle, muito bem parada no lugar dela.

— Ele não parece bem, Lorna.

— Deixa ele.

Sobe as escadas esbarrando nas pessoas que descem. No fundo do teatro, estão os amigos filhinhos de papai de Mayra e, marcando o lugar dela, uma blusa xadrez, malditas blusas de fazendeiro essas, guardando o lugar para fantasmas.

Sai para o hall e há muita gente, tanta gente fora quanto dentro do teatro. É mesmo algo real esse tipo de evento? Precisa ir ao banheiro antes de mais uma lata de cerveja. Um homem se planta na frente do banheiro feminino. Um homem esperando uma mulher dentro do banheiro feminino lotado. Quando passa, a porta entreabre e vê meninas renovando a maquiagem no espelho, uma disputando com a outra, como os beira-palcos no show. O banheiro masculino é o lixo de sempre, mesmo tendo apenas começado a droga do festival, dois shows e já tem gente mijando até no chão. Contribui com a parte dele no manancial de fetidez e volta para o hall do centro de convenções. Cerveja, veio aqui para comprar cerveja. Compra mais duas. Enfia uma no bolso de trás da calça meio baixa. Os fundilhos ficam ainda mais arriados. Dá um passeio em volta do jardim interno. Nada de Mayra. Volta para o teatro, desce as escadas e chega ao lugar dele ao lado de Lorna. Lorna o olha com uma ojeriza que aumenta quando ele oferece a cerveja que estava no bolso, que ela afasta com um gesto de supremo desdém, como se afastasse não a bebida, mas ele.

Os ex-colegas começam a se cutucar. Pensa que é por causa da tensão entre Lorna e ele, mas logo descobre que é porque o vocalista do Guillemots está assistindo ao show numa fileira próxima, como se nada de mais acontecesse e a multidão não estivesse aguardando pela apresentação de sua banda. A farta cabeleira de Fyfe Dangerfield faria qualquer um odiar estar atrás dele em uma plateia, mas os lugares atrás dele, até então vazios, começam a se preencher. As pessoas se aproximam para tirar fotos e os dois ex-colegas colam no artista. Ele bem que quer uma foto com Fyfe, mas se sente louco demais para engrolar qualquer coisa em inglês. Privada da companhia da ex-colega, Lorna fecha a cara e fica vendo o show, movimentando os ombros como as pessoas movimentam os ombros em ocasiões como essa, apenas para mostrarem que estão ali curtindo. Ele castiga o fígado com a cerveja, ela se diverte. Estão a sós e ele vê a mandíbula de Lorna saltar. Ela comprime os dedos em volta do pulso dele e finge estar tudo bem. Toda a circulação prende nessa região específica do corpo. Ela fala alguma coisa, mas ele também não a compreende, como se ela falasse em inglês como Fyfe. Quer que ela fale a sua língua. Quer que ela fale no seu ritmo. No ritmo da sua voz que não é o mesmo dos lábios.

Fyfe se desvencilha do público porque a banda termina de tocar e já é hora de ele entrar no palco. Um flash espoca e ele ergue a cabeça aflito, procurando por Mayra. Lorna sabe, no fundo sabe, e o cotovelo dela encontra o fígado dele plenamente exposto e já comprometido pelo álcool. Falta-lhe ar, mas ele também finge que o encontro é perfeitamente normal, como o dos ombros que agora se chocam enquanto a turba desce as escadas e são todos uma legião de seguidores de Fyfe, e é a cabeleira ruiva dele que os guia rumo aos Guillemots e seu repertório de baladas anestesiantes. Lorna se recusa a segurar a mão dele quando descem também para a beira do palco. Recusa-se a segurar a mão, ela que há pouco comprimia seu pulso. Seguem os dois em fila, se esquivando por baixo de camadas de braços que se interpõem uns nos outros, mãos suadas que se procuram, colam e se descolam com a viscosidade de lesmas descendo paredes.

A câmera de Mayra pode ser qualquer uma das que miram Fyfe, que acena para todas e tenta se demorar o mínimo possível na frente delas.

Ele sente aquelas câmeras pousarem também sobre si, e se esconde encolhendo a cabeça no pescoço, olhando para o chão a pretexto de ver onde põe os pés. Chegam ao início da rampa e agora todos estão diante da primeira fila de cadeiras, onde lutam por seus lugares ao pé do palco, se esgueirando para manter as posições no meio de uma massa de gente tatuada, com óculos de aros grossos e cabelos vermelhos cortados com gilete de barbear.

A garota com o diamante tatuado no pescoço de repente aparece ao lado deles com o publicitário de barbicha a reboque, que expande ainda mais o corpo nesse metro quadrado de chão, garantindo a soberania sobre o território. A muito custo, Fyfe fura o bloqueio dos tietes, sobe as escadinhas para o palco e é aplaudido pelo público. Eles aproveitam a distração para avançar um pouco mais com a ajuda dos companheiros da van que abrem caminho. Fyfe desaparece no backstage. Volta depois com os outros membros dos Guillemots e testa as teclas do sintetizador. Nova saraivada de palmas. Dá boa-noite a todos em inglês. Centenas de pessoas respondem também em inglês.

O show começa com uma música que ele não conhece, mas que o público canta em voz alta, como se fosse o hino de um time de futebol e todos quisessem preencher o estádio com a melodia. Uma atitude de afirmação para com um oposto ou para com um igual se destaca nas faces. "Eu sou fã, você não é", "Eu sou mais fã que você", parecem querer gritar por todos os lados. Ele tira sua segunda cerveja do bolso e começa a beber. Lorna se mantém distante, imóvel, insolúvel. Ele agora vai mostrar para Lorna que também sabe se divertir com a banda que tanto aguardou, com a banda que ele veio exclusivamente para ver. Vira o rosto de um lado para o outro imitando Fyfe, no rimo da música, até sentir que seu cérebro vira um brinquedo solto e quebrado dentro de uma caixa que alguém balançou muito para ver o que tinha dentro. Flashes voltam a espocar em algum ponto da plateia e o tiram do transe. Mayra está próxima, inevitavelmente próxima. Algumas pessoas se interpõem entre ele e Lorna, ou é ele que se desequilibra e vai tombando, perdendo o espaço. Quando volta a se pôr de pé alguém lhe pede licença e passa. Alguém que pede licença já passando por cima. Alguém que pede licença por mera formalidade. "Com licença", e passa. Vira-se para ver quem é e é Mayra, Mayra que passa sem reconhecê-lo, ou reconhecendo muito bem e o colocando no mesmo nível rasteiro daquela multidão que agora Mayra quer deixar para trás para chegar mais perto do palco. A meca indie com suas camisas de fazendeiros do Arkansas, bigodinhos finos apontados com saliva e rímel farto nos olhos. O palco. O lugar em que Mayra sempre quis estar. O lugar que lhe pertence por direito. Mayra está a dois ombros dele, de costas. Lorna está a dois ombros dela, também de costas. Mayra toca nas costas de Lorna. Lorna se vira talvez pensando ser ele, mas vê Mayra entre eles dois. Não parece surpresa. Lorna pega na mão de Mayra como se a içasse trazendo-a mais para perto. As duas conversam, conversam como se ontem mesmo tivessem se encontrado, e essa é a última imagem que ele vê antes de cegar completamente e ir procurar uma cadeira. Uma cadeira vazia na primeira fileira da plateia. Comprimido entre todo o teatro que parece se concentrar naquele proscênio. E as pessoas o estranham ali, sentado, e ele ouve alguém lhe perguntar se está bem. "Estou, só bebi um pouco, me deixem em paz, ok? Me deixem em paz!", ele grita, mas ninguém mais olha para ele e o que ele vê são as costas, dezenas de costas e a luz dos refletores incidindo naquela fumaça de gelo seco, de suor evaporando e de poeira de carpete com uma coloração que faz com que ele duvide da própria lucidez. E um flash espoca na sua cara e ele pensa em Mayra, e alguém parece se sentar ao seu lado e sussurrar ao seu ouvido "acabou", e ele pensa em Lorna, e sente como se o seu corpo estivesse sendo levado por muitas mãos, como um astro de rock que acaba de se jogar na plateia, como um avião que passa zunindo lá no alto, viajando por cima de todas as cabeças, por todos os degraus daquele teatro, e ele voa pelo hall e desce a rampa de acesso em um tobogã, e a última coisa de que se lembra não é o som da música que Fyfe Dangerfield toca sem que ele esteja lá para escutar, nem as luzes da ambulância do Samu que chamaram depois que ele desmaiou, mas seu corpo tropeçando na raiz de uma árvore e ele caindo no enorme buraco aberto no tronco, uma caverna escura e imunda que mal comporta o seu tamanho, mas para onde ele se arrasta e se encolhe e finalmente se sente em casa.

Alguém havia saído da casa de Mayra sem passar o cadeado no portão, então me inclinei sobre ele e com alguma habilidade consegui abrir o ferrolho, tomando o cuidado de não chamar a atenção dos vizinhos. O cachorro estava solto, o que não representava uma ameaça séria para mim ou para qualquer invasor eventual. Entrei sem precisar pular o muro da casa. O cão fez festa aos meus pés. Já havia tentado a campainha, chamado pelo nome de Mayra e discado para o seu celular inúmeras vezes. O portão de dentro também estava aberto, dava para ver até da rua, e quem quer que tivesse saído por último ou iria voltar logo ou confiara em quem ficou em casa para ter o cuidado de fechar as portas depois.

Se a casa estivesse realmente vazia, eu daria meia-volta e esperaria na garagem. Nada como o choque de voltar para casa e se deparar com alguém que não estava ali antes, neutralizando seu cachorro inofensivo com afagos, para ter uma dimensão da imprudência que era não se preocupar com chaves e cadeados hoje em dia. Pelo horário, porém, eu podia apostar que a própria Mayra estava no banho ou no sofá da sala, usando o computador com seus grandes headphones de DJ no volume máximo.

À falta dos donos, foi o cachorro quem me conduziu pela casa, me guiando por todos os cômodos até o quarto de Mayra, onde descobri que meu palpite não estava de todo equivocado. Ela de fato estava lá, deitada de bruços na cama, num sono de pedra que não lhe permitira ouvir nem a campainha da casa nem o celular, que ainda vibrava com a notificação de minha última chamada. Me detive por alguns segundos a contemplá-la ali, com o rosto oculto pelo ninho de cabelos tingidos de vermelho, o short e a blusa de algodão abraçando confortavelmente seu corpo fora dos lençóis.

Um ventilador com o mecanismo de giro tão caquético quanto o pescoço de um idoso soprava colunas de ar que percorriam Mayra da cabeça aos pés, dos pés à cabeça, com vários espasmos quebradiços no meio do caminho.

Havia algo de inviolável naquela cena, uma paz que justificava todos aqueles portões abertos e que tornava qualquer intromissão, fosse a campainha ou o celular tocando, fosse a minha simples presença no quarto onde ela dormia, alheia a qualquer risco, um ato de violência extrema.

Me perguntava como podia acordar Mayra sem despertar algum temor, sem que ela se assustasse comigo e se considerasse em perigo. Pela primeira vez me dei conta de que minha condição de intruso não derivava somente de eu ter entrado em sua casa sem ser convidado, abusando de um direito que, aliás, nem me fora dado tantas vezes assim. Eu excedera outros limites. Como, sem forçar nem uma fechadura, sem usar sequer um pé-de-cabra, eu havia arrombado tantas portas para chegar até ali?

Mayra não me queria mais. Eu não tinha por que insistir.

Quis fugir, quis já não estar mais lá quando o cachorro subiu na cama e me poupou de dar o primeiro susto em Mayra ao acordar, focinhando na malha rubra de seu novo penteado. Mayra sentiu um arrepio na nuca e soltou um grito abafado pelo colchão. O cão pressentiu o golpe do travesseiro, descendo da cama antes que fosse derrubado, saltitando perto de mim e revelando minha posição. O terror de Mayra não foi menor quando me viu. Agarrou o travesseiro e intuí que me expulsaria do quarto junto com o cão, mas no lugar de lançar o travesseiro ela o trouxe ao corpo num ato contínuo, um reflexo que, aos poucos, foi se tornando uma resposta física permanente.

Eu me explicava como um criminoso em uma abordagem policial, deixando minhas mãos inocentemente à mostra, recebendo as lambidas cúmplices do cachorro que talvez tentasse, como eu, se aproximar do pé da cama, conquistar um lugar entre os lençóis. Mayra empunhava seu escudo, e não demorei a entender que o travesseiro era agora a metáfora de todas as pontes que ruíram entre nós e que davam lugar a barreiras, muros que eu tentava derrubar e que, incontinenti, voltavam a se erguer.

O constrangimento de Mayra me acusava do meu pior crime: eu agora me tornara um completo estranho para ela.

Venci a distância aparentemente inexpugnável de um passo, argumentando que as caixas que ela largou no apartamento estavam agora no meu carro, estacionado na outra esquina. Que eu me arrependera de ter gritado com ela no apartamento.

Mayra abriu um pouco a guarda. Me perguntou como eu havia entrado ali. Eu disse que notei o portão de dentro aberto pela fresta do de fora. Já tinha ligado várias vezes para o celular avisando. Mayra descruzou os braços sobre o travesseiro e foi aí que eu enxerguei a nova tatuagem. A tatuagem que não havia notado quando ela apareceu no prédio para buscar as suas coisas. Afinal, não eram só os cabelos que ganhavam cores novas. A tatuagem estava com a tinta fresca, o preto vivo borrando a superfície interna do papel filme. Não consegui distinguir a figura, de início, nem me atrevi a perguntar o que era, mas Mayra foi capaz de ler perfeitamente não só a surpresa como o assombro se desenhando e se expandindo em formato circular no branco dos meus olhos.

Naquele crime éramos comparsas: Mayra também se tornara uma completa estranha para mim.

Ofereceu-me o braço com uma frieza indestrutível. Amor ou desamor, passado ou presente, abriram uma ferida superficial na pele de Mayra e ela levaria a marca como enfeite para o resto de sua vida. Como se me traduzisse aquilo, Mayra assumiu, por fim, que havia *alguém*. Uma mulher que conheceu há muito tempo atrás, e de quem se reaproximara. Eu segurava aquele pedaço frio de Mayra, envolvido por um pedaço frio de plástico, e reconhecia então os contornos perdidos entre os rajados cintilantes do papel transparente. Era como segurar um membro postiço, que acabava de ser colocado nela.

Larguei o braço de Mayra como se ele fosse um objeto que apenas lhe pertencesse, sem ser mesmo uma parte dela, sem estar mesmo preso a ela pelas articulações. O cachorro ficou de orelhas em pé e latiu em protesto. Recuei bruscamente e tropecei no fio do ventilador, que por pouco não despencou com sua hélice caduca sobre o animal. Saí do quarto desembestado, impelido pelo cão, que me perseguia sem parar de latir, e pela sensação de urgência de tirar as coisas de Mayra do carro. Fui deixando os portões atrás de mim abertos. Não queria precisar dela para abri-los novamente quando voltasse com as caixas. Atravessei a rua endoidecido quando, já da outra calçada, dei pelo cão escapando pelo portão.

Pensei ter ouvido um carro frear, o urro dos pneus anunciando a visão da lombada e o impacto desconjuntando os interstícios do automóvel ou os intestinos do animal. Mas o freio era na verdade de uma moto, que ultrapassou um carro em alta velocidade que vinha na frente pela direita, invadindo o espaço entre a lombada e o meio-fio.

O espaço que o corpo de Mayra acabava de ocupar, no encalço do cão que fugia.

O trânsito parou subitamente e eu corri até ela. No asfalto, com o tronco contorcido pela saliência da lombada, Mayra estava deitava numa posição que não parecia muito correta. Não parecia muito humana. O cachorro estava agora aos seus pés, quieto, lambendo o sangue que se acumulava naquele espaço ínfimo de onde ela tinha acabado de tirá-lo. Um sangue muito escuro, cujo rastro partia de um ponto muito próximo àquele onde Mayra, dias atrás, tinha tatuado um coração saliente, agora extirpado, com veias e artérias e um nome de mulher confusamente à mostra. Um coração com um velocímetro desenhado que, aos poucos, eu mesmo pude sentir quando o toquei, foi se acalmando, se acalmando, se acalmando, até parar para sempre de bater em minhas mãos.

NO TERMINAL RODOVIÁRIO de uma cidade que desconhece quase que por completo, espera o ônibus interestadual que vai levá-lo de volta para casa. É o único que viaja sem malas, com a roupa do corpo. Vai do lado de um homem muito gordo, que a cada curva disputa o descanso de braço da poltrona e dorme durante boa parte da viagem. Em certo ponto, ele também sucumbe ao sono e só acorda quando o homem passa por cima dele para tirar uma mochila do compartimento de bagagens em cima da sua cabeça. A mochila se perde nas costas gordas do homem, que desce no meio da rodovia.

Sente fome. Um funcionário passa com o uniforme da empresa de ônibus e um isopor com bebidas e salgadinhos. Não tem dinheiro para comprá-los. Pagou o táxi do hospital para a rodoviária e a passagem de volta, de ônibus, no cartão. Deverá chegar no apartamento perto da hora do almoço. Em dias normais, Lorna e ele iriam ao chinês pedir alguma coisa. Hoje, não sabe muito bem o que esperar. Não ligou para Lorna quando teve alta no hospital. Não ligou para os pais e acredita que ela não tenha feito o mesmo, já que nunca soube o número.

O celular, que entregaram junto com a sua roupa e a carteira, num saco plástico, na recepção do hospital, estava com a tela quebrada da queda e não voltou a funcionar. Ninguém o esperava na saída. Ninguém sabia lhe dizer quem chamou a ambulância que o levara até ali.

Pela janela do ônibus, vê a mesma paisagem que o recebeu na volta da viagem para a serra. Acompanha quadro a quadro a mudança de cenários para além do acostamento, uma visão que nunca teve quando era ele quem dirigia. É o primeiro a descer do ônibus, ultrapassando as pessoas que saem das poltronas e tiram as bolsas dos compartimentos. Em um caixa eletrônico, tira dez reais da conta, compra um sanduíche e um suco em um dos quiosques da rua. Vai comendo até o terminal urbano. Quando termina o lanche, o ônibus de linha está partindo. Joga o embrulho e a garrafinha fora e pega o último ônibus no qual pretende entrar neste dia.

Não sabe se Lorna voltou da viagem com a van direto para o apartamento ou para a casa da mãe. Não sabe se ficou por lá, se está por lá até agora procurando por ele. Um frio na barriga se confunde com a digestão do sanduíche que revolve no estômago, ao sabor dos solavancos que o ônibus dá. Enjoa um pouco e abre a janela, preparado para vomitar. O ônibus está vazio. Ninguém além do motorista e do cobrador está lá para vê-lo vomitando.

Foi em um desses ônibus, anos atrás, que Mayra e ele embarcaram, meses depois de contatos pela internet. Nomes e tempos começam a se misturar dentro do ônibus. Como a comida em seu estômago. Como os pensamentos em sua cabeça. A Epitácio agora é uma reta infinita, sem obstáculos, que não lhe dá mais pistas do número de casas, postes e esquinas que o separam das ruas em que se embrenhou, na noite que ele não queria que terminasse com Lorna; ou do lugar em que Mayra e ele deram o seu primeiro beijo, atravessando sinais vermelhos e fazendo caminhos nunca antes feitos, para tomar coragem e chamar cada uma das duas para ir com ele ao apartamento, em tempos distintos.

Ele está sozinho, sozinho nesse ônibus onde ninguém pode imaginá-lo agora. O que não consegue aceitar, no caso de Mayra, é o extremo disso: como alguém que ocupou tantos espaços numa vida agora está morta e não pode mais ocupar espaço algum? Pergunta-se, sem saber da resposta. E qual é a medida, em vida, do espaço que, nesse exato instante, ocupa na existência de Lorna? Pergunta-se, sem saber da resposta. Será se, diferente de Mayra, morta, para ele, vivo, ainda será possível descer na frente do prédio e atravessar a rua, voltarà sua existência pacata e ocupar seu espaço na própria vida e na vida de outro alguém?

Nada parece mudado quando bate no vidro do prédio e o porteiro abre a porta da guarita. Pergunta se Lorna está por lá e o porteiro diz que ela não saiu do prédio desde que chegou com a van, de madrugada. Aguarda que o porteiro conte algum outro detalhe. O pobre homem fica olhando para ele sem ter o que dizer. Procura um cúmplice ou alguém que previamente lhe arme de algum escudo, de alguma defesa contra Lorna. É mais fácil subir ao apartamento sabendo se ela está aflita ou irritada. Se está preocupada com ele, achando que ele morreu, ou o contrário: desejando a sua morte, disposta a apressá-la.

É mais fácil do que não saber o tipo de reação a se esperar.

Não sabe o que esperar quando subir.

Tem certeza de que o porteiro não vai anunciá-lo. Hesita entre apertar a campainha e abrir a porta do apartamento com a chave. Já não parece que o apartamento é dele. Vai invadir um território de Lorna. De alguma forma não se sente mais bem-vindo ali.

Enfia a chave na fechadura. Sente dificuldade em girá-la porque a chave de Lorna está do outro lado da porta. Dá dois giros completos antes de abrir e ver o apartamento completamente diferente do que deixaram antes da viagem. Há restos de comida pela mesa, onde geralmente só trabalham.

Uma pequena crosta se forma em um pedaço endurecido de pão. Há um cheiro forte que empestilha a sala. Lorna tirou seus próprios quadros das paredes, roupas dela e dele estão espalhadas pelo chão e objetos saíram do lugar. Parte dos livros da estante está jogada. Alguns títulos abertos como se Lorna os tivesse lido e, na falta de algo para marcar a página, tivesse deixado os volumes deliberadamente escancarados, com as folhas viradas para o chão no ponto em que interrompeu a leitura.

Desemborca um dos livros. Há riscos feitos por Lorna, rasuras em várias passagens. O livro que ele escreveu. Lembra do livro que ele escreveu.

Abre rapidamente o esconderijo e vê as colunas de embalagens de papel. Todas parecem lacradas, abre alguns pacotes e tudo o que encontra são folhas brancas, inutilizadas, sem nada escrito nem datilografado. O notebook também não está ali. Vai atirando os maços de papel um a um na direção dos livros jogados no chão, na grande fogueira sem chamas no centro da sala. Vasculha a mesa, a maleta da máquina de escrever, na esperança vã de que as folhas e os cadernos estejam ali, que os tenha esquecido ali e que Lorna, por um improvável senso de discrição, os tenha mantido intactos. Na máquina, apenas uma folha em branco que ele não lembra de ter engatado no rolo quando saiu.

Lorna. Onde está a própria Lorna?

Vai procurá-la no quarto. Ela só pode estar dentro do apartamento. Sabe que ela está dentro do apartamento. Respira fundo e se embrenha no corredor. A porta do quarto está fechada e ouve o barulho do ar-condicionado. O receio de abri-la se repete. Hesita em mais uma porta. Hesita entre bater e abri-la de uma vez. Mais um lugar que lhe é vedado. Mais um lugar em que não é bem-vindo. Abre a porta. Lorna está sentada na cama entre duas pilhas de papel, com uma folha na mão, lendo. O notebook está pausado em um dos vídeos. Lorna se sobressalta quando o vê e praticamente fica de pé na cama. Desce de lá com a folha que balança diante dele, zombeteira, como se se divertisse.

— Então era realmente isso que você estava escrevendo o tempo todo? — Ela ri, brutalmente, juntando as duas pilhas de papel.

As unhas de Lorna, que na última briga cravaram-se na pele dele, agora se enfiam e se quebram nas resmas de papel. Algumas folhas se desprendem das mãos dela e vão parar embaixo da cama.

— Lorna, você não devia ter lido isso sem a minha permissão — ele diz, procurando juntar as folhas que caem.

— A sua permissão... mas quem você pensa que é pra achar que eu preciso da sua permissão pra alguma coisa, depois do que aconteceu?

— Lorna...

— Que direito você acha que tem sobre as coisas? Sobre as coisas que eu procuro aqui depois de você mesmo ter sumido, naquela porcaria de show? — ela ri, ainda.

O pior é quando ela ri, devolvendo-lhe o ridículo, o risível de sua condição. Ela passa por ele como se o atravessasse e desaparece do quarto. Ele a segue com as folhas que consegue recolher. Lorna não espera que ele vá atrás dela nem dá com a presença dele no encalço da sua sombra. Vira-se bruscamente e quase trombam um no outro. Lorna toma as folhas que estão nas mãos dele de supetão, quase rasgando os papéis.

— Lorna, a gente tem que conversar.

— Não, a gente não tem.

Os olhos de Lorna estão injetados de um vermelho sanguíneo.

— Filho da puta — ela diz, calmamente, quase que somente para si mesma.

Transfigurada, ela o empurra no corredor, indo na direção do banheiro. O tempo todo é como se fisicamente ele não estivesse ali. Ele cai um pouco de lado. Torna-se invisível. Um mero ectoplasma que vai atrás de Lorna sem a mínima ideia do que ela vai fazer dentro do banheiro, com todas aquelas folhas. Ela continua ignorando sua matéria, compreende que ela só quer ganhar espaço e se afastar o máximo dele. Dele, que ainda está fedendo, recendendo a vômito, bebida, raiz da árvore, linóleo encerado de hospital. Um figurante do filme que viu tantas vezes repetido no DVD. Ela mesma, também, agindo por puro instinto ou impulso cerebral, sem sentimentos, sem desejos, sem vontades, sem propósito algum. Apenas uma fome oca e insaciável pelo seu passado. Dois zumbis perambulando pelo apartamento.

Assustado, recua para a sala, pisando nos livros que estão atirados no piso, cobrindo o tapete como cadáveres usurpados de um apocalipse impossível. Lorna volta e, pela primeira vez, parece humana e humilhada.

— Ódio — ela diz. — Eu tenho ódio de você.

Ele tomba no sofá. É impossível tentar fazê-la parar. Lorna abre caminho entre os livros como se violasse os cadáveres, espalhando os volumes ainda mais pela sala. Só vai parar na varanda, sem largar as folhas. Ele está aflito por não conseguir entender ainda se a ira de Lorna é mais pelo que lê nas páginas datilografadas ou pelo que aconteceu no show (aquilo realmente aconteceu daquele jeito? O desaparecimento repentino do teatro, o retorno sem ele na van?).

— Eu tive que te procurar sozinha por todo aquele campus — Lorna diz. — Eu tive que voltar pra van sem saber onde você estava, com quem estava, como estava, ligando pro teu celular feito louca sem você atender. Com o pessoal da van pressionando pra gente retornar e te deixar por lá. Dizendo que você devia ter se enrabichado com outra mulher. Sem ter ideia alguma de como você ia se virar, se estava vivo ou morto, se tinha acontecido alguma coisa — ela então volta a rir de forma horripilante. — Aí no outro dia você me aparece como se nada tivesse acontecido, dizendo que eu não tenho o *direito* de ler essa merda que você escreveu?

— Lorna...

— Não pronuncia o meu nome.

Ele também já não sabe se a própria aflição diz respeito ao desapontamento de Lorna ou ao que está escrito nas páginas que ela amassa, destrutiva.

— Que tal se você me devolvesse isso e a gente conversasse sobre o que aconteceu? — ele arrisca, tentando se aproximar.

— Isso aqui? — Lorna exibe as folhas datilografadas, as mais de duas centenas de páginas datilografadas nas quais ele passa os últimos meses debruçado, horas a fio, enquanto ela definha no quarto ao lado.

— Venha, Lorna — ele insiste, enquanto ela se aproxima da varanda.

— Não dá pra competir com um fantasma — ela grita, desvencilhando-se. — E eu não vou participar mais desse teu mundinho doente.

Só a rede a separa do parapeito da varanda. Com a mão livre, Lorna tira o obstáculo do caminho e chega mais perto do parapeito.

— Não, Lorna.

— Eu não vou virar também uma personagem nessa porra de história.

LORNA ATIRA AS FOLHAS do alto do prédio como quem liberta um pássaro. Ele vê as folhas voarem primeiro como se algo as prendesse umas às outras, depois como se cada uma delas se decompusesse no ar em várias partes que a brisa da tarde faz flutuar no espaço, como penas de ave. Lorna enxuga as lágrimas com as costas das mãos, desvia novamente da rede e deixa o apartamento. Não há muita gente na rua quando tudo acontece. O porteiro varre a calçada quando as primeiras folhas caem, e a sua reação, depois iria contar, foi tão natural como a de qualquer outra pessoa. Olhou para o alto para se certificar de qual apartamento vinha a chuva de folhas de papel A4 que tinha acabado de cair. Um carro passou na avenida e uma das folhas ficou grudada no seu para-brisa. O motorista ligou o limpador de vidro e a folha se rasgou, enrolada na borracha da palheta. O motorista só conseguiu tirá-la quando guardou o carro na garagem de casa, mais tarde. Leu então algumas linhas, o fragmento da história que ele tinha inventado, e não entendeu muito bem o que estava escrito, apenas o trecho de uma música da qual nem gostava tanto. Algum morador de um condomínio vizinho ou do apartamento de baixo viu as folhas passarem pela varanda e a reação foi de surpresa, como se caísse neve num céu tropical. Ou de susto, como se um suicida tivesse se atirado de uma janela. Ou de indiferença, não saberemos. Alguma coisa se soltou de cima do prédio. Qualquer coisa que se soltar vai cair, é evidente. A mesma lei da gravidade para todas as coisas. Não importa qual. Gravidade. Era inútil ir até a varanda ver o que era aquilo.

# Epílogo

No dia seguinte, o interfone tocou e era o porteiro avisando que Lorna tinha acabado de passar e recolhido as coisas dela que estavam na guarita. Tinha pedido que as roupas fossem colocadas nas malas que ela guardava vazias, embaixo da cama de casal. O resto dos pertences, que fosse enfiado em uma caixa e lacrado com fita adesiva. Não havia de ser muita coisa. E, de fato, não era mesmo. Os livros de arte e as revistas do curso de desenho, que Lorna trouxera para o apartamento e que estavam quase todos no quarto de hóspedes, ocuparam pouco espaço. Ele transportou o cavalete de madeira, a mala e a caixa com o material de Lorna para o térreo ainda na tarde em que ela foi embora, seguindo as últimas instruções ditadas para o porteiro de maneira ensaiada, recitando falas ditas muitas vezes por ela diante do espelho, antes de dizê-las frente a frente.

— Eu quis chamar o senhor, mas ela mandou que eu interfonasse só quando já tivesse ido embora — justificou o porteiro do outro lado da linha.

Lorna deixou com o porteiro, unicamente, a chave dela do apartamento, da qual teve o cuidado de tirar o chaveiro que distinguia sua cópia. Ele desceu para buscar e o porteiro lhe entregou a chave compassivamente, sem nada dizer. Ao subir de novo pelo elevador, carregando a chave de Lorna, sentiu o peso pequeno e solitário do objeto nas mãos. Tateou as ranhuras e as comparou com as da outra chave, que guardava no bolso da bermuda. Pareciam duas chaves muito diferentes, que dificilmente iriam abrir a mesma porta. Quando o elevador parou e a porta corrediça se retraiu completamente, a chave de Lorna caiu pelo estreito vão entre a cabine e o concreto aparente do andar. A chave deslizou como uma moedinha dentro do buraco de um cofre. Ele ainda se abaixou para apanhar, mas ouviu o barulho do metal continuando a cair, tilintando nos cabos, contrapesos ou o que quer que houvesse embaixo da cabine na qual ele permanecia de cócoras, com uma das mãos projetada para fora evitando que o elevador se fechasse. Não ouviu mais nada depois. Caminhou até o apartamento e abriu a porta com a única chave que lhe restava.

A sala estava novamente arrumada, sem os livros que Lorna espalhou pelo chão e os restos de comida que envelheceram precocemente ainda um tempo em cima da mesa. A madeira e o vidro recendiam ao cheiro limpo do desengordurante que ele usou para livrar-se das marcas imemoriais de cotovelos suados e molho de macarrão que se incrustaram como talhos em uma árvore.

De uma outra marca, porém, não conseguia se livrar, embora tivesse varrido e lavado com obstinação o piso do apartamento: a marca do tapete nos azulejos da sala. Aquele quadrado se destacava como uma clareira geométrica bem na frente do sofá. Era lá que se sentava e fazia a primeira refeição nesta manhã, lembrando-se de quando os dois, Lorna e ele, exaustos, estiravam as costas e descansavam ali, em um piquenique íntimo, depois de um dia longo de trabalho.

Foi até a varanda e encostou-se no parapeito, olhando para fora com o mesmo olhar perdido que Lorna costumava olhar para o mar, quando era noite e as luzes dos lampiões dos pescadores pareciam estrelas cadentes se afogando. A tarde ainda estava luminosa e, na avenida, algumas das folhas que Lorna havia atirado da varanda ainda esvoaçavam, enroscadas nos galhos secos das plantas que arborizavam o canteiro entre as pistas. Uma carroça cheia de papelão e garrafas pet estacionou no meio-fio do prédio vizinho. Dois garotos muito magros conduziam a carroça, puxada por um cavalo igualmente magro cuja espinha dava para ver do sexto andar, saltando como barbatanas de um peixe.

O garoto mais velho desceu e entregou as rédeas ao outro, que sacudiu o couro puído do rabo do cavalo, espantando os mosquitos que o rodeavam. O cavalo deu pequenos coices, talvez incomodado também com os mosquitos, talvez confuso com o movimento das rédeas que resvalavam em seu dorso. O garoto mais velho correu para o canteiro e recolheu uma das folhas. Uma rajada de vento fez com que ela escapasse das mãos e voasse para a pista, onde um carro passava veloz. A folha brincou embaixo do carro quando o motorista freou diante da lombada. Planando, foi parar no meio-fio do outro lado, para onde correu o garoto que a perseguia. Da carroça, o outro garoto magricela ria, segurando as rédeas. Quando o outro alcançou a folha, esticou-a com os polegares e tentou ler o que estava escrito. Os lábios balbuciaram uma ou outra palavra e as mãos dobraram novamente o papel, indo atrás de seu real objetivo, uma gigantesca folha de papelão encostada no muro do supermercado. Juntou o papelão em um feixe e voltou para a carroça. Amarrou o feixe em um trapo que estava solto entre as outras folhas de papelão da carroça e jogou o feixe ali. Subiu e mostrou a folha de papel para o outro garoto. O cavalo curvou-se com o peso que a carroça adquiriu de repente. O garoto mais velho fustigou o cavalo com as rédeas e o animal protestou, trotando a contragosto. A carroça se afastou com os dois garotos passando a folha de mão em mão, lendo curiosos o que ele escrevera.

No supermercado, as pessoas entravam e saíam, os carrinhos sendo puxados e devolvidos para fileiras incertas de metal, que se separavam e se juntavam ruidosamente, as máquinas lendo os códigos de barras dos produtos cadenciando a música de um dia normal.

Ele entrou de volta no apartamento e só então reparou na Olivetti Lettera pousada na estante. Tinha tirado a máquina do seu lugar na mesa para limpá-la e esqueceu-se de devolver para Lorna. Transportou-a da estante até a mesa, junto com as embalagens de papel A4 que antes usava para esconder o que escrevia.

Abriu uma delas, tirou uma folha e colocou o papel no rolo da máquina. O barulho das teclas logo se incorporou à sinfonia rotineira que se ouvia lá fora.

## NOTAS E AGRADECIMENTOS

O filme que se repete no aparelho de DVD é *A Noite dos Mortos Vivos* (1964), de George Romero, e o filme em cartaz no cinema é *Blue Valentine* (2010), de Derek Cianfrance, título que no Brasil foi traduzido como *Namorados para Sempre*. A canção dos Stones citada na abertura do livro é *Wild Horses*, do álbum *Sticky Fingers* (1971), e a canção cantarolada por Lorna no carro é *Have You Forgotten?*, do álbum *Songs for a Blue Guitar* (1996), do Red House Painters.

Agradeço a todos que, em alguma medida, contribuíram para a escrita deste livro.

A Débora Ferraz, sobretudo. Porque dedicar o livro a ela não seria suficiente, como incluí-la aqui, também, não creio que seja.

A Marcel Vieira, por me ajudar a entender a literatura como meu lugar no mundo e torná-lo mais agradável de se ocupar, com a sua companhia.

A Luiz Antonio de Assis Brasil, Júlia Dantas e Sérgio Tavares, pelas leituras e sugestões cuidadosas que fizeram, diante de versões mais recentes do texto.

A Raquel Belisário, pelas primeiras revisões dos originais.

A todos que leram, parcial ou integralmente, versões deste livro antes de sua publicação: André Germano, Audaci Júnior, Bruno Ribeiro, Débora Rubin, Fábio Cardoso, Francisco Alves, Luís Roberto Amabile, Maria Valéria Rezende, Nathan Matos, Roberto Denser e Roberto Menezes.

A Rodrigo Cerqueira, pela entrevista do Alan Pauls que inspirou o argumento do livro, e a Rodrigo Laurentino, pelo DVD que nunca cheguei a devolver.

Tiago Germano
Cabedelo, João Pessoa, Porto Alegre,
14 de agosto de 2011 – 13 de fevereiro de 2018

MOINHOS

EDITORAMOINHOS.COM.BR

Este livro foi composto em tipologia Electra LT STD e `Courier Std`
no papel pólen soft para a Editora Moinhos, em junho de 2018,
enquanto *Quem mandou* era cantado a dois, por Jorge Ben e Gilberto Gil.